山东理工大学人文社会科学发展基金资助

张炜小说研究

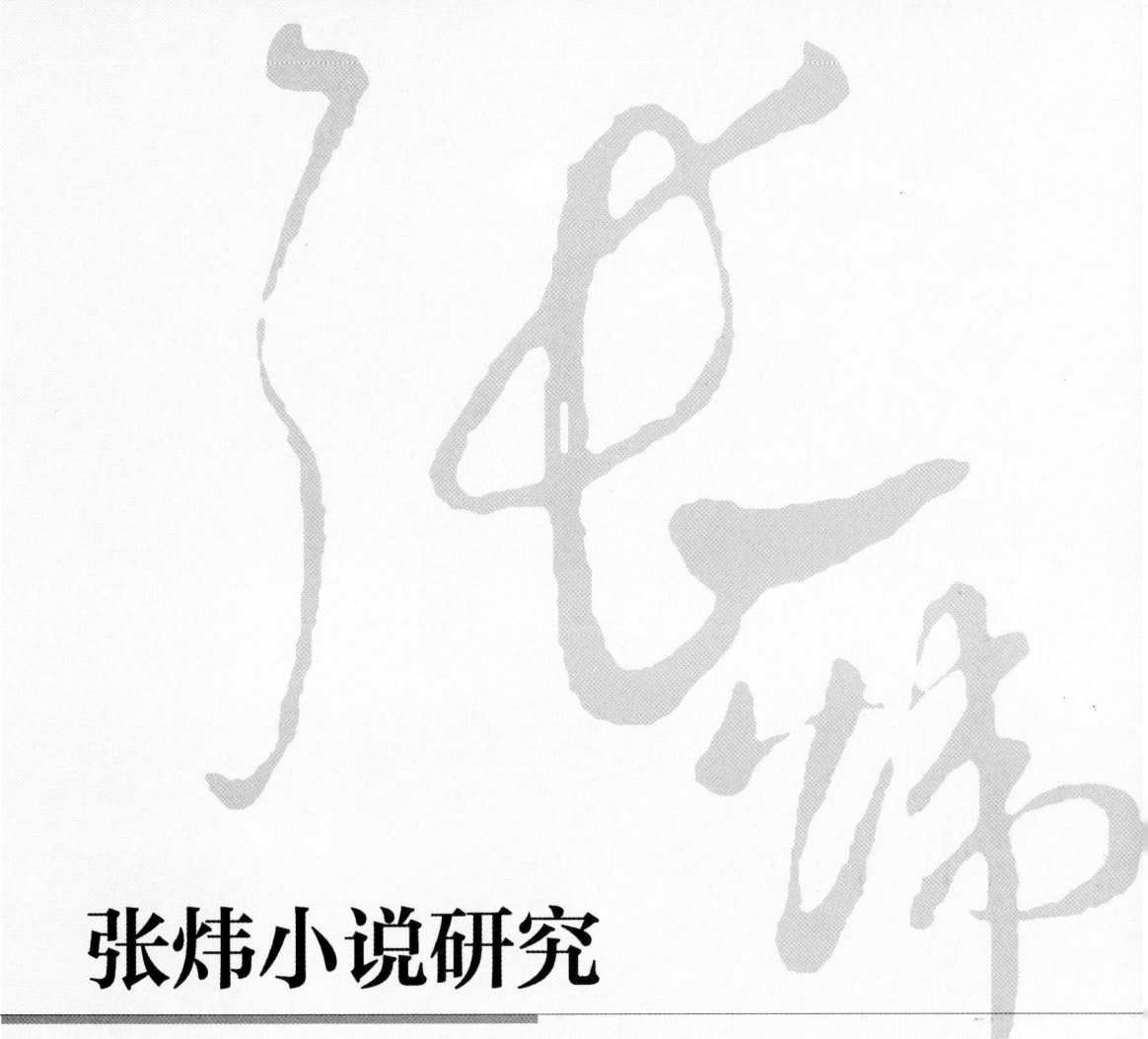

唐长华 著

中国社会科学出版社

图书在版编目(CIP)数据

张炜小说研究/唐长华著.—北京：中国社会科学出版社，2016.6
ISBN 978 - 7 - 5161 - 8290 - 1

Ⅰ.①张… Ⅱ.①唐… Ⅲ.①张炜—小说研究 Ⅳ.①I207.42

中国版本图书馆 CIP 数据核字(2016)第 124057 号

出 版 人	赵剑英
责任编辑	周晓慧
责任校对	无 介
责任印制	戴 宽

出　　版	中国社会科学出版社
社　　址	北京鼓楼西大街甲 158 号
邮　　编	100720
网　　址	http://www.csspw.cn
发 行 部	010 - 84083685
门 市 部	010 - 84029450
经　　销	新华书店及其他书店

印　　刷	北京明恒达印务有限公司
装　　订	廊坊市广阳区广增装订厂
版　　次	2016 年 6 月第 1 版
印　　次	2016 年 6 月第 1 次印刷

开　　本	710×1000　1/16
印　　张	14.25
插　　页	2
字　　数	245 千字
定　　价	52.00 元

凡购买中国社会科学出版社图书，如有质量问题请与本社营销中心联系调换
电话：010 - 84083683
版权所有　侵权必究

序

张清华

作为齐鲁大地上走出来的作家，张炜的创作已走过了近40年的历程，其创作的总量已逾千万字，其中像《古船》《九月寓言》等早已经载入当代文学史，成为20世纪八九十年代文学的标志性文本；另外，像《柏慧》《家族》《外省书》《刺猬歌》《你在高原》等小说在不同历史时期也都引人瞩目，引发了一系列的文学话题。2011年，其十卷本小说巨著《你在高原》还获得了茅盾文学奖。

张炜的小说显然已经成为当代文学的重要成就和收获。而且，由于他对知识分子精神立场的坚守，对现实社会问题的深切关注，以及对于历史处境中的人性与道德状况的殷殷忧患，使其作品获得了广阔的历史深度与思想含量。他本身深厚的传统文化素养以及深入民间的写作方式，又使其成为一个丰富的精神与人格现象。因此，对张炜的研究历来是一个热点，也是能够体现研究者思想深度与境界的一个学术场域。许多著名学者和批评家在这方面都有精彩的论述，像陈思和、陈晓明、郜元宝、张新颖、王光东等研究者，都从不同的角度写过许多文章。进入新世纪，关于张炜研究的整合与规模性的成果也层出不穷，《张炜研究资料》《张炜、王光东对话录》《行者的迷宫》《审美浪漫主义与道德理想主义：张承志、张炜论》（颜敏）、《纯然与超越：张炜小说创作论》（王辉）等一批成果陆续问世。研究的领域也不断拓宽，从田园、流浪、受难、生态批判、知识分子形象、女性形象、思想文化资源等不同主题或论域出发，大大丰富了原有的格局与视点。

不过，纵观以上成果，几乎悉为专题性或某一思想背景的讨论，总体性的研究则稍显不够，尤其是作为一种整体的创作论的研究思路更不多见。在这样一个前提下，我们再来看唐长华的《张炜小说研究》，便显现出非同一般的意义。她在前人成果的基础上，敏锐地意识到了张炜小说中的一个强大而贯穿始终的倾向，即对现代性的反思与批判的视角，以此作为引领全书的逻辑，展开了对张炜小说系统、深入的研究。从这样一个来龙去脉上看她的成果，便会有诸多新视域与新启示。

唐长华认为，张炜的小说世界与现代性反思有着深长纠结的不解之缘。其80年代创作的《古船》，可归为一种现代性的思想启蒙小说，但其中已开始关注现代化对传统道德观念的冲击，关注现代化进程中科学技术发展的隐患；到90年代，张炜对现代性进程中出现的人性沦落、道德下滑、文明衰败、生态环境的破坏等都表现出强烈的疏离和愤怒，并为应对现代化进程中这些方面的逼压而多方求索；进入21世纪，张炜开始稳住阵脚，自觉选择以知识分子的立场观察、反思、记录时代的喧嚣，对现代化进程中出现的复杂经验与现象进行更冷静的描写，同时也传达着一以贯之的坚韧的拒绝和对抗，乃至自觉地从民间和民众中寻找发现抵抗现代性侵蚀的各种力量。

以我的眼界看，这部《张炜小说研究》大致从两方面探讨了张炜小说现代性批判的思想文化根源。一方面是张炜自觉地将自己的小说创作扎根于齐鲁大地，传统儒家、道家、齐鲁大地民间文化都为其小说创作的现代性批判提供了丰厚的思想文化资源；另一方面是张炜的现代性批判又是站在现代知识分子立场进行的，以鲁迅为代表的启蒙精神和以托尔斯泰为代表的人道主义情怀赋予其小说创作理性的冷峻和人性的悲悯。这两个方面缺一不可地构成了张炜最重要的精神背景和思想资源，同时也构成了他的写作姿态，以及情感动力与灵感源泉。论者非常敏感地抓住了这一关键，使得随后的论述有了非常精当的逻辑格局。

该书的另一特色是对张炜小说进行了历时性梳理，既概括了其创作道路的阶段性特征，又对每一时期的作品做出了谱系化的解读。这种注重文本细解的研究方法，也代表了当前文学批评的重要方向。我注意到作者对张炜代表作品的分析，可谓是紧贴人物形象，紧贴故事逻辑，紧贴作品中暗含的情感力量，分析是深入到位的。在论述其阶段性特征时，作者十分注重联系作家的现代化反思视角，指出作家态度不断的微妙变化——20世纪80年代对社会现代化持基本肯定态度，只是对恩格斯所说的历史与道德的悖论葆有了警觉；90年代则采取了激进的态度来批评社会现代化过程中出现的问题，显示了鲜明的道德立场和坚硬的思想质地；新世纪作家对社会现代化的态度渐趋冷静，小说中的人物具有了更多的行动精神，其现代性反思具有了更丰厚的现实根基与文化土壤。这种将文本解读与某一视角下作家的写作道路结合起来进行研究的方式，对于把握作品内涵、更精细地体察作品的艺术魅力，都有着重要的意义。

在纵向把握张炜小说发展史的基础上，该书也横向展开了对张炜小说之主题、人物与艺术特质等的研究。在把握张炜小说的主题时，我注意到论者从现代性反思的视角进行了分类研究，概括了张炜小说的几个主题：欲望批判、生态批判、城市批判、技术批判，等等。这种分类方式虽然时有交叉和互相涵盖，但还是清楚地揭示了张炜小说现代化反思的几个层面。在论述张炜小说中的人物时，论者从实与虚两个层次，把张炜小说中的人物归为家族人物系列和民间人物系列，我以为是很精当的。前者的特征是善与恶，善者组成善的家族，恶者也有恶的家族，后者则是神秘而混沌的，具有民间性和传奇性的特点，亦真亦幻，或真或幻。在阐述张炜小说的语言等文体特征时，论者使用了形式分析的方法，也很见功力。

从学术研究的角度，我很看好这部著作，但若从文学批评的角度，我似乎又有些许不满足，以为历来中国的批评传统是知人论世，是贴着人物与命运、性格与处境的"心学"之论，作为文学研究，理论范畴的使用有时也会伤及所谈论的对象，把许多复杂和感性的文学问题概念化了，这也是论者在面对张炜这样一位有着复杂而庞大的作品世界的作家的时候，所无法回避的一个悖论：理论既可以帮忙，当然也有帮倒忙的危险——假如过于僵硬地使用的话。但好在，十分精细的作品细读在一定程度上矫正了预设逻辑所带来的硬性判断。

十几年前，我在山东工作时，唐长华曾是我的硕士研究生，跟随我读书三年，她诚恳的为人和好学而深思的品性，至今给我留有深刻的印象。对现当代作家作品有着扎实的分析能力，读研期间即表现出对一些理论方法的钻研兴趣。她的特点是有出色的感悟力，同时又不乏理论概括力。2003年，她回到先前就职的山东理工大学文学与新闻传播学院，

从事中国现当代文学的教学工作至今。十多年来，她兢兢业业，刻苦钻研，以所在学校的山东作家研究所为依托，对山东当代作家进行了系统的关注和研究，出版了《山东新时期小说流变与传统文化》，发表学术论文十余篇，对张炜小说的研究即是她研究的一个最新成果。

学术研究需要兴趣，更需要毅力。作为一名从事现当代文学教学和研究的成员，长华的坚韧和质朴，使她对研究对象投入了难得的热忱和情感，我们不难从她的文字中读出这些诚挚的情愫。近年来，她把自己的研究领域更多地锁定在山东当代作家上，想必也是出于对故土，对齐鲁大地的一份热爱。相信她会一直在此领域辛勤耕耘，收获更多更好的成果。作为曾经的业师，我由衷地期待着她的学术上的每一个新的进步。

2016 年 4 月 5 日，北京师范大学

目　　录

绪论　张炜小说研究述评 ……………………………………（1）

第一章　张炜小说中的传统文化精神 ………………………（13）
　　第一节　张炜小说中的儒家文化精神 ……………………（13）
　　第二节　张炜小说中的道家文化精神 ……………………（19）
　　第三节　张炜小说中的民间文化精神 ……………………（23）
　　第四节　张炜小说中的齐文化精神 ………………………（28）

第二章　张炜小说中的知识分子立场 ………………………（34）
　　第一节　启蒙与现代性反思 ………………………………（34）
　　第二节　张炜小说中的批判精神 …………………………（41）
　　第三节　张炜小说中的悲悯情怀 …………………………（50）
　　第四节　对张炜知识分子立场的评价 ……………………（59）

第三章　80 年代张炜的思想与创作 …………………………（65）
　　第一节　清纯的芦青河之歌 ………………………………（66）
　　第二节　诗人的愤怒与苦闷 ………………………………（71）
　　第三节　灵魂追问与精神成长 ……………………………（78）

第四章　90 年代张炜的思想与创作 …………………………（84）
　　第一节　建构大地诗学 ……………………………………（86）
　　第二节　坚守善的阵地 ……………………………………（92）
　　第三节　寻找精神家族 ……………………………………（99）

第五章　新世纪张炜的思想与创作 (107)
  第一节　新世纪张炜的思想发展 (107)
  第二节　理性坚守与欲望搏击 (116)
  第三节　奔跑的大地女神 (120)
  第四节　自然与人性的受难 (123)
  第五节　一代人的追问与思考 (128)

第六章　张炜小说的现代性批判主题 (142)
  第一节　欲望批判 (143)
  第二节　生态批判 (148)
  第三节　技术批判 (153)
  第四节　城市批判 (157)

第七章　张炜小说中的人物形象 (163)
  第一节　善恶分明的人物家族 (164)
  第二节　混沌神秘的民间人物 (174)

第八章　张炜小说的艺术特质 (185)
  第一节　回归本体的语言 (185)
  第二节　创新的文体和结构 (195)

附录一　守住文学的"根"
  ——张炜访谈 (203)

附录二　张炜创作年表（1973—2015） (210)

后记 (221)

绪论　张炜小说研究述评

张炜自1973年发表第一篇小说《木头车》到2010年出版长河小说《你在高原》，经历了近40年的创作历程，发表了多达1300多万字的作品。其中，有获得全国短篇小说奖的《声音》《一潭清水》，有被评论界高度重视的中篇小说《秋天的思索》和《秋天的愤怒》，有引起极大轰动、获得各种奖项的长篇小说《古船》《九月寓言》《外省书》《刺猬歌》《你在高原》等。可以说，张炜的小说在某种程度上代表了当代文学的重要成就。他充沛的探索历史真相的激情，尖锐的批判现实的立场，为民请命的勇气，对小说艺术形式孜孜不倦的探索……都构成其创作的独特价值。

张炜的小说创作与中国当代社会同步进行，成为中国改革开放不同时期的示波器。20世纪80年代，思想解放的潮流风起云涌，文学以巨大的声势荡涤着几千年遗留下来并在新中国历次政治运动中得到固化的专制思想，张炜写出了《秋天的愤怒》和《古船》等作品；90年代市场经济社会到来，人的精神世界被贪欲掌控，物质主义、消费主义甚嚣尘上，唯有道德理想难寻踪影，作为"大地守夜人"的张炜执着地守着那盏精神灯火，写出了《九月寓言》《柏慧》《家族》等作品，他不断抗击着袭来的"黑暗力量"，寻找着精神家族的血缘支撑；新世纪时期，《外省书》的书写是张炜沉淀自己激愤情绪、生发内力的又一次上路，他再次走向大地、寻找奔跑的力量，写出了《丑行或浪漫》《刺猬歌》。2010年长达450万字的长河小说《你在高原》的出版是中国当代文学的一件盛事，它是一代人的精神自传、一个时代的民族心史……总体而言，张炜小说创作贴近时代，关心社会民心，从知识分子的良心和责任感出发，对中国现当代史上的荒谬、残酷进行了反思，对中国现代化过程中出现的一系列问题——物欲泛滥、道德堕落、人性异化、环境破坏等——进行了有力批评。虽然被一些人称为保守主义者，但张炜思想的前瞻性，在现代化偏执后果越来越显著的今天，正在被越来越多的读者和研究者所认可。

张炜的小说创作自20世纪80年代初开始引起学术界关注，近30年来，对张炜小说的研究一直没有间断。据统计，相关研究论文近700篇，研究专著两部①，硕博论文60篇，研究资料汇编一部②，对话录两部③。根据有关研究者考察，"有关张炜的评论、笔谈、介绍，就研究方法而言，大体可分为社会学批评、心理分析批评、形式批评、比较文学批评以及编年史批评几种"④。其中，社会学批评成果最多，包含着思想研究和道德研究诸种向度。对张炜的研究可谓是成果丰硕，方法多样，达到了一定的高度。

一些研究者从道德理想主义、文化保守主义、人文主义等理论话语层面进行的研究，有一个共同的历史坐标——中国一百多年来的现代化历史进程。认为张炜的创作和思想立场是反现代和保守主义的研究者，在20世纪90年代形成了较大声势。笔者认为，指认张炜创作反现代性的观点，忽略了张炜创作中一以贯之的启蒙主义立场，没有看到张炜对鲁迅精神的继承。张炜在90年代的激愤立场——对中国社会弊端和丑恶现实的深恶痛绝，表现出一种思想现代性特征，即以反对虚幻的社会现代性为标志的真正的现代性。对中国社会现代化持怀疑和批评立场的研究者，更多地认可和赞扬张炜的立场，认为张炜的创作具有稳固、自足的精神哲学，体现出一种质朴、关爱劳动者的"大心"⑤。张炜的创作与中国的社会和历史有着血肉相连的联系，他的小说除了艺术上精益求精外，更有对社会现实的深广忧思，对人性、对人类前途命运的深切

---

① 颜敏：《审美浪漫主义与道德理想主义：张承志、张炜论》，华夏出版社2000年版。王辉：《纯然与超越：张炜小说创作论》，中国社会科学出版社2007年版。
② 孔范今、施战军主编，黄轶编选：《张炜研究资料》，山东文艺出版社2006年版。
③ 张炜、王光东：《张炜王光东对话录》，苏州大学出版社2003年版。张炜、朱又可：《行者的迷宫》，东方出版社2013年版。
④ 彭维锋：《自然权利诉求与现代性断裂——张炜小说研究的新路径》，《当代小说》2006年第1期。
⑤ 李洁非：《张炜的精神哲学》，《钟山》2000年第6期。

关怀。可以说，在中国奔向现代化的路途中，张炜如同一个神情冷峻的战士，真诚地恳请人们慢下脚步，看一看我们在现代化途中留下了什么……正是出于对思想现代性的真正追求，张炜对社会现代化弊端进行了不遗余力的批评。

基于对张炜小说创作之思想现代性的判认，我们试以思想的现代性为坐标，勾勒一下张炜小说研究的进程。笔者认为，张炜小说研究大体上可以分为三个阶段。

第一阶段：张炜80年代的创作是与国家意识形态对现代化的追求相呼应的。80年代，中国社会正在突破一种极"左"的政治体制，大力倡导思想解放，思想界一致认为，中国几千年的封建专制思想与极"左"政治结合在一起，构成了新中国历史发展的巨大阻力。重启五四以来的思想启蒙运动，要批判的就是封建专制思想在中国当代社会的"借尸还魂"。张炜以自己的创作汇入了这一思想解放的潮流，其创作很快从最初充满乡土田园气息的芦青河序曲步入了充满"思索"和"愤怒"的秋天系列。

这一阶段，学术界对张炜小说反封建和反"左"相结合的现代启蒙思想持肯定态度，普遍认为《秋天的思索》《秋天的愤怒》《古船》等作品表现了对中国现代史特别是革命历史重新审视和反思的勇气，表现了对封建集权人物在改革过程中继续掌权的强烈批判。如雷达认为，《秋天的思索》《秋天的愤怒》强化了对封建主义幽灵的批判，对"封建主义幽灵在中国当代农村的存在形态"或者说"人民掌握政权以后封建主义的变态"给予了深刻揭示，作品塑造了富有思想的农村思考者"人"的觉醒和抗争。[①] 宋遂良从张炜小说中的两类人物出发，认为"极左政治运动和农村肥沃的封建思想土壤培植了像肖万昌这样冷酷、干练的基层干部"，肖万昌身上的"沉得住气""自信""优雅""慈祥"给人"毛骨悚然的恐怖感"，而李芒身上的斗争性来源于过去年代的"血统论"之苦，他身上对"不平等有天然的反感"，对老百姓的不理解有比一般人更多的痛苦。[②] 可以看出，这些研究明显具有80年代

---

① 雷达：《人的觉醒与反封建思想的推衍》，《当代文艺思潮》1986年第2期。
② 宋遂良：《诗化和深化了的愤怒——评〈秋天的愤怒〉》，《当代》1985年第6期。

特有的反封建、反"左"的思想锐气,在反抗者李芒的身上,研究者似乎还发现了类似五四青年对平等、民主、爱情的天然追求以及反抗强权而不被群众理解的个人苦闷。当然,80年代的历史乐观使作家和研究者相信反抗者必然胜利。这也是对正在走出历史弯路的中国社会现代化的美好想象:具有现代思想的新人必然战胜看起来很强大的旧思想、旧人物。作家当然并不会天真地认为这一切很容易实现,他因此在《秋天的思索》和《秋天的愤怒》中留下了一个开放式结局。再到后来的《古船》,则是让四爷爷伤而不死,"三年扶体,十年扶威",太上皇及其家族统治很难说不会卷土重来;何况还有一启用就沾上隋不召鲜血的变速轮,以及钻井队遗失的"铅筒",这些现代化的不祥征兆,很难说不是用来警醒陷入现代化美好想象的世人的。

80年代文学批评有一个有力的思想武器,就是思想启蒙,包括对传统文化落后思想的批判,和对西方思想文化的借鉴。蔡世连从传统文化的历史惰性出发,分析了《古船》深沉厚重的文化底蕴。他指出,理性丧失导致了历史的荒谬、残忍,而这一切都源自传统宗法制度和极"左"路线结合的社会机制。土皇帝四爷爷、"武将赵多多""文官歪脖吴""巫师张王氏"构成了"洼狸镇盘根错节坚不可摧的治人集团",而被治农民身上"对集权、偶像的崇拜和自我的奴化意识",则是"专制得以畅通无阻的心理基础"[①]。这篇文章同时发掘了叛逆人物隋不召和隋见素身上"生命力的冲动",隋见素"作为封建文化的叛逆者,纠缠如毒蛇、执着如怨鬼"的复仇精神,隋抱朴身上的历史重负和最终挣脱,都是现实生活中"大地震"的精神觉醒的表现。与此相反,刘再复从西方宗教中的罪感文化出发,指出《古船》充满忏悔精神,"笼罩于《古船》字里行间的是一种具有宗教气氛的罪感与赎罪感""隋抱朴就是这样一个耶稣式的灵魂,甘地式的灵魂,一个背着沉重的十字架在人生的磨盘里日夜劳碌的人,一个不是罪人的罪人"[②]。刘再复借鉴托尔斯泰的思想,阐述《古船》之谜,指出中国当代缺少忏悔精神,

---

① 蔡世连:《古老土地上的痛苦选择——论张炜〈古船〉的文化意蕴》,《当代文艺思潮》1987年第4期。
② 刘再复:《〈古船〉之谜和我的思考》,《当代》1989年第2期。

可以看作是80年代反思精神的体现。

另外，陈宝云对张炜《古船》之前的作品进行了历时性研究，认为张炜的创作经历了从"希望之歌"到"忧患之歌"的变奏。前者以《芦青河告诉我》为代表，后者以《秋天的愤怒》等为代表。这篇文章同样以充满激情的笔触对肖万昌身上"游荡着的那个古老的幽灵——权力崇拜、权大于法和权就是法"进行了批判，"这种封建习惯势力，是我们民族的桎梏，是我们民族的沉重包袱"[①]；同时呼应了刘再复提出的忏悔意识，指出"忧患意识、抗争意识和忏悔意识"都是作家所需要的。

第二阶段：张炜90年代小说创作转向对现代化进程中出现的物欲横流、人性异化、道德堕落、环境破坏等方面的批判反思。他写出了《九月寓言》《柏慧》《家族》等作品，引起极大争议。90年代最重要的一个精神事件是1993年的人文精神论争，张炜虽未参与论争，但作为有鲜明精神立场的作家，他以创作尽了自己的职责，并进行了深入思考。

90年代中国社会全面步入市场经济社会，社会现代化进程加速，而以思想解放为标志的思想现代化在某种程度上却消退了。80年代文学的社会控诉（以朦胧诗和伤痕文学为代表）和对社会正义的诉求（如沙叶新的戏剧《骗子》、刘克的小说《飞天》、叶文福的诗歌《将军好好洗一洗》等）在某种程度上被政治意识形态所压抑。知识分子与意识形态的思想对接很快被中断。知识分子阶层出现分化：或下海经商汇入市场大潮，或守着本职岗位做学术研究，而对社会发言、进行尖锐批评的知识分子很少有应和者了。现代化进程中精英知识分子的边缘化意味着他们需要重新寻找落脚点。意识形态的有意疏离和市场经济的猛烈冲刷，使得他们中的一些人认识到：应该到民间、到大地上寻找精神生长点。正是在这种背景下，学术界围绕张炜《九月寓言》的发表和张炜创作的转变，展开了争论。

研究者首先比较了《九月寓言》与《古船》的优劣。否定《九月

---

① 陈宝云：《从希望之歌到忧患之歌——张炜创作发展的一个脉络》，《文艺评论家》1987年第2期。

寓言》者如王彬彬，他从作家的悲悯情怀出发，认为《古船》具有"悲天悯人"的超越情怀，"是七十多年新文学史上的长篇佳作"；而《九月寓言》则"由超越落到了世俗"，叙事者"庸常""随俗"，描写的内容不过是"小村人食色两种最基本的生理欲望的表现方式和被满足方式"等，写到苦难，也是以一种"无可奈何的慨叹语调叙述出来的""叙述者习以为常、冷漠麻木，读者见怪不怪"①。肯定《九月寓言》者如郜元宝，认为《古船》太过阴郁，缺失生机，写的是"害了一场大病还会害下去的那种生命"，对于作家则是压抑了他"亲近自然并得自自然的那种清明淳朴的天性"；《九月寓言》则走出了80年代意识形态的"牢结""返回民间融入大地"②，作品具有象征意义：奔跑—停留—奔跑的生命形态，写出了人与大地的关系。可以说，批评的分歧，源自对作家作品所承载的思想内容的不同期待。前者重视作品的社会思想，期望张炜能延续《古船》的写作方式，对历史和社会现实有更多的批判反思，继续写历史上的苦难和权力思想在当今的肆虐。后者洞察到了《九月寓言》所写的寓言真实——老百姓本真的生存状态，与大地难解难分的本源联系，看到了比起写《古船》这样的社会思想命题，《九月寓言》的写作是作家的本真生命的写作。

由《九月寓言》的争论，张炜小说研究中两个重要的概念——民间和大地，浮现了出来。这体现出知识分子避开意识形态的现代化召唤，到民间去接通地气的选择。上海学者陈思和、郜元宝、张新颖、王光东等普遍肯定张炜的创作，认为《九月寓言》接通了地气，另辟了意识形态以外的一个自由自在、充满生命活力的民间天地。③ 认为"《九月寓言》造天地世界，它写的是一个与外界隔绝的小村，小村人的苦难像日子一样久远绵长，而且不乏残暴与血腥，然而所有这一切因在天地境界之中而显现出更高层次的存在形态，人间的浊气被天地吸纳、消融，人不再局促于人间而存活于天地之间，得天地之精气与自然

---

① 王彬彬：《悲悯与慨叹——重读〈古船〉与初读〈九月寓言〉》，《当代作家评论》1993年第1期。
② 郜元宝：《"意识形态"与"大地"的二元转化——略说张炜的〈古船〉与〈九月寓言〉》，《社会科学》1994年第7期。
③ 同上。

之清明,时空顿然开阔无边,万物生生不息,活力长存"①。陈思和最早在文学史上提出民间这一概念,指出张炜在沉浸到民间这丰富驳杂的生命源头时,并未遗忘知识分子的现实战斗精神,他认为张炜的《柏慧》《家族》继承了鲁迅的战斗精神,表达了对邪恶的绝不宽容。陈思和同时借鉴罗曼·罗兰对向上与向下两个民族的区分,指出张炜笔下"向上的家族"代表了真正的知识分子精神。②

对张炜创作持肯定立场的还有山东(或在山东长期工作过)的学者如魏建、吴义勤、张清华等。他们从知识分子在当代的精神境遇出发,肯定张炜小说创作的知识分子品格,赞扬张炜对物化社会现实和庸俗文化的批判、对纯洁人性的坚守、对精神家园的不懈追求。如吴义勤认为,《柏慧》"是一部为我们病态的文化时代和生存灵魂号脉的杰出的精神文本和文化文本,它是对我们溃败的世纪末文化的严厉诘问和最深刻馈赠……使我们在重温对于美/丑、善/恶、爱/恨、忠诚/虚伪、生/死等两极生存景观的区分时,在面对土地、母亲、正义、立场、信仰、责任、愤怒、同情、道德、宽容……这些久违了的生存语汇时,不得不经历一场持久的精神羞愧、震颤和感动"③。贾振勇、魏建认为,张炜"在精神迷乱的时代,高举齐鲁现代人文精神的大纛,在忧愤的归途中重塑齐鲁人文精神的时代使命,以悲怆的情怀、庄严的道德义务、沉重的理想主义英雄主义情结,向我们的时代追问着形而上的意义,为我们时代精神的重塑,举起了一面不倒的齐鲁人文精神之旗"④。张清华认为,《家族》表现了张炜"匡正历史的激情和义愤""是慎重和公正的""是一部从局部重写革命的书,一部从正面恢复革命的光荣内涵并写出其作为局部与个体行为的历史复杂性的书"⑤。

与此相对立,武汉和南京(或在此工作过)的一些研究者如邓晓

---

① 张新颖:《大地守夜人》,《栖居与游牧之地》,学林出版社1994年版,第102页。
② 陈思和:《良知催逼下的声音——关于张炜的两部长篇小说》,《当代作家评论》1995年第5期。
③ 吴义勤:《拷问灵魂之作——评张炜长篇新作〈柏慧〉》,《小说评论》1996年第1期。
④ 贾振勇、魏建:《形而上悲怆与文化操守——从张炜小说看小说作为一种精神形式的价值》,《理论与创作》1997年第4期。
⑤ 张清华:《历史的坚冷岩壁和它燃烧着激情的回声》,《理论与创作》1996年第4期。

芒、张光芒、贺仲明等从现代性理论出发，对张炜在市场化时代的保守倾向持批评和否定态度，如批判张炜《九月寓言》表达了复古、怀旧、停滞倒退的反人道主义思想倾向；① 认为张炜90年代的创作充满道德说教，存在二元对立模式与一元化终极道德观，"张炜在反抗现代文明的征途上一退再退，从形上道德的追索者坠落为传统文化道德实用主义直至成为封建性道德的牺牲品"；② 张炜的思想"并不是建立在对八十年代现代性思想的坚持与发展的基础上……他所站立的是绝望的、向后的农业文化立场，所表现的是一种守旧的、没落的文化对于现代文明发展的绝望与诅咒，他的批判因此显得虚无与勉力。""张炜和他的众多的昔日80年代战友，正共同参与着一种对80年代精神的集体性共谋，自觉不自觉地成为90年代文化对80年代精神进行戕害的帮凶。"③

笔者认为，由于特定的历史情境，90年代一些研究者的观点不能说是完全公正的。他们从80年代启蒙文学的标准出发，以历史发展观看待张炜对农业文明的固守和对工业文明的拒斥，对他90年代创作的思想价值（包括艺术形式）评价较低。但是，我们发现，张炜90年代小说并没有违背80年代文学的启蒙精神，他对"土野蛮"和"洋野蛮"的批判，他回归乡土、亲近大地、追溯知识分子精神血缘，都是在摆脱意识形态的牢结，追求一种真正的思想现代性，这与"反对中国社会悠久渊深的封建传统""当代中国社会的最黑暗处，正是中国社会独特的封建和商品资本相结合的产物"④ 并不矛盾。而且，知识分子走向民间、走向大地汲取精神力量，不能简单地理解为退却和逃离，不能简单地理解为反现代性。相对于80年代创作简单地认同意识形态话语而言，张炜90年代小说创作立场，未尝不是一种沉潜、自我反思与积蓄。

另外，有研究者结合作家的"精神发展与成长"，对其创作进行编

---

① 邓晓芒：《张炜：野地的迷惘——从〈九月寓言〉看当代文学的主流和实质》，《开放时代》1998年第1期。

② 张光芒：《天堂的尘落——对张炜小说道德精神的总批判》，《南方文坛》2002年第4期。

③ 贺仲明：《否定中的溃退与背离：八十年代精神之一种嬗变》，《文艺争鸣》2000年第3期。

④ 同上。

年史研究，指出张炜的创作起步低，最初的田园牧歌实际上受到意识形态观念的制约，后来逐渐强大了自己精神上的力量，写出了《古船》《梦中苦辩》《远行之嘱》等高峰作品，这些作品都偏重于"灵魂之思"，而90年代出版的田园与家族系列，表现出作家的退守、"心力的衰退""从精神巅峰的缓缓下滑"①。从中我们也可以看出研究者的启蒙知识分子情结，以及对灵魂反思这一主题的执着探求。

第三阶段：进入新世纪，张炜创作出版了《外省书》《能不忆蜀葵》《丑行或浪漫》《刺猬歌》《你在高原》等一系列小说。这一阶段社会现代化的弊端越来越突出，权力与资本的联盟、社会矛盾的加剧、生态环境的破坏等，使文学界开始反思过去"纯文学"的概念，在某种程度上恢复了80年代介入社会现实的精神。创作界最明显的例子莫过于底层文学的兴起。张炜虽未写出形式上的底层文学作品，但对社会的关注和批判力度加强了。对物欲社会的批判从过去的激愤发言，到现在的精神沉潜、发力、突破，张炜的创作越来越成熟。2005年，张炜发表了《精神的背景》②一文，对当代消费社会的精神文化做出了评价，他期望在"沙化"时代，所有腐殖质能孕育出一种生机勃勃的精神，也就是说，他期望新的精神力量在腐殖质中生长出来。

新世纪时期对张炜小说的研究开始突破八九十年代思潮论争的背景，而开始借用西方文学理论，开拓出新的研究视域。郭宝亮从精神分析学出发，分析张炜小说中的叙事悖论，指出张炜小说善于塑造女性形象，女性与大地同构，以此表现人类童年的浑然本真状态；而对待父亲，作者的情感轨迹则经历了从弑父到寻父的过程，"弑父与寻父的奇妙纠结，使其文本充满了不可言喻的内在悖论"③。严锋从叙事结构和叙事原型出发，运用音乐、神话等知识背景，分析张炜小说中的声音、人物，得出张炜小说普遍存在"呼喊—回声"结构，人物存在三个类

---

① 摩罗：《灵魂搏斗的抛物线——张炜小说的编年史研究》，《当代作家评论》1997年第5期。

② 张炜：《精神的背景——消费时代的写作和出版》，《上海文学》2005年第1期。

③ 郭宝亮：《弑父的恐惧与家族血脉的纠结——张炜小说叙境的存在性悖论》，《小说评论》2000年第2期。

型：英雄族、穷人族、魔鬼族。①李俊国从结构主义视角，以"行走—游荡""探究—疑思""野地—高原""后撤—横站"四组关键词为解读路径，分析了《你在高原》的多重结构方式与功能意义。②陈思和从张炜与世界文学的联系出发，对张炜作品中的"恶魔性因素"进行了研究，指出张炜的《蘑菇七种》《外省书》《能不忆蜀葵》分别对权欲、性欲、物欲进行了深度描绘，刻画出一种中国当代文学中极度缺乏的恶魔性人格，而这种充满创造欲与破坏欲的人格则是西方文学中浮士德人格的异国兄弟。③这些建立在西方文学理论上的分析，已经消除了八九十年代评论家刚刚操练起理论话语时的生疏与隔膜，言之有据、启人深思，表现出理论话语对文学创作批评的深度介入，对于挖掘张炜小说创作深层的文化心理、文本结构、人物内涵具有重要价值。

新世纪的文化思潮趋向于社会批判，主要呈现为底层立场，即关注社会矛盾、底层民众的生活苦难、越来越突出的环境问题等。对张炜小说（特别是《你在高原》）的研究，除了艺术形式上的"惊艳"外，便是关注作品深厚的社会思想内涵。如文娟从社会思想批判的视角，从三个层面——"'革命'之后的社会图景、人性的峻洁与幽暗、'向上一族'的精神接力"，剖析了《你在高原》这部大书所蕴含的巨大思想能量。文章指出，张炜"通过宁伽这一理想主义知识分子的目击者视角，将资本出现在中国大地以后底层民众所遭受的经济剥削、身体消亡与精神虐杀等苦难悉数展览，并站在弱者的立场，勇敢地批判贫富悬殊、不公不义的社会现象，在抨击企业集团的暴行之时，亦将他们的保护伞——政治体制纳入了批判的视野"。文章注意纠正前人对作家的误解，指出"张炜虽然极为注重人的道德品质问题，但他并不如同有的批评者所断语的那样是一个道德至上主义者，简单地将人分为善恶两类。他所区分的善恶针对的不是自然的人性，而是以应然为标尺，对人

---

① 严锋：《张炜的诗、音乐和神话》，《当代作家评论》2002年第4期。
② 李俊国：《以无边的"游荡"趋向精神的"高原"——张炜小说〈你在高原〉的结构—功能研究》，《华中师范大学学报》（人文社会科学版）2013年第3期。
③ 陈思和：《欲望：时代与人性的另一面——试论张炜小说中的恶魔性因素》，《文学评论》2002年第6期。

做出的价值评判，饱含着文学知识分子的人文理想，具有乌托邦的性质"①。文章对精神接力者的分析，在新文学一贯的父子模式中，发现了第三代的形象和声音。这篇文章深具五四文学批判精神，围绕社会批判、人性分析、知识分子的精神传递等问题，论述得很有思想生气。张炜炜、陈东辉从底层视角研究《你在高原》，认为"作品表现了底层民众在革命时代、后革命时代的历史遭际以及社会现实层面的苦难与无告，作家在这种底层叙述中突现出知识分子的社会使命感、人文救赎情怀以及道德理想主义的'失落'"②。

这一阶段的张炜小说研究虽然有批评的声音，但未形成声势。吴俊认为，《能不忆蜀葵》在叙事结构等方面有重大缺陷，表现了张炜的"另一种浮躁"③；王春林认为，张炜深受人文精神和民间理论的误导，创作的理念化倾向突出，使得《刺猬歌》成了一部"空洞苍白的自我重复"之作。④ 他们质疑的大多是张炜小说的艺术问题，责怪张炜未能提供更新鲜的阅读感受。也有研究者在新的历史情境中，转变了自己的批评性观点，肯定《你在高原》对权力、丑恶的道德品格、现代工业文明的批判，对爱、美、善的赞美，认为它"蕴含着强烈的批判、理想、激情和超越精神，是当前物质文化时代一次具有异类气质的浪漫主义漫游"⑤。

另外，张炜小说的整体研究取得了突破，出了两部专著：《审美浪漫主义与道德理想主义：张承志、张炜论》（颜敏）、《纯然与超越：张炜小说创作论》（王辉），并出了资料汇编《张炜研究资料》（黄奕编选），以及对话录《张炜王光东对话录》（张炜、王光东）、《行者的迷宫》（张炜、朱又可）等。值得关注的是，张炜小说的生态主题，张炜

---

① 文娟：《思想者的精神漫游——读张炜〈你在高原〉》，《当代作家评论》2013年第4期。

② 张炜炜、陈东辉：《论张炜长篇小说〈你在高原〉的底层叙述》，《聊城大学学报》（社会科学版）2012年第3期。

③ 吴俊：《另一种浮躁——从〈能不忆蜀葵〉略谈张炜的小说创作》，《文汇报》2002年3月22日。

④ 王春林：《空洞苍白的自我重复——张炜长篇小说〈刺猬歌〉批判》，《当代文坛》2007年第6期。

⑤ 贺仲明：《浪漫主义的沉思与漫游——论张炜〈你在高原〉》，《东吴学术》2012年第6期。

小说与传统文化特别是齐地文化的关系，张炜小说与世界文学的联系等，这些问题越来越引起研究者的关注。

综上可以看出，学术界关于张炜小说的相关研究和论争均在一定程度上与现代化、现代性等思想观念相关联，不过专门以此为主题进行研究的著作和论文并不多见。笔者认为，研究张炜，不可忽视的维度便是他与现代化、现代性的关系。张炜一贯被称为是反现代性者，主要指他对社会现代化进程的怀疑态度，对现代化发展过程中所造成的诸多恶果有着激烈的批评。一些学者从历史进化论和发展观出发，指斥张炜为怀抱落后的农业文明梦想不想醒来的保守主义者。笔者认为，张炜的价值和意义正在于他对现代化潮流的反思，这种批判反思的态度从一定意义上说，是一种真正的现代性。当前社会物质主义的泛滥，以及由此导致的人性异化、道德堕落、生态破坏等已成为中国现代化建设的障碍，对张炜小说的所谓反现代性问题进行深入系统的研究，成为绕不过去的话题。

第一章　张炜小说中的传统文化精神

中国的传统文化包括精英层面的儒家文化、道家文化，也包括民间层面的民间文化，甚至包括特定地域的地域文化等。对于张炜来说，他的思想受到了多方面传统文化的影响。在传统文化的合力中，儒家精神一直是张炜思想的主导方面，他自觉地坚持儒家的入世精神，关注社会现实、关注人文精神，秉持知识分子的批判精神和对社会理想的执着追求。以儒家精神为主导，并不妨碍张炜对其他文化的吸收，他旁摄多种文化素养，其中最突出的还有道家文化精神、民间文化精神、齐文化精神……张炜对道家的出世思想并不赞赏，但道家文化中人与自然和谐一体的观念、对本真自然人性的追求，让他在心理结构上自觉倾向于它，并在作品中表现出道家文化的神韵；在儒家、道家等精英文化之外，张炜自觉向民间大地吸收营养，民间立场、民间生活体验在其创作中占有重要位置；在地域文化方面，齐文化和鲁文化（某种程度上即儒家文化）共同影响了张炜，值得一提的是近年来张炜越来越多地注重体会自身精神中秉持的齐文化因子，放浪、爱幻想的齐文化因素越来越多地参与到张炜对世界和文学的认知中。

第一节　张炜小说中的儒家文化精神

儒家是一个历史概念，它创立于先秦时期，孔子、孟子、荀子是其代表人物，汉代开始逐渐成为封建社会的意识形态。佛教文化传入中国后，儒家又吸收、融合了佛教思想观念、思维方式，形成宋明理学。儒家思想文化因而成为中国文化的主导方面。贯穿儒家文化的核心是什么呢？笔者认为，主要就在于其高度自觉的入世精神。儒家是以治理天下为己任的,其思想出发点、归宿点都是治理天下、实现天下的和谐秩序。儒家的积极入世精神表现为一种刚健有为的阳刚精神,表现在主体身上是一种强烈的社会责任感、使命感及忧患意识。儒家文化精神所关注的社会现实问题主要有三个方面:一是对天下的治理,主张实行"德政""仁政",强调以礼乐教化天下,实现天下大同;二是民众的疾苦,主张兼济天下,博施于民;三是社会伦理道德状况,强调道德自觉以及与此相关的人文精神。这里我们试从儒家文化主体的社会历史责任感和使命感、对社会现实问题和人文精神的关注两方面具体论述儒家文化精神对张炜小说创作的影响。

一 强烈的社会责任感和使命感

儒家文化的入世精神首先体现为儒家文化主体具有强烈的社会历史责任感与使命感。这种社会历史责任感、使命感尤其表现为在社会秩序混乱、道德沦丧、礼法废弛状况下儒家文化主体拨乱反正、兼济天下、传承慧命的胸怀、抱负和担当精神。这种社会责任感和使命感从本质上讲是一种主体自觉意识、担当意识、忧患意识和批判意识,体现了儒家文化刚健有为的阳刚精神。具体而言,主体自觉意识包括对自身责任、使命的自觉,对儒家文化精神、文化理想的自觉,对当下社会、文化状况的清醒认识;担当意识是一种对自身社会责任和使命"舍我其谁"的自觉担当精神和勇气;忧患意识是对社会、文化现状及其发展趋势的担忧,具体表现为对国计民生、人的精神状态的忧患;批判意识则是从儒家社会、文化理想出发对社会文化现状的自觉反思与批判。

作为山东作家,张炜不像一些地方作家那样喜欢追求所谓的小说形式或者模仿西方小说创作潮流,正如任孚先、王光东在《山东新时期小说论稿》中所说:"他们的作品总离不开这块充满苦难与希望的土地,总离不开那痛苦的忧患情思,总离不开试图谋求生活更加美好的崇高责任感和使命感,他们的作品就是以这种精神,共同构成了具有地域性特点的艺术天地。""山东作家的强烈使命感和责任感,决定了他们的创作总是关注着社会生活的真实面貌……同时也表现出一种强烈的批判精神",而受儒家文化精神影响,"他们的批判精神在很大程度上表现为一种道德性批判"①。

责任感和使命意识在张炜那里都有清醒的自觉。张炜对于人文知识分子的历史作用、独立精神、忧患意识等都有深入思考。在他看来，"在任何时候，人文知识分子对于社会的发展更具有决定性的意义"。张炜强调"知识分子独立思考的精神比什么都重要"。张炜对独立思考精神的强调，本身就是对知识分子反思精神和批判精神的强调。张炜不满当今一些文学人安居之心太重、随大流说话，或者故意出语惊人的现象，认为其中表现出来的是责任感、使命感、独立思考精神、批判精神的缺乏。他所推崇的作家是那种具有强烈主体意识的"山脉"式作家："'山脉'式的作家，在与世界的对应中，发现了时代的危机。他们在独守独立的思索中向置身的这个世界发言，吐出逆耳之音。"②他们在众声喧哗中能够保持独立思考，敢于对整个世界的荒谬吐出逆耳之言。从某种意义上说，这既是张炜自身的信念，也是其理想追求，这种主体精神在其《古船》《外省书》等作品中有最充分的体现。在《古船》中，张炜将半个世纪的历史变化和人的变化置于隋抱朴的精神视野中进行批判、审视；在《外省书》中，张炜在新的历史条件下，逆潮流而动，将中国的现代化建设、将西方现代文化观念置于史珂的精神视野中进行批判性反思。

儒家的入世精神使张炜关注道德人格的塑造。儒家人格理想一是"内圣外王"，二是《左传》："太上有立德，其次有立功，其次有立言"（即所谓"三不朽"）。实际上两者内容本身是重合的。所谓"内圣"，是指主体自身的道德修养，"外王"是指将儒家经邦济世、强国富民的理想落实于现实社会政治文化生活中。"三不朽"中所说的"立德"本质上说的即是"内圣"；而"外王"则包含"立功"和"立言"两方面。实际上，孔子孟子都是在现实社会生活中无法建功立业的情况下，转而"立言"以表达自身的社会政治文化理想的。作为一个作家，一个人文知识分子，张炜强调"立言"的重要性，认为作家可以通过

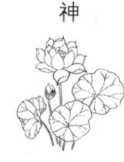

---

① 任孚先、王光东：《山东新时期小说论稿》，山东教育出版社1991年版，第1、6页。
② 张炜、王光东：《张炜王光东对话录》，苏州大学出版社2003年版，第45、3、159页。

塑造一种理想人格达到影响社会思想文化的目的。在他笔下，出现了一些具有儒家人格理想的人物形象，如《古船》中的隋抱朴和《外省书》中的史珂。两者均是关注现实、注重反思的人物形象。他们关注社会现实问题，从自身数十年的阅历出发反思时下现实文化问题，隋抱朴对现代化建设发展方向进行的全方位反思，史珂对时下现代化、西方化过程中出现的物欲化倾向的"现代性"批判，恰好代表了张炜前后两个时期关注的现实社会文化主题；在两位主人公身上，社会历史遭遇给予他们的精神创伤使他们具有切实的忧患意识，他们关注当下的社会历史发展和潜在的社会问题，满心期望惨痛的经验不再重演；同时，在两位主人公身上还体现了儒家文化精神的"道德—人性"维度。隋抱朴通过对父辈遭遇的反思，摒弃了见素局限于自身发财致富的人生路向，确立了带领大家过上好生活的道德意志；史珂从传统文化中，从拾松塔的老人身上，从女画家、师辉母女那里吸取的文化资源同样出于"道德—人性"维度；此外，隋抱朴对《共产党宣言》《天问》《航海真经》的阅读研究，史珂经常进行的静思笔录，也从一个方面体现了作者自身的"立言"意向。

二 对社会现实问题和人文精神的关注

儒家文化的社会历史责任感和使命感以及与此相关的忧患意识和社会批判意识主要体现在对社会现实问题和人文精神的关注两方面。不同历史时期社会发展状况不同，社会发展趋势不同，儒家知识分子所关注的社会现实问题也必然不同。大体而言，儒家文化关注的社会现实问题主要有两个方面：一是不同历史时期社会的主要矛盾、潜在的社会问题。儒家文化以治理天下为己任，对于社会治理中存在的问题尤为关注。二是普通民众的生存问题。儒家文化以兼济天下、仁民爱物为己任，具有深厚的民本意识。此外，儒家文化对社会现实问题的反思、批判有其不同于其他思想文化的维度，即道德批判维度。而儒家文化对人文精神的关注也主要体现在对儒家道德精神的坚守和对社会道德状况的关注上。

新时期，中国社会政治经济生活大体上经历了两个阶段。第一阶段在政治上侧重对"文化大革命"等极"左"政治运动的拨乱反正，在思想上高扬知识分子的启蒙精神；第二阶段着重推进社会主义商品经济、市场经济的发展，兴起了以大众文化为主体的文化主潮。与之相应的是作家创作关注点也发生了位移。

张炜的小说具有很强的历史感，他关注当前的现实社会问题，并将其与历史的反思相结合，并由此发现历史与现实的惊人相似。如他发现改革开放过程中，封建极权势力的代表者依然把持着经济乃至政治的特权，这就是他在《秋天的思索》《秋天的愤怒》《古船》中塑造的王三江、肖万昌、四爷爷等形象；他发现不管在现实生活中，还是在过去的历史中，人都分为两个家族：一个以肖万昌、四爷爷、赵多多、殷弓、"飞脚"、柏老、瓷眼所长等为代表，他们虚伪、贪婪、麻木、卑污；一个以李芒、隋抱朴、宁珂、曲予、宁周义、朱亚等为代表，他们正义、高尚、善良、纯洁，在这些人身上，张炜寄了自己的道德理想。张炜由此确立了以道德—人性作为划分人的根本标尺。

张炜关于现代化的批判反思是逐渐深入的。改革之初，张炜《古船》通过对中国近半个世纪历史的反思，思考关注的主要是当下的现代化建设，围绕这一主题，张炜对现代化建设是各自为战为自己谋私利还是带领大家一起过上好日子，对农村宗族势力、国际国内形势、对科学技术精神和科学技术的潜在危害、对开放意识……进行了尽可能全方位的思考；随着改革的深入，社会各方面的矛盾也渐次暴露出来。如果说《古船》关注的是如何进行社会主义现代化建设的话，在这之后，张炜则逐渐关注改革开放过程中产生的新问题，比如《九月寓言》开始关注工业生产对农村生存根基的侵蚀，《柏慧》开始关注工业开发所带来的日益严重的环境污染，而《外省书》对现代化以及西方化的全面反思则标志着张炜思想观念的一大转折，这种转折实质上即是由现代化的启蒙转向对现代化的反思、批判。他认为："我们今天说的启蒙，不是对于现行资本主义运行规则的解释，不是对于物质主义的尾随。真正的启蒙是站在它的对面，是继续下去的一场质疑"，是对商业时代、商业时代观念的批判反思。张炜对当前文学中出现的放纵、极度个人主义、厌世主义、消费主义、自我满足、藐视伦理标准……心态持批评态度，主张当代知识分子应坚持儒家人文精神，对技术主义、对物质欲望的放纵保持一种警觉和反对，对现代化过程中西方物质主义、纵欲主义

的侵入加以自觉抵制。①

儒家以人文精神的传承为己任，孔子删定六经，以继承周礼，挖掘其中的人文精神内涵为职任；孟子辟杨墨，以继承儒家文化为自己的当然使命……奠定了儒家注重文化传承的传统。张炜小说注重文化反思的道德伦理维度，改革开放之初，在国内众多小说创作对改革开放一片讴歌声中，他着重关注的却是改革开放过程中出现的商品观念对传统道德伦理观念的冲击。这在《一潭清水》《怀念黑潭里的黑鱼》等作品中有鲜明的体现。随着市场经济的持续推进，现代化的弊端逐渐暴露出来，张炜自觉强调儒家人文精神对于西方现代文化物欲化、技术实用观念的抵制价值。在《外省书》中，史珂赖以建立主体精神的一个重要文化资源就是传统儒家的主体精神。张炜不满于中国当代文学对于传统的脱离，认为"西方商业流行文化的全境压进，使中国作家丢掉了自己的思想和语言"。"而儒学从根本上反对抓住现实尽情享受……它能够使我们的世界持续发展。过度消耗，不计后果的竞争，对技术的膜拜，对商业规则的绝对服从，恰恰与儒学的要义相抵触。"② 认为儒家文化中包含的人类生存的智慧，对于遏制今天人们追逐财富的无限欲望，引导人类的理性思维，以抵达物质与精神、人类与自然的和谐幸福具有重要意义。

另外，张炜对底层民众的关心也表现出了他一贯的人文关怀。儒家文化坚持民本精神，孟子所谓"乐民之乐，忧民之忧""民为贵，社稷次之，君为轻"；荀子所谓"君者，舟也；庶人者，水也。水则载舟，水则覆舟。此之谓也"，均体现了这一精神。张炜《古船》中隋抱朴经过磨坊长期苦思，领悟到父辈之所以失败，是因为没有带领大家一起奔好日子，因而决定以此作为自己的人生理想。《秋天的愤怒》中李芒同样是自觉地站到普通民众一边，与自己的岳父（恶势力的代表者）肖万昌作斗争。在《外省书》中，捡松塔的两个老人以及他们的邻居瘫子母子的生活，直接支持着史珂的道德坚守。在《丑行或浪漫》中，

---

① 张炜、王光东：《张炜王光东对话录》，苏州大学出版社2003年版，第24、14、156页。

② 张炜、王光东：《张炜王光东对话录》，第153、156页。

刘蜜蜡在乡村大地上流浪所遇到的一个个孬人的子孙,表达了张炜对受难的老百姓的同情。在张炜众多的作品中,普通民众是其钟情、讴歌的对象,属于正义、高尚、善良、纯洁的家族。在张炜看来,"真正的知识分子只能成为民众的代表"[①],为民众而歌,为民众的苦难而写,是知识分子的职责所在。

第二节 张炜小说中的道家文化精神

与儒家文化相比较,道家文化偏重于个体精神的超越和自由,在人与社会、人与自然的关系上,强调人与自然的一体性,注重人的自然本性,而不大关注人的社会性一面,甚至将人与社会的关系看作对人性的束缚,将人的社会性看作对人的自然本性的异化。其对于社会文化的批判反思也着重于社会文化观念对人的自然本性的异化方面。无疑,道家文化有其自身的片面性,但它对个体精神超越的重视,对偏重人的社会关系、社会性的儒家文化而言有一定的纠偏作用。

一 自然人性论及其对人性异化现象的批判

道家对人性异化现象的批判是与其自然人性论相联系的。道家有感于现实社会人性的异化,因而主张回复到古代社会人与自然一体状况下人性的自然状态,进而提出自然人性论以批判社会、文化对人性的异化。自然人性论从人与自然的本然联系把握人的本性,认为人的本性是在自然运化过程中生成的,遵循自然演化规律,与自然运化整体相协调,是人的自然存在状态;道家对人的社会性基本上持否定态度,认为社会性是对人的自然本性的遮蔽与异化,主张返璞归真,回复人的自然本性,"任其性命之情",保持、顺任人的自然存在状态和生存方式。道家对人性异化现象的批判主要体现为对世俗化观念、儒家文化观念对人的自然本性的异化的否定。庄子对人性异化的批判较多,《庄子·骈拇》篇说:"自三代以下者,天下莫不以物易其性矣。小人则以身殉利,士则以身殉名,大夫则以身殉家,圣人则以身殉天下。故此数子

---

① 张炜、王光东:《张炜王光东对话录》,第25页。

者，事业不同，名声异号，其于伤性以身为殉，一也。"无论是说"以物易其性"，还是说"伤性以身为殉"，都是说人因为追逐外在的名利，改变、丧失了自己的自然本性。对于儒家制定的礼乐文化，《庄子》认为，儒家仁义是"骈旁枝之道，非天下之至正也"，并不是人的自然天性，"以仁义撄人之心"，是天下大乱的根源，因而主张"绝圣弃知"。

　　道家对自然人性的肯定及对人性异化现象的批判，在张炜那里表现为对乡村自然状态下人的纯洁天性的赞美。张炜小说创作中占主导地位的当然是儒家文化精神，但老庄思想对其小说创作的影响也不容忽视，张炜自己就曾经谈道："我们认为，一个能够理解庄子，能够包容庄子的人又同时是一个积极入世的人，那么他就是我们这个世界的希望。"[①]《古船》中主人公见素、抱朴的名字，即带有肯定道家注重自然天性之朴素的意味。实际上，张炜小说不仅塑造了许多具有儒家文化精神的人物，而且还塑造了一些具有道家文化精神的形象。如《蘑菇七种》中的老丁场长、《外省书》中的鲈鱼、《能不忆蜀葵》中的淳于等即属于这类人物。《蘑菇七种》是张炜自己颇为满意的作品，可见张炜对葆有自然天性、自然生命力的形象情有独钟。老丁场长在意识形态占主导地位的时代，生活在远离社会政治的偏僻林场，林场的自然生态环境与其自然智慧、生命力浑然一体，他创造性地调动林地的生命、环境对总场调查组的对抗，体现了其自然智慧，而他旺盛的生命力和情感则体现了无遮蔽的自然生命力；《外省书》中的鲈鱼是革命的情种，对女性的钟情在多年的社会遭遇、社会生涯中始终不变；《能不忆蜀葵》中的淳于是与鲈鱼相类似的人物形象。从小的乡村生活经历赋予他始终不渝的对艺术本质的钟爱和对女性的本能追求，其对艺术世俗化的拒绝、对自身天才的自信，都体现了作者对人的自然天性所具有的强大生命力和智慧的信心。值得一提的是《外省书》中的鲈鱼和《能不忆蜀葵》中的淳于在书中都有一个与他们相对的另一人物形象，即桤明和史珂。显然，后两者是张炜塑造的儒家人物形象。张炜有意识地将儒家人物与道家人物对应塑造，体现了一种文化张力，也体现了作者对这两种文化的钟爱和难以取舍。除了这些很明显的道家人物形象的塑造之外，张炜还塑造

[①] 张炜：《葡萄园畅谈录》，作家出版社1996年版，第211页。

了一些纯洁的女性形象。如《柏慧》中的鼓额、《外省书》中的师辉、《能不忆蜀葵》中的雪聪等，鼓额等是在乡村自然生态环境中生成的纯洁、质朴、善良的乡野精灵；师辉、雪聪等则是作者出于拒绝世俗的理念塑造的女性形象。当然，这些女性形象的塑造不乏儒家男权文化对女性的想象，不过作品对她们纯朴天性的颂扬，则是与城市世俗人性的异化相对的，是一种自然的、质朴的、远离世俗染污的品质。

总体而言，张炜对自然人性的肯定包含着多方面的内涵：它是对人的自然生命的尊重，是对人与自然一体性的体认，是对人的本然生命力的肯定。

此外，张炜对城市生活样式的拒绝，对艺术世俗化的拒绝，当然一方面是由于对传统农业生存样式的肯定，但从另一方面来说也是对农村普通民众纯朴天性的肯定。这在《柏慧》《能不忆蜀葵》中表现得最为明显。《柏慧》中所体现出来的对城市世俗生活的厌恶，《能不忆蜀葵》中鲈鱼表现出的对艺术世俗化、人性的恶俗的鄙视都是极为明显的。《柏慧》赖以否定城市世俗生活的是海滨葡萄园民性的纯朴、生活的单纯；《能不忆蜀葵》赖以批判艺术世俗化的主要是鲈鱼秉自农村的自然天性和对艺术本质的执着追求，这些从本质上说都是批判世俗化生活对人的自然天性的异化。

二 人与自然一体观念

道家文化产生于社会生产力低下的古代社会，在人与自然的关系上，人对自然处于从属地位，道家文化是从自然总体运化过程考察人的存在地位和作用，倾向于将人看作自然生态整体中的有机组成部分。同时，道家从人自身的自然生命体验出发体认人与自然的关系，得出"天地与我并生，万物与我为一"的认识，在社会政治理想上，向往"人与禽兽居，族与万物并"的"至德之世"。道家人与自然一体的观念在当今社会具有现实价值。人类文明发展的历史是社会、人的社会性不断发展、膨胀的历史，人的社会性的过度发展，遮蔽了人与自然的本然联系，也从根本上使人类失去了自身的精神家园。因此，道家对人与自然关系的生命体认，对人与自然一体性关系的认识，在今天具有日益明显的启迪意义。

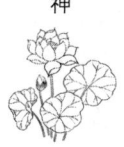

张炜对人与自然的一体性关系最为重视。张炜说:"我想我受过道家思想的影响,但有时在作品中的表现或许并不严重。《古船》中或者可以说有过直接的表达,而其它的作品中可能是潜隐的。有人说我对大地的情感可以看成道家的'天人合一'的思想,这我并不知道。我对大地的情感是自然的,因为我生活在大地上,我依赖它犹如生母。"[①] 张炜对人与自然一体性关系的重视,一是从作家创作角度,强调人与自然一体性关系的体验是作家艺术创作的根本和源泉;二是从人的自然天性角度强调自然是人的生命、智慧的源泉,回归自然是人的自然本性的本能需要;三是对时下现代化的片面发展所导致的人类社会对自然生态环境破坏的现实批判。

张炜旺盛的创作力得力于其小时候的生活经历和体验。张炜出生在胶东半岛西北部平原上的一个小山村,几年后举家迁到一片茂密的丛林,在林山果海中长大成人,这使他从小就生活在一个相对远离社会而与自然万物一体的世界里,造就了他不同于常人的世界观和体认世界的方式。张炜在后来谈到创作中人与自然的关系时,就非常强调作家对人与自然一体性关系的体认,及对自然的敬畏之情,认为文学"一个最重要的内容就是直接或间接地表达人与自然的关系。人的敬畏、恐惧,还有那些依顺的心情,都是这种表达中不可避免、不可缺少的东西"。"一些文学大师的作品在对待大自然方面,其敬畏之心是非常明显的。他们常常写到的人物,在作品中反复追究的人物,也大多是一些心存敬畏的人。"[②]

关于人与自然的一体性,《美妙雨夜》《蘑菇七种》《九月寓言》等作品中有较好的体现。《美妙雨夜》从人与自然的相感相应揭示了人与自然的一体性、协调性,而在美妙雨夜与一个素不相识但灵魂毫无隔膜的女孩的相遇相契,则体现了在人与自然一体背景下人与人之间的同知同感和协调美好。《蘑菇七种》中着力表现的老丁场长与林场生态的协调,在林地的游刃有余,充分体现了人作为自然之子的存在状态,表达了自然作为人的生命和智慧之源的真理;《柏慧》中的"我"过不惯

---

① 张炜:《张炜读本》,花山文艺出版社 2002 年版,第 352—353 页。
② 张炜、王光东:《张炜王光东对话录》,第 91、92—93 页。

城市的生活，回到故乡租种葡萄园，在葡萄园的自然环境中，在自给自足的劳作中，在纯朴乡民的亲情中感受到生命和精神的归属；《能不忆蜀葵》中的淳于躲避到狸岛的乡间小屋中便游刃有余，便能找到艺术创作的灵感和真谛……这些作品都揭示了人内在自然本性对回归自然的需要。

随着现代化进程的展开，张炜的现实反思本身经历了一次转型，即由原来的认同现代化建设转为现代性批判，生态环境问题是张炜当下关注的重要现实问题之一。在张炜看来，现代人虽然在一定范围内对世界产生了影响，给自身造成了妄自尊大的借口，但从长远看，根本的决定力仍存在于大自然之中。人不能忘记人类自身的局限，以及自然对人的自由的限制。在《九月寓言》《黄沙》《柏慧》《外省书》等小说中，张炜对工业文明对于农业文明中人与自然关系的破坏，对现代化进程中导致的资源枯竭、生态破坏、环境污染都有自觉的揭示。《九月寓言》中小村最终在煤矿的开掘中塌陷，成为废墟，象征着工业文明对农业文明的破坏；《柏慧》中工业园区的开发，直接影响到葡萄园的生存；《外省书》中工业园区的开发也使得史珂晚年选择的栖居地面临失去的危险。同时，海滨的开发不仅使得原有的自然生态日益退缩，还严重污染了海滨生态环境，海面污染了，渔民再也难以捕捞到鱼。张炜对环境问题的格外关注，本身是与其人与自然的生命关联的切身体悟密切相关的，也正是对人与自然的生命关联、人与其他生命平等的亲情关系的切身体悟，造就了张炜对环境问题的敏感和洞察力；而他之所以突出工业发展、现代化建设对农业文明的破坏，也是因为在农业社会中，人与自然的关系主要是一种和谐、协调的关系，而在工业社会由于工业技术的极度发展，人的欲望的过度膨胀，隔断了人与自然关系的本然性联系，破坏了人类赖以生存的自然生态环境，从而也破坏了人类回乡的梦想，人类似乎走上了一条不归路，人的生存环境与精神家园一并被破坏了。

第三节　张炜小说中的民间文化精神

20 世纪 90 年代以来，当代小说创作存在一个回到民间的趋势。80

年代知识分子的启蒙话语在较长一段时期内占据主导地位，90年代开始，受国内政治、经济、文化发展状况的影响，文学界开始怀疑知识分子启蒙话语的作用和价值，进而提出了"回到民间"的口号。许多作家开始关注民间文化土壤、民间文化精神对小说创作的价值，并开始自觉地转向民间文化立场进行创作。

这里所说的"民间"是一个区别于精英文化的文化形态与价值立场。陈思和在90年代所发表的多篇论文中提到自己关于民间的理解，认为民间具有以下几方面特点：其一，它是在国家权力控制相对薄弱的领域产生，保持相对自由活泼的形式，能比较真实地表达出民间社会生活的面貌和下层人民的情绪世界；虽在政治权力面前总处弱势，但有着自己的独立历史和传统。其二，自由自在是其最基本的审美风格。民间传统就是人类原始生命力与生活本身的紧密融合，由此迸发出对生活的态度，对人类本能欲望的追求，这是任何道德、法律都无法约束，甚至连文明、进步、美这样的抽象概念也无法涵盖的自由自在。其三，民主性的精华与封建性的糟粕交杂在一起，构成了独特的藏污纳垢形态，简单的价值判断不适用于它。①

民间文化是一种原生态的文化形态。就其思想观念的来源而言，民间文化是一个宽泛的、混杂的范畴，它既容纳着封建社会长期以来形成的封建思想和文化，承载着数十年来不断变换、演进着的政治意识形态，又渗透着知识分子建立起来的新文化因子。但就其文化主流而言，却是具有原始形态的来自民间的伦理道德观念、宗教信仰、民间艺术等，它与农业文明所培植起来的传统文化观念具有更直接的承传关系。② 相对于精英文化而言，民间文化是一种大众性文化，体现的主要是民众面对现实生存的道德伦理精神、生存智慧和生存意志。民间文化作为一种原生态的文化，作为在一定自然生态环境与人文环境下生成的文化形态和文化观念，又带有特定的地域文化特征。总体而言，民间文化具有自发自在性、多元混杂性、传统性、民众性、现实性、地域性等

---

① 陈思和：《中国新文学整体观》，上海文艺出版社2001年版，第122—123页。
② 段崇轩：《民间的魅力与生命——评刘玉堂的小说创作》，《文学评论》1997年第1期。

多方面特征。

　　文学创作回归民间，从某种意义上说是对政治意识形态话语和精英文化启蒙话语的超越，是回到民间寻找文学创作的活力源泉和新的文化价值取向。民间文化价值观念贴近生存的现实性、乐观精神、对大地的精神皈依，以及相对稳定的合乎人性的道德伦理精神为张炜小说创作注入了新的活力，提供了更具永恒意义的文化价值观念。同时，回到民间的过程本身也是一个从民间文化传统中发现、发掘文化资源和文化价值的过程。

　　张炜小说创作中占主导地位的是知识分子立场，他是站在知识分子立场吸取、提炼民间文化精神的，在其小说中我们时时能够看到进行批判性反思的知识分子的身影。从严格意义上来说，最能体现其民间文化创作意向的作品主要是《九月寓言》《丑行或浪漫》等作品。

　　在张炜小说中，民间文化的不同内涵包括：一是对大地、母亲的礼赞。张炜《九月寓言》是将大地作为人的生命、精神的家园表现的，是通过对大地母亲的礼赞，表达出一种与生活大地血脉相通的、元气充沛的文化精神。《丑行或浪漫》则直接塑造了一个奔跑的大地女神刘蜜蜡的形象，通过她的生命原力、爱欲追求写出了大地对受难之子的生命安慰。二是对民间生存意志和生存智慧的表现。肯定了普通民众在艰难生存境遇中所体现出的生命强力、乐天精神及相应的生存智慧。如《九月寓言》中奔跑、追逐、钻玉米地等乡野日常生活中的"狂欢"，摊煎饼的鏊子给贫穷乡村带来的喜悦，忆苦成为一种节庆等体现的民间乐天性格。三是从民间文化中挖掘新的价值观念、新的表现角度重写历史，实现对政治意识形态话语的解构。张炜《古船》《家族》等小说从民间"人性—道德"维度将人分为正义、高尚、善良、纯洁和虚伪、贪婪、麻木、卑污两大家族进行叙事，解构了传统革命小说从国共阶级斗争史角度的政治叙事。

　　张炜从知识分子的视角，对民间文学、民间文化、民间精神等都有自觉的反思和吸收。在他看来，民间是一种生生不息的生命，它遵循着生命自然演化的法则，涵容一切，消化一切，它延续了全部的精神，不管它是伟大还是渺小，崇高还是卑琐，因而极其复杂。但是它的根本精神是积极的、生生不息的，有着不可抗拒的生命力。它蕴涵了最苍老的

民间智慧，具有各种转化和生长的可能，从这一意义上说，民间的精神也就是大地的精神。因此，张炜认为真正的作家应走入民间，融入民间，成为民间的一部分，成为民间声音的表达者。①

张炜对民间文化精神有较充分的吸收，也有学者将民间文化立场视为张炜小说创作的一贯立场。如宗元《张炜小说的民间文化趋向》一文即认为，张炜创作心理中潜藏着浓重的民间情结，其创作逐渐显示出向民间靠拢的趋向。②陈思和也曾肯定《古船》中关于老中医郭运的描写，关于洼狸镇隋赵两家争斗所构成的水火相克结构，都带着民间意味。但笔者认为，总体而言，张炜小说创作主要采取的是一种知识分子的启蒙立场。不要说改革开放初期张炜小说对"文化大革命"的批判反思，即便是当下对市场经济带来的物质化、世俗化、技术化的批判反思，其中秉承的都是知识分子的现实批判立场，张炜自己甚至将之称为另一种意义的启蒙。③应该说，张炜小说确立的"人性—道德"维度，从某种意义上来说，既是对传统儒家文化精神的自觉继承，也是对山东民间大地上积淀的儒家道德伦理精神的吸收。我们很难将其中的知识分子的思考和民间文化精神的表现截然分开。《九月寓言》是张炜早期小说中最具民间文化特征的作品，晚近，张炜出于对齐文化精神的自觉，其诸多作品注重从齐地民间文化中吸取营养。这方面的内容我们放在第四节中具体论述，在这里，我们主要以《九月寓言》为例论述张炜小说中的民间文化因子。《九月寓言》中的民间文化精神，主要表现为对大地之母的歌赞和对乡野日常生活的狂欢化叙事。

一 对大地之母的歌赞

小村人是一个以流浪为特征的人群，他们的名字"［鱼+廷］鲅"（"停吧"之谐音）本来指的是他们从远方流浪而来，因为偶然的机缘在此停留，因此他们没有我们传统意义上的"根"，没有现实的家族背景，没有复杂的社会关系，他们的"根"就是"大地"。也正因为他们

---

① 张炜、王光东：《张炜王光东对话录》，第32—33、122—128页。
② 宗元：《张炜小说的民间文化趋向》，《济宁师专学报》2002年第2期。
③ 张炜、王光东：《张炜王光东对话录》，第24页。

居无定所，在广袤的大地上觅食、栖息，所以他们更能深切体悟出大地对于生命的意义。我想，张炜之所以选择这样的人群作为叙事对象，目的正在于将人与人之间的社会关系悬搁起来，着力表现人与自然、人与大地的生命关联。

《九月寓言》作为寓言，所要表达的是一种超越的形上意义的体认，小说虽然隐约写的是中国 20 世纪六七十年代的乡村生活形态，但小说所营造的精神氛围则具有超越的意义，正如张新颖所说：《九月寓言》的文化依托"是一种生生不息的东西，这种生生不息的东西让我们感到这部书的时间挡板是不存在的，它好像就是一部亘古以来的故事，或者说它是一部活在我们身上的历史的故事"①。张新颖认为："《九月寓言》造天地境界，它写的是一个与外界隔绝的小村，小村人的苦难象日子一样久远绵长，而且也不乏残暴与血腥，然而所有这一切因在天地境界之中而显示出最高层次的存在形态，人间的浊气被天地吸纳、消融，人不再局促于人间而存活于天地之间，得天地之精气与自然之清明，时空顿然开阔无边，万物生生不息，活力长存。在这个世界里，露筋与闪婆的浪漫传奇、引人入胜的爱情与流浪，金祥历尽千难万险寻找烙煎饼的鏊子和被全村人当成宝贝的忆苦，乃至能够集体推动碾盘飞快旋转的鼹鼠，田野里火红的地瓜，几乎所有的一切都因为融入了造化而获得源头活水并散发出弥漫天地、又如精灵一般的魅力。"②

也正因为张炜悬搁人与人之间的社会关系，从天地境界中观照人与自然的生命关联，才发现人与自然、人与大地的血脉相连，发现民间形态的活力源泉，以及民间文化形态中蕴含的另一种精神，并由此唱出一曲浑厚酣畅的大地之母的赞歌。

二 乡野日常生活的狂欢

《九月寓言》在天地境界观照下的民间世界是一个狂欢的世界，借《九月寓言》，张炜表达了一种拥抱世俗欢乐的民间文化精神。作品所

---

① 陈思和、张新颖、王光东：《张炜：民间的天地带来了什么》，《文艺争鸣》1999 年第 6 期。

② 张新颖：《大地守夜人》，《栖居与游牧之地》，学林出版社 1993 年版。

表现的日常生活的狂欢大体上可以概括为三个方面：野地的狂欢、流浪的狂欢和忆苦的狂欢。野地是民众最大的狂欢广场。白日的野地里，"他们就在泥土上追逐，翻筋斗，故意粗野的骂人。如果吵翻了，就扎扎实实打一架，尽情的撕扯。田野上到处是呼喊的声了……"夜幕中，他们奔跑、追逐，彻夜在外而不归家。他们钻入玉米地，嘴嚼瓜干，疯跑在肥沃的田地里，钻入麦秸堆……他们在汗水与喘息里释放着年轻人的活力；小村人原本是流浪的人群，流浪是他们本性中不可或缺的部分。他们从远方流浪而来，当工业文明毁坏了他们的家园后，他们又开始了新的流浪。流浪的生活是狂欢化的，它是人与大地最亲密的交流，是一种无拘无束的自由自在的生存样式，是人的生命存在的本质。在总体流浪的背景中，《九月寓言》还描述了一群流浪人在小村田野短暂的停留，描述了闪婆与露筋的流浪生活，独眼义士30年千里寻妻的流浪传奇，金祥南山寻鳌的经历，以及小说最后欢业对先辈流浪生活的继续……《九月寓言》中专门有一章描写民间忆苦场面。"忆苦"本是六七十年代中国的一种政治化生活，是要广大民众"不忘阶级苦，牢记血泪仇"，忆旧社会之苦，思新社会之甜。但在《九月寓言》中，"忆苦"成了民间的狂欢节庆。金祥与闪婆都是忆苦的好手，金祥"在寒冷的冬夜里，给了村里人那么多希望，差不多等于是最好的歌者"。金祥把"忆苦"的话题转化成充满趣味与魅力的精神食粮，人们在金祥那种充满神奇、惊险、刺激、怪诞的民间故事里得到的是精神上的满足。

第四节 张炜小说中的齐文化精神

齐文化是一个与鲁文化相对的概念，两者统称齐鲁文化。齐鲁文化一般是指先秦时期齐国和鲁国文化。在历史的演变过程中，鲁文化与儒家文化合流，成为山东地域文化甚至大一统国家的主流文化；齐文化则逐渐边缘化，但作为在一定地域环境中生成的文化精神，仍然有其存在的合理性，即便在今天，齐文化在民间层面，在文化的边缘地带，仍有其生存的土壤，保持着固有的生命力。

齐文化在经济层面是一种务实主义文化。齐国地处半岛腹地，后兼并了东莱古国，疆域直达沿海，在经济上有盐铁之利，管仲治国时注重发展工商业，形成了经济高度繁荣、物质文化高度发达的局面。齐国统治者在这样的经济基础上，骄奢淫逸，带动着整个社会走向"恣意"的状态，国民享受着物质、欲望的极大满足。由于经济发展与道德发展失去了平衡，齐文化中的商业主义、务实主义逐渐流变为享乐主义，最后导致了被秦国灭亡的命运。张炜对齐文化中的商业主义欲望至上有着清醒的认识，在其著作《芳心似火——齐国的恣与累》以及《恣意的代价》等文章中有过专门论述。

2009年4月，张炜曾到齐国故地淄博做过一次齐文化的演讲，他详细分析了齐国的商业和纵欲如何导致了它的灭亡，他说："管仲是一个了不起的国家管理者，在他的操劳下，齐国走向了自己繁荣的顶峰。但也是这个杰出的管理者，却为齐国埋下了灭亡的种子。他当时极力地倡扬物欲，把整个社会的创造力都给发挥出来，可是与此同时，他把整个社会上人性中恶的力量也全部呼唤出来。比如说他建立的官办妓院，就比西方最早的雅典还要早上几十年。博彩业也很发达。他以灯红酒绿的临淄市相，吸引天下商贾。这与今天的拉斯维加斯，纽约曼哈顿，包括北欧的一些国家是完全一样的。欲望是一把双刃剑，一方面它会在短时间内极大地使一个社会进入全面的激活状态，使财富得到快速的积累，另一方面又会涣散人的精神，使社会伦理秩序遭到彻底的破坏，而这种破坏的后果是极其严重的，甚至是无法收拾的。"[①] 张炜作为一个有着道德追求的知识分子，一直在抵抗着商业主义、物质主义的浊流，因为他看到了当前社会在经济高速发展中隐藏着道德堕落、理想失落的弊端，看到了当前社会与两千多年前的齐国及其命运有着极大的相似性。张炜当然希望经济发展、社会进步，但他不希望我们重蹈古代齐国的命运。

齐文化在学术层面是一种兼容并蓄、独立自由的文化。这就是稷下学术精神。稷下学宫始建于前4世纪中前期齐桓公时期，至齐威王、齐宣王时达到鼎盛，集学者达"数百千人"，成为当时中国最具影响力的

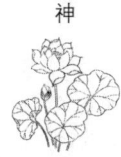

---

① 独孤步云：《独一无二的文化背景——著名作家张炜谈齐文化》，http：//blog.sina.com.cn/s/blog_ 4c4aa2340100d5qp.html。

学术文化中心。稷下学术精神主要表现为兼容、独立和自由。首先，它是一种兼容精神。容纳各种学说，儒、道、法、墨、兵、刑、名、阴阳、方术、天文、农、医等各家齐集稷下，或著书立说，或议论国事，或收徒授业，或辩论争鸣，形成了开明宽松、言论自由的学风。其次，稷下学术更可贵的精神还在于它始终保持着高度的独立性，没有沦为政治的附庸和点缀。根据《史记》所载，稷下学者的特点是"不治而议论"。"不治"是保持学术独立的先决条件。学术群体只有置身于统治集团之外，学术才能远离政治的干扰，才能充分地履行其文化批判、启蒙人群的功能，进而引领社会前进。[①] 稷下学术精神，即知识分子的批判精神被张炜直接吸收。张炜对稷下百家争鸣的文化盛举念念不忘，在小说《瀛洲思絮录》中，他以徐巿东渡日本为主线，以徐巿在瀛洲开设供各家辩论的"大言院""让彼地萎褪之花在此岸灿烂盛开"作为对稷下学宫的精神追随。《柏慧》以古歌的形式表达了"我"对英雄徐巿的倾慕，他的贵族血统、英勇智慧、对秦王的反抗以及最后的退却和坚守，都成为"我"的精神滋养。在《你在高原——海客谈瀛洲》中，张炜再次写到徐巿东渡，突出徐巿在秦王嬴政对知识分子的屠杀面前，运送"种子"到东瀛去的盛举。

张炜的思想中有多种文化的影响，就传统文化而言，有儒家文化、道家文化、民间文化、齐文化的影响；就现代文化而言，有鲁迅的批判精神、托尔斯泰的人道悲悯精神，张炜把它们融合为一个整体，进行了创造性吸收。这不能不是一种兼容并蓄的大气魄。稷下学宫的独立精神和兼容并蓄的精神，塑造了张炜的知识分子气质与胸怀。他对社会的逆耳之言、批判之音，与稷下先生淳于髡当年在"左右莫敢谏"之时，敢于用隐语劝谏齐威王，说服齐威王罢淫乐长夜之饮，从此"一飞冲天"、令齐国大治，是同样的知识分子情怀——不畏强权、为民请命。

齐文化在审美层面是一种浪漫、灵异、怪力乱神的文化。这是因为齐地濒临大海，大海的辽阔、浩淼直接孕育了齐文化的幻想精神。张炜说："我对出生地的文化充满景仰……齐文化的超然和曼妙浪漫、冒险

[①] 王薇薇：《在包容并举中走多元融合之道——论稷下学宫对张炜创作思想的影响》，《名作欣赏》2010年第6期。

开放，与鲁文化的入世和严谨坚实、庄重深邃，可以说是相映成趣，互为弥补。所以出生在山东（齐鲁）的人是一种幸运，因为齐鲁文化一直是中国传统文化的主流……我的文化之根就在齐鲁大地。我说过，这是我精神上的生存保证。我相信儒家文化流动在我的血液中。但我出生在海边，常常面对的是一望无际的大海，是海雾缭绕中的岛屿，极目远眺也分不出天色与水色。这种环境会让我有许多幻想……我想，齐文化是一种飞翔的文化，浪漫的文化，幻想的文化。儒家文化会让我理性地审视自己，而齐文化将把我引向很远。"① 可以说，近年来张炜对齐文化的热情逐渐压过了对儒文化的钟爱，他在一段时期内曾钟情儒文化的道德理性精神，并对儒文化抑制当前社会的欲望之功能抱以期望；在对齐文化的研究中，张炜开始正视齐文化在经济社会发展中的作用，并对它独特的化育文学的功能倍加推崇。"东夷方士多，谈玄的人多，怪人多，出海的人多，胡言乱语的人也多。而中国儒家文化是不谈'怪力乱神'的。可是'怪力乱神'基本上是文学的巨资。不幸的是，中国的经济因为远离了齐文化而陷入贫瘠，文学恰恰也是如此。"②

在文学审美层面，我们可以说齐文化中的放浪、奇思异想、人与动物的通灵等，直接影响了中国当代文学的创作。新时期中国当代文学曾对拉美魔幻现实主义借鉴很多，但一直没有找到适合中国的现实土壤，在这里，张炜找到了奇异、怪力乱神的齐文化，并从中吸取了文学资源，写出了一些代表作，如《刺猬歌》和《你在高原》。张炜创作方法的转变，与世界观的变化是紧密相连的。张炜在《灵异、动物、怪力乱神——随笔四题》中直接说出了自己对齐文化神秘现象的好奇，他说50岁后的自己对世界和未知现象的认识已不是用一句迷信所能打发的了，在长年累月地与民间群众、民间生活的接触中，张炜的世界观正在发生一场转变。过去，他基本上是以人类的利益、生活的权利为关注中心的人本主义者，在目睹人类在现代化过程、征服自然的过程中的劣迹后，在大地上苦苦寻觅的张炜终于发现了，如果以万物、以自然生命为中心，那么人类将被剥去神圣的光环和外衣，还原为一个与万物平等

---

① 张炜：《文学是生命中的闪电》，《人民日报》2004年5月13日第11版。
② 张炜：《灵异、动物、怪力乱神——随笔四题》，《书城》2007年第7期。

的生命体。这样的思考表明张炜对自然"复魅"的寻找,在他的作品中,他越来越多地写到一些神秘、通灵现象,这些现象一般是以民间传说的形式出现的,但由于作者善于描摹情境并赋予它真实的想象力量,我们感觉到张炜笔下的世界发生了扭转,这就是通灵世界、灵异世界在其作品中正占据着越来越重要的地位。这一切可以说是张炜对齐文化的放浪、胡言乱语、真幻难辨特色的吸收。

《刺猬歌》描述了一个奇异的通灵世界。其中既写了前文明时代——霍老爷时人与动物的互化、人与动物的血缘融合,动物闪化为人,人具有动物特性,真真假假、虚虚幻幻的神秘境界;又写了革命时期即唐老驼时代,人对动物的步步紧逼、砍林烧林、自然的"去魅"过程;还写了在经济大开发时期,随着人类对自然破坏程度的加剧,底层民间涌动着对自然"复魅"的潮流,那就是打旱魃、重现自然与社会的清明。当然,政治权势阶层与经济权势阶层也有他们的复魅,那就是以重建庙宇或借助神巫的力量稳坐自己的高台。在《刺猬歌》中,我们看到了人类的命运不是随着对自然的开发和占有日趋美好,而是随着自然的命运而日益不堪,我们也看到了当人类开始正视自然的神秘力量并与之和解的时刻,人与动物互相依存、共同存在、万物一体的历史时刻才有可能重现。为此,书中的主人公廖麦一直在写一部《丛林秘史》,意欲把一个神奇的世界以及这个世界的破坏和毁灭的过程记录下来,为将来世界的重建提供一个摹本。

《你在高原》中浪漫、通灵的齐文化精神俯拾皆是。《橡树路》中城堡与老妖的故事,成为一代青年庄周、白条、凹眼姑娘等人驱逐不掉的梦魇。作品荒诞而真实,活画出了橡树路上历朝历代留下的淫魔色鬼祸害青年的故事。作品含蓄地写出了80年代初期一些高干子弟受西方纵欲文化影响,在家中喝进口咖啡、看色情电影,自甘堕落,从而被意识形态绳之以法的历史事实,但小说明显使用了虚拟的民间故事手法,充满了神秘气息。这种神秘借嫪们儿的驱魔达到了极致。可以说,张炜触摸到了民间神秘力量的边缘。《忆阿雅》中神秘而忠心的动物"阿雅",《鹿眼》中象征理想和童真的动物"花鹿",散发出腥气、以铜钱为衣、丑陋贪婪的民间怪物"旱魃"等,都把我们带进了一个荒诞而真实的民间魔幻世界。

总之，传统文化作为一种内在的思想底蕴，不但决定了作者的精神追求和人格理想，而且潜在地影响着他的创作观念、影响着他的创作走向。在传统文化对张炜的影响途径上，我们可以看出：张炜不但精读了大量的传统文化典籍，而且细心揣摩，将之与现实生活体验紧密结合起来。大体上可以说精英文化（包括儒家文化和道家文化）对张炜的影响是通过作家对相关典籍的阅读实现的，当然也包括生活中对儒家道义理想的耳濡目染；民间文化主要是通过民间传奇、民间文艺以及在民间生存环境中的直接体验实现的；齐文化的影响则通过民间传说、民间体验、地域熏陶，又通过张炜一贯的对历史典籍的勤奋阅读与精心体会实现的。

第二章　张炜小说中的知识分子立场

　　张炜秉承了传统知识分子特别是儒家知识分子的社会责任感，形成了"为天地立心，为生民立命，为往世继绝学，为万世开太平"的襟怀和抱负，以此践行知识分子的入世精神。同时，张炜身上还延续了现代知识分子的思想品格——批判精神和悲悯情怀。张炜继承了鲁迅、托尔斯泰的思想，对社会现实进行了尖锐的批判，对政治威权与社会流俗进行了绝望的抗争；同时发出了"善就是站在穷人一边"的铮铮誓言，对底层民众的生存艰难，特别是对人类的苦难历史与黯淡未来充满悲悯。张炜的知识分子立场超越了一般的专业和岗位坚守意识，表现出一个游离于社会主流的现代知识分子，对中国最落后、最黑暗的专制制度（"土野蛮"）和搅起中国社会现代化狂潮的商业化（"洋野蛮"）的批判，这种批判立场虽然在市场经济初期遭到一些研究者的批评甚至攻击，但在现代化诸多问题呈现的今天，却呈现出某种前瞻性意义。第一章我们论述了张炜小说创作中秉承的传统知识分子的社会责任感和批判精神，本章我们着重论述张炜作为现代知识分子，对鲁迅、托尔斯泰等精神品格的继承。

第一节　启蒙与现代性反思

　　自由主义思想家殷海光说过："知识分子是时代的眼睛。这双眼睛已经快要失明了。我们要使这双眼睛光亮起来，照着大家走路。"[①] 可

[①] 殷海光：《中国文化的展望》，上海三联书店 2002 年版，第 54 页。

见知识分子启蒙的重要性。在中国，漫长的封建社会虽然创造了灿烂的中华文化，但也孕育出了国民根深蒂固的文化劣根性，这主要表现在对政治威权的服从和甘做奴隶的文化心理上。现代知识分子的出现，是中国步入现代的标志之一。现代知识分子以传播民主、科学思想为重要职责，对民众进行思想启蒙。对于民众而言，知识分子的思想启蒙是其摆脱精神奴役、建立现代公民意识的前提。但是，由于长期以来中国民众深受封建专制思想之毒害，更由于中国一个世纪以来挣扎于民族危亡和政治道路的艰难曲折中知识分子的启蒙精神一直被压抑着，未能真正完成。未完成的启蒙和思想现代性，在社会发生重大变化的90年代，在市场经济激起的大潮中，成为一个被围困的精神"孤岛"。有人认为，知识分子已经"死去"，启蒙已经终结，社会已经不再需要知识分子的思想启蒙了。可是，殷海光告诉我们，知识分子是"时代的眼睛"，如果没有了这双眼睛，我们时代的这列"勇往直前"的现代化列车，将会横冲直撞，最后冲入万丈深渊。因此我们需要知识分子的"逆耳之言"，需要有人大声说"不"。

一 对中国现代知识分子启蒙思潮的历史性考察

中国现代意义上的知识分子最早出现于清末。在封建社会里，道统与政统是统一的，所谓"文以载道""学而优则仕"，可以看出知识分子是封建政权的附庸，没有独立的思想地位。清朝末年，一些文化人逐步脱离政统的制约，"开始以近代科学的观念来思考民族命运，从人类世界的发展历史中看到了古老的中华民族正面临被淘汰的民族危机，于是有了强烈变革的要求，有了追随日本明治维新的想法，有了学习西方工业化国家的自觉，有了对自身的深深的不足感"[①]。这批深受西方思想影响的知识分子包括康有为、梁启超、谭嗣同、黄遵宪、章太炎、严复等。其中，黄遵宪可谓是走向世界的第一人。影响中国近代思想界的达尔文进化论和卢梭民约论，最早由黄遵宪介绍到中国，中国士大夫最早是从黄遵宪撰写的《日本国志》了解到人权、民主、平等概念的，

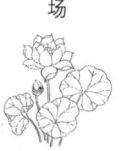

[①] 朱栋霖等主编：《中国现代文学史 1917—1997》，高等教育出版社1999年版，第4页。

书中"分官权于民"的思想明显地启发了孙中山先生的民权主义思想。在清末民初的这代知识分子身上,可以看到现代知识分子的思想萌芽,看到他们在新旧交替时代的忧国忧民情怀,和对西方政治文化自觉学习的热情。

五四时期,现代知识分子作为独立的文化力量登上了历史舞台。政治的腐败动乱并没有禁锢知识分子的独立思考,五四一代知识分子如陈独秀、胡适、鲁迅都是奉行思想独立精神的一代学人。不管他们的政治倾向如何,在保持知识分子思想的独立性方面,他们的观点是一致的。其中,鲁迅批评军阀政客的暴行以及国民党的专制独裁,胡适也以西方民主制度为模板,批评蒋介石政府的专制与违反人权。可以说,现代知识分子的独立精神在这一时期大放异彩。在现代知识分子与民众的关系上,我们可以看到:鲁迅一代知识分子怀着启蒙的热情,启发引导民众,发出了封建礼教吃人、捣毁铁屋子、救救孩子的呐喊,这声音如同惊雷一般,震醒了蒙昧的国人,促使他们觉醒和奋斗。对封建文化的吃人本质、国民身上的劣根性、知识分子的苦闷与彷徨,鲁迅都有发人深省的揭示。所以,五四启蒙精神是以鲁迅等知识分子为代表的现代知识分子的精神追求。

三四十年代,"救亡压倒启蒙"。知识分子的启蒙精神被迫搁置,民族、国家、阶级等话语成为主导话语。相对于五四,知识分子的启蒙者身份发生了变化,从启蒙者变为了被启蒙者。特别是在毛泽东《在延安文艺座谈会上的讲话》发表后,知识分子与工农兵的关系发生了倒置,知识分子不再是思想优先的阶层,毛泽东号召他们向工农兵学习,改造自己,脱胎换骨。新中国成立后,知识分子更是在一次次政治运动中难逃劫难,被批判、被劳教和劳改,甚至作为反革命冤死狱中。在政治与知识分子的关系上,可以看出具有独立思想品格的现代知识分子彻底地消失了,只有为政治、政策大唱赞歌的"社会主义机器上的螺丝钉"存在着。这在郭沫若身上表现得尤为突出。如果说女神时期的郭沫若曾以狂飙突进的精神,猛烈扫荡着旧的社会制度和思想文化,那么,自从服膺于政治的需要,他身上的现代知识分子品格就让位于政治集团的需要,成为一个非知识分子身份的文化官员。

"文化大革命"结束,新时期开始。知识分子的"启蒙意识"高涨，他们再次焕发出强烈的责任感和参与意识。他们以高涨的社会热情关注时代的巨变，用真诚、严肃的态度直面历史和现实，对"文化大革命"、极"左"政治进行了激烈控诉，对现实生活中的种种弊病进行了大胆的暴露，对改革和现代化的壮丽图景做出了让人倍感激动的描述。所以，我们说80年代文学复活了知识分子的启蒙精神，用启蒙唤起民众，用民众的力量来推动社会的变革和进步，它是五四新文学传统的回归。到了90年代，知识分子与主流意识形态同声合唱的局面被中止。当知识分子发言的欲望超过意识形态的规限后，他们遭到了政治的规约，这规约与革命年代遵循着同一逻辑：知识分子不是国家的治理者，他们只能接受国家意识形态的"治理"。市场经济的来临，加剧了知识分子的边缘化。意识形态与大众在发展经济、追求物质欲望的满足上达到高度一致，知识分子的话语空间被大大压缩，相当一部分知识分子不甘寂寞，投入了经济大潮，还有一些知识分子继续依附体制。在这一情形下，知识分子作为一个阶层彻底分化和瓦解了。当知识分子丧失了文化中心位置后，精神的荒漠化现象出现了。在此背景下，人文精神的论争、自由主义与新左派的论争不过是知识分子分化的体现而已。

二　张炜的启蒙立场与现代性反思

在张炜30余年的创作生涯中，启蒙立场一以贯之。但对社会现代化这一历史进程，张炜在不同时期存在不同的观点及态度。

80年代，张炜是一个启蒙主义者，对社会现代化基本持肯定态度。他坚持人道主义思想，追求人的平等和自由，对历史和现实生活中的丑恶现象有着天然的愤慨。他如同一个愤怒诗人，对封建思想和极"左"思想的结合进行了揭露和批判。张炜敏锐地发现了两个问题：一是极"左"政治下浓厚的封建主义阴影。二是极"左"年代的统治者依然是新时期改革的获利者。关于前者，我们可以看到，一个号称打倒了一切落后制度的社会主义政治，依然不可避免地染上了封建主义的思想遗毒。革命不但不能去掉四爷爷这样的土皇帝皇权永固的思想，而且给了他上升的空间和统治的合法性。这不是中国政治的悲哀吗？割掉辫子容易，但头脑中的辫子难以割掉。不管对于四爷爷，还是对于洼狸镇受苦受难的老百姓，这样的辫子都是存在的，而且会继续存在下去。这就是

中国几千年封建社会遗留下来的弊病。如果没有启蒙,没有民主和科学精神的引入,中国社会恐怕很难走出那个历史的循环——家国一体、土皇帝当权、人民受苦受难。张炜的第二个发现是,极"左"年代的当权者很容易摇身一变,成为改革年代的潮流引领者,他们依然掌握着政治权力,并成为经济利益的疯狂攫取者。在社会的巨变中,总有一些东西没有改变,这就是掌权者对权力和利益的攫取本质。如果说鲁迅看到了不管是头戴花翎的清朝官员,还是革命成功后戴着银桃子的民国官员,都不能改变未庄的权力结构,那么张炜在《古船》《秋天的愤怒》中表达的是同样的思想:融合了封建主义思想的社会主义政治,是中国走向现代化(特别是思想现代化)的重大阻碍。

需要指出的是,80年代张炜没有鲁迅的绝望,他基本上是一个现代化思想的信奉者,相信社会的进步与发展,相信隋抱朴必然取代四爷爷,带领人们走出苦难走向新生,相信李芒对肖万昌的检举,相信"邪不压正",相信人民与法律的力量。这些都带有80年代特有的思想朝气。当然,也免不了稚嫩。在张炜对阻碍现代化的思想弊端的抨击中,我们看到了他对集体主义的某些留恋,在《猎伴》《一潭清水》中,我们可以看到他对集体生活的美好人情人性以及红红火火劳动氛围的不舍。这一切隐含着张炜对现代化进程的某种犹疑和不确定。在《古船》中,张炜对现代化的矛盾态度比较显明,既肯定变速轮带来的生产革命,同时又对现代化机器的吞噬性认识得很清楚,对地质钻探队既表示惊奇,又表示隐忧,也就是说,他对以科技为代表的现代化走向持一种顾虑的态度。后来,这种顾虑在90年代发展为对社会现代化的全面反思。

进入90年代,商品经济兴起,大众文化流行,世俗欲望与拜金观念涌动,中国知识分子陷入"失语"的窘境。知识分子该何去何从,应坚持怎样的人文理想,保持怎样的精神状态,进行怎样的文化选择,是摆在中国思想界最为棘手的时代性课题。在这种背景下,有的知识分子丢弃"崇高",高高兴兴地汇入世俗化潮流,成为追求物质欲望满足和生活水平提高的现代化追随者,他们美其名曰"去意识形态化"。这种单向度的现代化追求,不能不是放弃了知识分子启蒙责任感的一种表现;有的知识分子更多地看到了这种单向度现代化所隐藏的社会精神危机，希望改变这种发展的偏执，提出人文精神并作为重振知识分子责任感的一面旗帜。90年代的张炜虽然没有加入论争，但他以自己的创作，表明了自己的态度，那就是对这个不合理的、充满欲望与污浊时代的拒绝。

90年代，张炜对现代化的反思方式可以分为两种：一种是抒情、寓言式反思，另外一种是议论、随笔式反思。前者以《九月寓言》为代表，后者以《柏慧》为代表。在第一种反思中，他没有直接站出来控诉工业文明的弊端，而是化身为一个流浪者，在被工业文明（煤矿）毁坏了的田野上漫游、追思。张炜的笔伸得很远很远，似乎写出了人类的历史：从远古流浪迁徙而来，定居在肥沃的平原上，后来随着工业文明的侵入，他们不得不开始新的流浪迁徙。在这里，张炜以寓言的方式，唱出了人类文明（农业文明）的最后挽歌。在第二种反思中，张炜似乎一走出"九月"茂长的大地，猝然遭遇了一场陨石雨。这就是时代的污浊。如同人一抬头遭遇了脏乎乎的东西一样，让人出离的愤怒。张炜愤然转身，从一个充满激情的寓言写作者，变成了一个对社会直接发言的猛士。在一片歌舞升平的现代化气象中，张炜毫不犹豫地指斥社会的堕落、欲望横流，这个时代还有什么东西不能卖吗？高尚的杂志可以卖，人心可以卖。但是，有人就是不愿意加入这种买卖。以宁伽为代表的知识分子不能忍受这种污浊，一路走来，从研究所到杂志社，最后走向葡萄园——一个由知识分子和劳动者组成的家园。在这里，作者和叙事者找到了生命的安慰。在这里，知识分子与穷人一起劳动，一起分担。或许，知识分子太孤立无援，需要寻找精神上的同道，一起对抗这个时代，张炜于是写了另一部作品《家族》，追溯精神血缘、寻找精神同路人。他写道：世界上存在两种家族——善与恶，它们代表了两种人性，人类的历史就是它们相互搏斗的历史。让人愤慨和绝望的是，善的家族无一例外地受到恶的家族的欺压、迫害。历史确乎是善的家族的受难史，或者说知识分子的受难史。总之，张炜90年代的创作及言论，直指现代化社会的种种弊端。他因此给自己挣得了"偏激"的"美名""保守"的"恶谥"。但是，张炜的愤怒有它的精神价值，它是狂热时代的一副退烧剂。

新世纪里中国社会矛盾加剧，利益阶层固化、官员腐败、官商勾结、

环境破坏等成为民众关注的中心话题。知识分子不可能对这些问题视而不见,张炜的批判立场、批判力度进一步加强。如果说80年代的张炜侧重于对权力和封建性思想的批判,那么新世纪里张炜对大资本、大集团的批判开始成为重点,他越来越清楚地看到了当前社会权力、资本、技术的三位一体,看到了普通民众或被扭曲的现代化列车拉着冲向一个可疑的目的地,或者在忍无可忍中开始暴力抗争的事实。需要指出的是,此时的张炜减少了90年代的激愤情绪,变得越来越沉着冷静,展开了对这个时代的记录。

新世纪张炜对社会的批判,是与对知识分子精神性格的剖析联系在一起的。如果说80年代隋抱朴的忏悔精神感动了一代中国人,那么在中国进入市场经济社会20年后,这样的知识分子还是不是人们期望的中流砥柱?我们可以看到,社会的聚光灯已经不再打在史珂这样的知识分子身上了,史珂这一代人在社会生活中已经被彻底边缘化了。代替他们的是继承了资本家血统的人物,如史东宾——新时代的扬子鳄,吞食能力超强,破坏能力也超强。那么,如何看待这些以沉默、坚守、忏悔为主要精神性格的知识分子呢?是不是因为他们在这个时代的无力彻底摒弃了他们?张炜认为,史珂等知识分子依然是文化的中坚力量,不是用来进攻的,而是用来抵挡的,当社会上充斥着太多的混乱无序时,这些人的精神坚守就有了用处。为了给这些知识分子增强生命的冲劲,张炜还特别塑造了鲈鱼、淳于这样的人物,期望知识分子兼具坚守和搏击两种精神力量。可以说,在新世纪里张炜对知识分子精神性格的探究是一个突出的创作主题。

新世纪张炜对知识分子的生命力本源、知识分子与女性、知识分子与民众的关系进行了进一步思考。如果说《九月寓言》写出了一个混沌未化的大地形象的话,那么在《丑行或浪漫》中,张炜不但给大地赋予了鲜明具体的形象——一个叫刘蜜蜡的乡村女性,而且写出了这个苦难如大地、肥沃如大地的女性,对城市中憋屈困顿的知识分子男性——铜娃的精神抚慰。刘蜜蜡是大地的象喻,是知识分子的生命本源。她最初受到小学老师雷丁的精神启蒙,以其没有被时间和苦难冲刷掉的宽厚仁慈,成为知识分子的精神救赎者。当然,救赎是双方的。另外,张炜在新世纪以前的作品中,写到知识分子与民众的关系时,虽然很真诚，是匍匐在大地和劳动人民面前的一种姿态，但是，我们看到这些底层民众都是弱者的形象，需要知识分子的庇护，他们善良而无助地等待着知识分子的关爱。但是，在新世纪的作品中，张炜开始写到这些民众有了反抗的自觉，生存环境越来越恶劣，他们不得不开始抗争。当张炜写到廖麦、小白、宁伽这样的知识分子，站到"兔子""红脸老健"这些备受迫害而起来抗争的底层民众一边时，我们说知识分子找到了他们的现实归宿。

如张炜所言，在这样一个喧嚣的时代，知识分子正将时代的泡沫和杂质作为自己思想的腐殖质，正在生成美丽而灿烂的理想之花。"现在，最优秀的文学家和思想家，正在把这个时期思想和创作界的一切喧嚣作为腐殖，全面地营养自己，从中孕育和培植独立的生长。"[①] 张炜期望在社会文化的腐殖质中，孕育出新的精神力量，既不是"板结期"的单调压抑，也不是"沙化期"的松散混乱，而是能滋润人的灵魂、让人站在高洁的精神高地的新的立脚点。这是作家的期望，也可以看作是所有知识分子的一种理想。

第二节　张炜小说中的批判精神

作为一名知识分子，对社会的批判是其职责所在。判断一个作家是否具有知识分子立场，重要的标准是看他是否介入了社会生活中，对丑陋的观念和社会现象进行了尖锐批判。"真正的知识分子在受到形而上的热情以及正义、真理的超然无私的原则感召时，叱责腐败、保卫弱者、反抗不完美的或压迫的权威，这才是他们的本色。"[②]

"向现实伸出尖锐的刺"，是张炜与时代紧张关系的形象概括。这个社会不乏追求现世生活安稳的享受者，也不乏对歌舞升平大唱赞歌的奴颜婢膝者，甚至不缺少金刚怒目、牢骚满腹的假斗士……张炜与这样的世俗世界无缘。张炜是一个坚决维护人的道义和良心的精神界战士，坚守知识分子的使命，对一切违反人性、人道的恶行毫不妥协；同时又

[①] 张炜：《精神的背景——消费时代的写作和出版》，《上海文学》2005年第1期。
[②] 爱德华·W. 萨义德：《知识分子论》，单德兴译，三联书店2002年版，第13页。

是一个脚踏实地的大地之子，思想永远站在朴实的劳动者一边，沉默而坚韧地守护着大地根本，为底层民众呼喊出他们微弱的声音。

一　批判之源：鲁迅的影响

张炜是在鲁迅思想和创作哺育下成长起来的作家，其思想扎根于鲁迅的作品和人格影响之中。张炜少年时代即开始阅读鲁迅，初中时就看过《野草》；成年后张炜用灵魂拜读鲁迅，一字一句记下了数万字的"夜读鲁迅"。他说："我一直阅读鲁迅，他是上一代作家，也许是未来的好作家们永远的精神导师。"[1] 张炜以鲁迅为行为楷模，他表示说："鲁迅先生对我的影响差不多超过了所有中国作家。他永不妥协，永不屈服。"[2] "他始终坚持知识分子独立判断的精神，从不人云亦云，从不屈服于金钱和权力的胁迫。对于在任何时代都能够造成广泛而强大的压力之源，他一直是一个韧性的反抗者，一个清醒的战士。"[3]

如果说鲁迅是一个不屈服的斗士，一个韧性反抗者，那么张炜则是一个愤怒的诗人，一个与流俗格格不入的人。20世纪90年代，张炜发表了《抵抗的习惯》《忧愤的归途》，表现出对社会流俗的坚决拒绝："现在的'诗人'们倒越来越'宽容'了，好像什么都行，怎样都行，真的能够'入乡随俗'了。有人可以伸出手来为乱七八糟的东西鼓掌，高兴了干脆自己也弄一些。"张炜抑制不住自己的气愤，说这些所谓的"诗人"从根本上讲就是一些冒牌货。关于这样的一些文学作品，张炜曾用"金钱与性"概括其庸俗和堕落，可谓犀利，可谓决绝。面对精神的荒漠，张炜如鲁迅一般，号召抵抗，他说："金钱杀不死人心。无论世上的秩序多么混乱，高贵与卑贱之分仍然存在。就这样认为着，坚持着，并以此抵挡自己的堕落……"这样的精神抵抗颇像鲁迅面对无物之阵时所采取的"绝望的抗争"。知识分子以自己微薄的精神力量与一个时代抗衡着，犹如西西弗斯推着石头上山一样艰难而无奈。但他们毫不退却，或者说义无反顾。在某种程度上，他们都是精神界的战士，

---

[1] 张炜：《纸与笔的温情》，春风文艺出版社2002年版，第103页。
[2] 张炜：《忧愤的归途》，华艺出版社1995年版，第2页。
[3] 张炜：《再思鲁迅》，《红豆》2004年第10期。

他们的抗争是绝望的精神抗争。

首先，张炜继承了鲁迅直面现实的批判精神。鲁迅对现实的批判是犀利的、不留情面的批判，是撕破了一切假面的批判。1926年，面对段祺瑞执政府屠杀手无寸铁的学生和一些学界名流的搪塞，鲁迅写下了《纪念刘和珍君》等文章，并遭到通缉。1931年，面对左联五烈士被国民党政府秘密杀害的事实，鲁迅忍不住心头的愤怒和对死难者的深切怀念，写下了《为了忘却的纪念》《白莽作〈孩儿塔〉序》等文章。鲁迅的笔是战斗的武器，他的杂文更是匕首和投枪，向着黑暗的社会现实刺去。鲁迅的批判精神影响了一代又一代知识分子。

凡是走近鲁迅的知识分子，对中国社会的思想弊端和种种社会问题，都有着清醒的认知。张炜通过创作，揭露了历史发展的悖论，权力的掌握者往往不是什么道德人物，他们是一些掌握了权术的中国传统文化劣根性的继承者们。不管社会发生什么样的变化，他们都是时代的"弄潮儿"，赵炳、赵多多、肖万昌、殷弓、瓷眼、霍闻海、岳贞黎等，永远是社会生活的主宰者。张炜的深刻在于揭示了这种人物的历史延续性，他们是不会主动告别中国的历史舞台的，因为诞生他们的思想观念和文化土壤依然存在着。而且，在当今这个欲望化社会里，赵炳、瓷眼、岳贞黎这些人的"权力"已经与"资本""技术"结成了三位一体的牢固存在。"土野蛮"不见丝毫削减，"洋野蛮"又登陆中国了。张炜对中国历史和现实生活中黑暗力量的揭露，表现了一个知识分子的良心和社会责任感。张炜用犀利的笔一次又一次地刺向这个黑暗的权力联盟，刺向这些身居高位的主宰者们。他的心一次又一次地在弱者的痛苦呻吟下流着血，那些善良的人们，那些一无所有的人们，那些兢兢业业、忧国忧民的人们，他们的呻吟让张炜感到，中国仍然没有走出那个历史的轮回与悖论。

如研究者所言："他宣扬道德理想主义，怒斥技术主义、拜金主义，激情洋溢，凛然无畏，张炜这种'硬汉'的姿态、这股'精气神儿'，与鲁迅的精神一一相因。"[①]

其次，张炜继承了鲁迅对知识分子命运的同情与关注。鲁迅和张炜

---

① 王辉：《纯然与超越——张炜小说创作论》，中国社会科学出版社2007年版，第35页。

对知识分子命运的体认是相同的,那就是知识分子对国家、社会做出了重大贡献,但他们每每在政权巩固之后,便成为胜利后的第一个祭品。鲁迅在《书苑折枝》中援引明陆荣《菽园杂记》中的话,说"洪武间秀才做官,吃多少辛苦,受多少惊怕,与朝廷出多少心力,到头来小有过犯,轻则充军,重则刑戮,善终者十二三耳。其时士大夫无负国家,国家负士大夫多矣。这便是还债的。"鲁迅在其下注道:"无论什么局面,当开创之际,必靠许多'还债的'。"[①]鲁迅清楚地看到了知识分子的贡献以及在一个高度集权化社会里的悲剧命运。

与鲁迅一样,张炜真挚地同情一个个为革命做出贡献却没有得到承认,甚至是遭受厄运的知识分子。张炜有一个知识分子的受难情结。这在他的小说《古船》《柏慧》《家族》《刺猬歌》以及《你在高原》中有鲜明的体现。他的笔下出现了受苦受难的老隋家,出现了为革命做出贡献却在革命胜利后陷入无名之罪的宁珂一家,出现了被迫害致死的口吃老教授、陶明教授以及吐血而死的朱亚一族,出现了被迫害而死的眼镜校长廖麦的父亲,出现了被迫害的学者纪及其父亲,出现了被迫害的知识分子夫妻曲婉和淳于云嘉……张炜认为,最优秀的知识分子都是关心国计民生的,他们主动参与社会政治事务,兢兢业业钻研学问,但在20世纪的政治运动中,却无一例外地成为"还债者",还完债即被抛弃和杀害,正是"士大夫无负国家,国家负士大夫多矣"。知识分子在政治权力、丑恶势力的压迫下,经历的种种苦难,这样一种被遗忘的历史在张炜笔下得到了复活。

二 批判者身份:"业余者"与"流亡者"

作为一名知识分子,必须有自己批判的立场和身份。在某种程度上,身份决定立场。在当前越来越专业化的社会里,所谓的知识分子越来越多,他们拥有一技之长,在政治、经济、科学技术领域占据了显要位置。但是,他们并非真正的知识分子,他们是"有机知识分子"。如葛兰西所说,有机知识分子主动参与社会事务,与阶级或者企业直接相关,而这些

[①] 转引自王吉鹏、王丽丽《试析张炜小说中的鲁迅因子》,《宁波职业技术学院学报》2008年第4期。

阶级或者企业利用他们来组织利益、获取更大的权力和更多的控制。

真正的"知识分子既不是调解者，也不是建立共识者，而是这样一个人：他或她全身投注于批评意识，不愿接受简单的处方、现成的陈腔滥调，或迎合讨好、与人方便地肯定权势者或传统者的说法或作法"①。也就是说，真正的知识分子从来都是边缘人物，以边缘的视角看待社会政治。萨义德称这样的知识分子为"业余者"，他认为，对职业化专门知识的崇拜是危险的，它把社会的实际的物质和政治关注让给了一种由经济学家和技术专家主宰的话语，以致经济和技术话语被看作不仅是对现实世界最好和最自然的再现，而且是对人类事务的真实思考。正义、压迫、边缘化、全世界国家和人民的平等、民族和种族的平等种种问题几乎都被淹没在技术化、专业化和企业化的理论话语之中。萨义德主张知识分子"去专业化"，将批评意识用于社会的公共问题上。他提倡知识分子必须进行干预，必须跨越边界，冲破阻碍，在那些几乎不能发表自己见解的时刻，就涉及社会、经济和外交政策等方面的重大问题发表自己的观点。②

关于张炜，我们可以看到他对现实的关注已经突破了他的职业，他没有将自己限定为一个作家，而是关注一切可能的社会和文化领域。他关注社会现象，对一些社会话题发表自己的看法，在小说《你在高原——人的杂志》中，《驳蠹夜书》涉及了种种社会议题，作者以幽默机智的语言发表了自己对经济发展、腐败、体育、电视网络等社会议题的看法，有点像百科全书，无所不包，但明眼人一看即知道哪些是张炜的反讽，哪些是其义正词严的主张。张炜的钻研还包括方方面面，齐国的历史人物、航海知识、地质学知识、植物学知识等，可以说，张炜已经超越了专业化的藩篱，成了一个具有广泛兴趣的"业余者"。张炜对文学的专业化、职业化也有着批评，他批评说，一个古典文学研究者竟然没有读过《红楼梦》，却振振有词地说自己掌握了专业术语，了解了关于文本的一切问题，张炜批评这样的专业化，认为这样的知识分子在

---

① 爱德华·W. 萨义德：《知识分子论》，单德兴译，三联书店 2002 年版。
② 赵建红：《批评家的角色与职责——赛义德知识分子观探讨》，《求索》2010 年第 9 期。

专业话语的操练中，已经失去了认知社会、感受文学的根本能力。

张炜以小说中的知识分子形象，表达了对知识分子"去专业化"的思考。《你在高原》中吕擎的父亲吕瓯，作为一个大学者几乎穷尽了一切专业知识，但他从没有思考过自己生活的社会是一个什么样的社会，更不会思考这样的社会合理不合理，只是低着头，写呀写呀，即使人家把他绑在树上抽打、关进水房让其挨饿受冻，他也没有一丝丝不满。吕擎评价自己的父亲是一个无用的知识分子，是一个"有益无害"的人。与父亲相反，吕擎时时刻刻想冲破罩在知识分子头上的无形之网，在一些事件中发出自己的声音，如反对橡树路上的当权者与企业家勾结在一起，对校园土地和林子的开发。他不甘心被职业化的生活固定，与好友一起去落后的山区，体验生活，感受生活的艰难，帮助那些山里的赤贫者。这样一种溢出知识分子专业化牢笼的性格，使他获得了知识分子的真正视野。同样的知识分子包括《海客谈瀛洲》中的纪及，张炜不是在塑造一个精通专业航海史的学者，而是在塑造一个挑战权威、清醒表达自己叛逆情怀的青年知识分子形象。一个知识分子，不管他拥有多么广博的知识、多么专业的技能，如果他没有对现实的质疑和批评精神，那他就不是一个真正的知识分子。

如萨义德所说，真正的知识分子往往被驱逐出现行体制，成为一个"流亡者"。知识分子写作与作家的流亡生涯是联系在一起的，苏联的索尔仁尼琴、帕斯捷尔纳克就是这样的例子。中国的鲁迅，在某种程度上也是一个"准流亡者"，这不仅指他从北平到厦门、广州、上海的流离经历，而且指他被当权者列入黑名单、时不时隐匿自己身份的日常生活。我们说，知识分子的批评精神源自"流亡"心理，而不是现实中的"流亡"身份。知识分子从既定的文化秩序中逃离出来，获得一种心灵与思想的自由。这样的"流亡"，能使知识分子以不同的眼光看待所处的环境，即使他不是一个实际意义上的移民或背井离乡者，但他"可能以这种身份来思考，来想象和探讨，始终偏离中心化的权力结构，走向边缘，而在那里可以看到许多人通常情况下看不到的东西"[①]。

---

① 赵建红：《批评家的角色与职责——赛义德知识分子观探讨》，《求索》2010年第9期。

在某种程度上,我们说张炜是一个"流浪者"。流浪者与流亡者虽有所不同,但不甘心权力中心话语的束缚是一致的。流浪,有思想上的流浪,也有现实生活中的流浪。思想上的流浪是为了寻找真理,不断地攀越高山,最后到达精神上的高原地带。生活中的流浪,指张炜不甘心于固化的城市生活,每隔一段时间就要去东部平原山区走一走。据他说,他之所以写出《你在高原》,就因为他是一个现实生活中的行走者。多年来,他走遍了半岛地区的大部分山区与平原,他的生存状态可以说是一种准流浪状态。"游走者"或"准流浪者"的身份使张炜获得了精神自由,接触到了生活的底层,产生了对社会流行文化的抵制。

因为喜欢流浪,张炜笔下最有神采的人物就是流浪者。他塑造了形形色色的"流浪者"或"游走者"形象,《古船》中的隋不召,《九月寓言》中的露筋与闪婆,《柏慧》《家族》中的宁珂、宁伽一家,《刺猬歌》里的廖麦,《丑行或浪漫》里的刘蜜蜡,《你在高原》里的宁伽、吕擎、庄周……他们之所以流浪,是因为要寻找一种自由生活。这些流浪者脱离了日常庸俗生活,脱离了刻板、教条的社会环境,摆脱了主流权力的精神压迫,生活自由自在,精神高度自由。张炜以流浪者心态塑造的流浪者形象,是其作品中最重要的一类人物。借流浪者形象,张炜表达了对异化社会、强权社会的批判。

总之,"业余者"与"流亡者"使张炜获得了独立的知识分子视角,这是一种边缘化的视角,与权力中心脱离,与文化中心保持对抗。

三 批判的对象:"土野蛮"与"洋野蛮"

作为一名知识分子,张炜的批判对象极为明确:中国社会发展史上的落后思想,即"土野蛮"与"洋野蛮"。张炜在《世纪梦想》一文中明确表示:"我希望进入的新世纪,是中国人的一个冷静的世纪。我害怕一窝蜂地学美国、追时髦。新成长的一代应该是热爱中华文化、吸取其伟大精华的一代,不然就没有希望。商业扩张主义、封建专制主义,分别是洋野蛮和土野蛮。我们的真正的幸福,有赖于我们亲手去打造一个知书达理的社会。"① 纵观张炜的创作史,我们说张炜一生致力

---

① 张炜:《世纪梦想》,张炜:《诗性的源流》,文汇出版社2006年版。

于批判的对象就是这两个"野蛮",他一生致力的目标就是打造一个知书达理的社会。

张炜看到了中国封建专制思想的流布。它不仅在封建社会里存在着,在革命扫荡了一切角落的新社会里也存在着。它甚至是变本加厉,继续占据着权力中心。张炜对封建专制思想与新社会意识形态的奇特结合表现出批判的勇气,他把目光对准了中国一个个村镇,专心于描述是什么人掌握着权力,对老百姓造成了怎样的威慑和迫害。在农村,政治威权人物无疑是这个地方的最高统治者,他们借着新社会的名义,实行封建式统治:一是"治人",把那些所谓的政治失势人物——另一个阶级及其子孙作为打压对象,将残酷的统治法则昭显在百姓面前,让他们信服和屈服;二是满足自己可耻的欲望,让野蛮的征服扩展到对女性的占有上、对弱者生活信心和尊严的剥夺上。这样的威权人物在张炜的小说中有着深入的揭示,《古船》里的四爷爷、赵多多,《秋天的愤怒》里的肖万昌,《丑行或浪漫》里的伍爷和小油埝,《刺猬歌》里的唐老驼、唐童父子,无不是乡村生活的霸主,对老百姓构成身与心的折磨。

在张炜笔下,政治威权者的形象具有历史的深刻性,它不但存在于过去,也存在于现在,不但存在于中国乡村,也存在于城市。如《柏慧》《家族》里的柏老、"瓷眼",《海客谈瀛洲》里的霍闻海等,在革命年代里是"风云"人物,在和平建设年代里依然把握着知识文化的领导权,对人形成新的精神压迫。任何敢于冒犯他们权威的人,都会受到他们的迫害。特别是一些敢于坚持正义和理想的知识分子,如宁伽及其导师朱亚、宁伽及其挚友纪及等,都受到了威权者的诬陷甚至是非法拘禁、殴打、放逐……

张炜对中国社会威权者的塑造,最初着眼于他们对社会进步的阻碍,比如对中国改革事业的阻碍,也就是说着眼于其社会意义的阐发。后来张炜开始正视这些人身上的人性特点——凶残、卑鄙、污浊,开始认识到他们属于一个共同的家族,他们具有动物的野蛮、动物的贪婪,如《家族》中的瓷眼像一只"大雄峰"统治着它的蜂巢,在整个研究所里形成了淫秽、交头接耳、不动声色的氛围,直接吞噬着沉默而执着的朱亚、宁伽等人;《丑行或浪漫》里的伍爷和小油埝,像一只巨型野兽和食人番,吞噬着刘蜜蜡和那些孬人的子孙……可以说,张炜对权威者的描述越来越具有寓言色彩,也越来越看到了他们超常的欲望和不一般的能力,如《海客谈瀛洲》里的霍闻海的形象就很立体化,他不但是一个欺世盗名、霸占少女、占据要位的无耻之徒,而且是一个勇敢的革命战士,一个在"文化大革命"时期庇护了一些知识分子的人,一个对养生之道苦苦钻研的好学者。

市场经济的到来,出现了另一种社会现象,那就是商业扩张主义,社会资本越来越集中于少数人身上。张炜的作品也越来越多地写到一个个大集团,如《刺猬歌》中的唐童集团,《橡树路》中的环球集团,《鹿眼》中的得耳公司,《无边的游荡》中的大鸟集团……总之,资本主义原始积累正在中国加速进行,形成了大的资本集团,对中国大地进行着疯狂的掠夺和剥削。这在唐童集团里表现得分外明显,他的集团由挖金子起家,凭借残忍、毒辣的手段得到了大量的"金儿",对竞争者,他使用暴力的武器消灭,然后使用金钱的武器抹平痕迹;对反抗者,他用土狼的子孙抓捕并将其投入黑暗的地洞,让他们为其挖矿并在人间销声匿迹……可以说,张炜把资本积累过程中血淋淋的现实呈现在了我们面前。张炜还写到了这些集团是经济全球化的产物,与国外资本有着密切的联系,如唐童与国外的资本联合起来修建了"紫烟大垒",直接破坏了中国的生态环境,最后导致失去土地的老百姓的激烈反抗。还写到了这些集团对中国的旅游开发,消灭了古老淳朴的民风民俗,让商业主义法则、金钱与欲望湮灭人们精神上的圣地与家园。

在时代挖掘机的轰响面前,在资本与欲望的喧嚣面前,张炜看到了这些大型资本集团正带动着中国经济飞速发展,看到了这些资本的占有者、这些集团的头儿身上不一般的品质。他们有很强的能力,是这个经济帝国的缔造者,而这个经济体一旦形成,他们又无法左右它的性能,因为它本身就是一个吸着人民血汗、营养着自己的怪兽,需要不断的循环、不断的补充血液——金钱,面对这个机体的嗜血性,它的创造者也是无能为力的。他本身可能是一个不算太坏的人,可能对穷人也有一丝丝怜悯,如《鹿眼》中的得耳,对穷人不乏体恤,但资本这个机器的嗜血性使得他只能屈服于它的要求,任由它作恶,任由它盘剥老百姓,任由它伤害一个个天真的孩子、纯洁的少女;如《无边的游荡》中跨国集团的老总"秃头老鹰",本身是一个充满智慧的人,如凯平所说

"他不是我们的敌人,但他的事业却是我们的敌人"。我们说张炜对资本占有者的批判不如说是对资本主义集团或者说机器嗜血性的批判。张炜认识到,现在的"洋野蛮"已经占据了经济文化中心,并与"土野蛮"狼狈为奸,一起剥夺着社会资源与自然资源,老百姓和大自然就是最大的受害者,他们终究要起来反抗的,他们必定要起来反抗的。张炜已经意识到并在作品中写到了这方面的内容。

张炜的批判直指社会现实。他的批判是一种社会批判,对中国社会发展中各种社会力量的批判,同时也是一种思想批判。张炜认为,土野蛮与洋野蛮两种力量是中国社会迟迟不能摆脱落后走向新生的根本原因。张炜以一个知识分子的良知和勇气对准了中国的社会现实和思想现实,忠实地记录了历史脚步行进时的声音。张炜认为,一个知识分子首要的职责就是不能在现实面前闭上眼睛,他应该是时代的观察者、目击者、记录者,应该是一个毫不妥协的批评者。

第三节　张炜小说中的悲悯情怀

悲悯是一个大作家必备的情怀,它包括对生命的尊重,对弱者的同情,对苦难人生的救赎,对精神家园的苦苦寻找……它是一种站在高处俯瞰众生、与众生戚戚相关的一体感受。一个作家,如果只有批判没有悲悯,就会让人感觉金刚怒目,让人敬而远之。如果他同时具备了悲悯之心,就会拉近与众生的距离,如同菩萨低眉、照拂众生,让人感觉和蔼可亲,可以倾诉人生之苦。张炜是一个具有悲悯情怀的作家。其悲悯继承了托尔斯泰的人道主义思想,是一种大悲悯,是对人类苦难的悲悯,是对弱者和底层民众的悲悯,更是对人类丧失精神家园存在处境的悲悯。

一　悲悯之源:托尔斯泰的影响

一个作家必须有悲悯之心。张炜说过:"第一流的作品,从来都是来自于作家的灵魂深处,是一个作家对生命的独特感悟。文学从来都是和生命、和灵魂里的深爱丝丝相连的,只有心怀责任,体恤弱小,才会有写不完的牵挂，产生源源不断的感人的文字，才算是一个作家。"①作家悲悯之心的形成，一般而言，离不开困苦的成长环境，特别是创伤性的童年经历，因为自己经历过苦难、目睹过苦难，所以对人生、对生命会产生同情和悲悯。同时，悲悯之心的形成离不开宗教（或传统文化）的影响，包括伟大人格的感召力量。

就张炜的成长而言，他的家庭受过创伤。"父亲当年正蒙受冤案……校园内一度贴满了关于我、我们一家的大字报……全校师生已经不止一次参加过我父亲的批斗会……各种目光各种议论、突如其来的侮辱。记得那时我常常独自走开，待在树下，想的最多的一个问题就是：怎样快些死去，不那么痛苦地离开这个人世？"②张炜一家独自生活在海边的一个林子里，那是一座密林深处的小茅屋。家庭的苦难以及由此带来的社会疏离，使张炜自然而然地躲开人群，喜欢独处。在独处中，与可爱的动植物，与大海、沙滩、林子、平原、山地等建立了亲密联系。这不仅使得他热爱自然，更使他形成了对生命的独特体悟：他悲悯那些无辜被害的生灵（家中被杀的狗，周围被毁的林子），他同情那些跟自己家族一样不幸的冤屈者，他揪心那些贫穷到极点的底层老百姓，少年时代在山地的奔走岁月，进一步强化了他对苦难的认知，让他天然地热爱和同情穷苦劳动者。

构成张炜悲悯情怀的另一个源头是托尔斯泰。在张炜眼中，托尔斯泰是"伟大的代名词""是赢得作家尊重最多的一个作家。没有一个人敢于用轻薄的口吻谈论他，没有一个当代艺术家不去仰视他，没有人敢于断言自己比他更爱人、爱劳动者，比他更为仇恨贫困和苦痛、蒙昧"③。

托尔斯泰对张炜的影响，首先表现在博大爱心的感召和影响上。托尔斯泰的小女儿亚历山德拉说过："像根红线一样贯穿托尔斯泰一生的主要品德是博爱，崇高的爱，对自然、人类和动物的爱，以及这种爱所

---

① 张炜：《作家急于"走出去"是浮躁有些小家子气》，《北京晨报》2010年9月9日。
② 张炜：《游走：从少年到青年》，广西师范大学出版社2012年版，第3—5页。
③ 张炜：《心仪》，山东画报出版社1996年版，第24页。

产生的温和和善良。"① 博大的爱心决定了托尔斯泰的选择，他放弃伯爵身份，像一个农民一样参加劳动，劈柴、耕地、做靴子。或许，一切伟大人物的人格都是类似的，那就是博爱的精神。他们衷心地向农民、向那些养育了自己的劳动者表示敬意。张炜对托尔斯泰充满敬仰之情，说自己每年都要读一读《复活》，以防精神的不测。他认为，人应该参加劳动，不劳动不得食，他自己在万松浦书院践行的也是一种半耕半读的生活。对笔下的一些人物形象，如拐子四哥夫妇、小鼓额、捡松塔的老人等，张炜充满感情，因为他觉得他们身上有美好的道德品质，他们是自食其力的劳动者，"善就是站在穷人一边"。

其次，托尔斯泰对张炜的影响表现在忏悔意识上。托尔斯泰生活在19世纪的俄国，那时农奴制即将崩溃，贵族阶级的穷奢极欲与农民的苦难生活形成了鲜明对比。在戏剧《教育的果实》里，托尔斯泰写到农民因为饥饿活活饿死，而贵族阶级的狗却被仆人侍奉着端饭穿衣；在《我们该怎么办》中，托尔斯泰写道："当一八八一年我搬到莫斯科来住的时候，城市穷苦的景象使我惊骇……我看见成千上万的人饥饿、寒冷和堕落，我用我的整个存在了解了，在莫斯科存在着成千上万那样的穷人，而我和成千上万别的人，却吃牛排和鲟鱼吃得太饱，用布匹和地毯来覆盖我们的马匹和地板……"② 巨大的贫富差距刺激着托尔斯泰，让他良心不安，让他感到自己所属的贵族阶级充满罪恶。于是，他放弃了伯爵身份，主动忏悔自己不劳而获的生活。在《复活》中，托尔斯泰以涅赫留朵夫的形象，表达自己的忏悔之情。涅赫留朵夫在营救玛丝洛娃的过程中，一方面为自己所犯的过错赎罪忏悔，另一方面则对由国务大臣、法官、省长、典狱长等大大小小贵族和官僚组成的社会表现出强烈的谴责。

与托尔斯泰类似，张炜也有忏悔情结。他的《古船》《家族》都写到了开明士绅的忏悔。中国没有纯粹的贵族，但封建士大夫、乡绅是与之类似的阶层。与托尔斯泰笔下带着浓厚宗教色彩的忏悔贵族不同，张

---

① [俄] 亚历山德拉·托尔斯泰娅：《列夫·托尔斯泰的生平》上册，启篁等译，湖南文艺出版社1992年版，第12页。

② [英] 艾尔默·英德：《托尔斯泰传》（下），北京十月文艺出版社1984年版，第795页。

炜笔下的开明士绅，其忏悔一是受到社会政治运动的推动，二是受到儒家文化的影响。《古船》中的隋迎之，在20世纪三四十年代的政治动荡中主动忏悔，捐出自己的财产，一方面有社会政治的压力，另一方面是受到儒家文化的影响，他根本就没有想到逃跑或对抗。但隋迎之的赎罪行为，未能得到意识形态的"赦免"，最后惨死在红马上。与他相反，茴子试图保护自己的财产和尊严，但她遭受的是更大的屈辱和不幸。在张炜小说中，同样表示出忏悔赎罪精神的人物还有《家族》里的宁珂、曲予等。他们出身于知书达理的地主家族，因为是"剥削阶级"而成了"罪人"。他们的反省虽然被政治运动推动着进行，但无一例外是真诚的。作者对这些开明士绅的塑造，有为他们鸣不平的意味。同时也在说明一个道理：革命，充满极端色彩的革命，革掉的不仅是一个阶级的命，同时还有凝聚在这个阶级身上的传统文化的命。张炜的《古船》《家族》，陈忠实的《白鹿原》等作品，试图接续起这条绵延在历史长河中，但在历史的某一个时期被无情斩断的文化之根，它们严肃而认真地思考了一个阶级（绅士地主阶级）与一种文化（儒家传统文化）之间的关系。

不管是博爱，还是忏悔，都说明了这两个作家心中有着执着的道德立场。托尔斯泰以《圣经》中的几篇《福音书》为主要内容，借鉴了老子、孔子、释迦牟尼等学说，形成了他的"托尔斯泰主义"，他希望人们道德上自我完善，勿以暴力抗恶，要宽恕，要爱人如己。张炜继承了托尔斯泰的思想，他笔下的隋抱朴，站在善的立场上，宽恕人类所犯的过错，甚至对赵多多这样的恶人，在其粉丝厂"倒缸"时，也出手相救，这种以黎民为重、宽恕仁爱的精神，不能不说受到了托尔斯泰"宽恕、爱人如己"思想的影响，受到儒家文化仁爱精神的影响。需要指出的是，托尔斯泰主张"非暴力抗恶"，张炜则没有托尔斯泰的宗教信仰——别人打你的左脸，再伸出右脸让他打。在《家族》《柏慧》《你在高原》等作品中，我们看到了这位胶东硬汉的反抗和愤怒，罪恶和丑陋一再上演点燃了他反抗的火种，对此他有一种不能容忍、不能闭上眼睛的决绝态度。其中或许包含着鲁迅"一个都不饶恕"思想的影子。

二　悲悯人类的历史和未来

张炜是一个具有悲悯情怀的作家，对人类的苦难历史感同身受，他不断思考着人类的前途和命运。他的作品在广阔的时代背景下探讨和关注的永远是人类、人性中的至大命题：我们经历了怎样的历史苦难，我们的人性发生了怎样的变异，我们面临怎样的前途，我们如何救治我们的道德良心……张炜的追问直抵本质，他心中有大爱、有大悲悯，他希望人类用爱来化解曾有的历史纠葛，他希望用不断的反省抵达人性拯救的彼岸。

张炜的悲悯属于现代知识分子的人道主义思想范畴，以历史理性为方向，以人性关爱为基本内涵，包含着灼热的情感，体现了对人的尊重和热爱。它不同于古代知识分子忠于王道的悲悯，如古代悯农诗歌所体现的悲悯；也不同于托尔斯泰以宗教为底色的悲悯，"非暴力抗恶"，"别人打你的左脸，再伸出右脸让他打"。它是一种现代人本主义思想，这不但表现在作者对历史的审慎明断和理性反思上，同时也表现在对社会现实的剖析判断上，更表现在对人类未来的忧患感知上。

《古船》是一部悲悯之作[①]，通过隋抱朴这位历史见证人的视角，写出了中国社会半个多世纪的社会动荡，表达了作者对历史苦难的悲悯。在隋抱朴眼中，历史充满了非理性、非人性的暴力因素：一个阶级杀来了，一些人无辜受难；一个阶级反扑来了，另一些人无辜受难。人性的凶残借种种名义，尽情展示着：一会儿是土改工作队的过激行为，地主及其子孙无辜毙命，一会儿是还乡团杀来，贫下中农干部及其家属被五牛分尸、穿骨活埋；一会儿是茴子被辱后自焚，一会儿是含章被迫献身；一会儿是饥饿年代老百姓啃着棉絮饿死，一会儿是"文化大革命"中武斗的血腥残忍……一幅幅人类受难的画面，镌刻在隋抱朴的脑海里。面对苦难，隋抱朴（同时是张炜）有一种感同身受的悲悯。隋抱朴是苦难的承受者，又是苦难的化解者，他如同一个圣人（也可以说是"耶稣"），在老磨屋里苦苦思考着、忏悔着，最后决定以爱对

[①] 王彬彬：《悲悯与慨叹——重读〈古船〉与初读〈九月寓言〉》，《当代作家评论》1993年第1期。

恨，走出苦难的历史循环。以恶对恶，以暴抗暴，不是消除历史罪恶的根本方法，重要的是超越出来，用一种大爱化解苦难，用一种理性指导历史发展之路。这就是张炜在80年代历史情境中的思考，这里面有一种大悲悯。

但是，悲悯并不意味着纵容罪恶，宽容黑暗。当张炜发现一个个善良纯洁的"家族"在历史上一再受难时，他忍不住愤怒了，是谁造成了这样的苦难，是什么邪恶的力量让历史一再重演？在《古船》之后，张炜的《家族》探讨的正是这样的问题。人类从本质上分为两个家族，善良纯洁的家族和卑劣污浊的家族。历史的不幸正在于后一个家族掌握了社会权力，用卑劣的手段迫害前一个家族。前一个家族为了理想和信仰，牺牲了自己的财产甚至生命，却没有得到历史的认可，他们的纯洁、坚贞、勇敢甚至成为他们罹罪的理由。而且，历史的冤屈和荒谬一再重演，当朱亚、宁伽坚持知识分子良知，以科学理性精神反对东部大开发计划时，遭到的是同样的诬陷迫害，这样的悲剧验证了历史的循环。纯洁、敢于坚持正义的人受到污蔑，卑劣的欲望之徒呼风唤雨，张炜的道德义愤使他忍不住发言，他以一个个受难者的鲜血、死亡控诉这个社会的不公，表达对纯洁家族的无上敬意。这是一种善恶分明的悲悯。

张炜对人类的未来充满悲悯。他清醒地看到人类正走在一条危险的现代化之路上。张炜对社会现代化的批判主要表现为对物质主义、消费主义、科学技术至上的批判。比如科学技术方面，托尔斯泰就是一个反对者，他宁愿步行三天回到庄园也不乘坐火车。张炜也相信，科学技术不能给人类带来终极幸福。他反复强调：科学技术是中性的，科学技术的积累如果不与道德、人性的积累相结合，那么它的高速发展带给人类的不是幸福，而是文明的再次毁灭。张炜对人类前途的悲观在《外省书》中即有体现，史珂对现代文明的排斥、对西方文化和科学技术在中国的流行表示了强烈怀疑。在《你在高原——橡树路》中，张炜借许良教授的话指出：人类在几十亿年前即有高度发达的科技文明，20亿年前的核反应堆、几亿年前矿石中的人造物、埃及木乃伊中的人造心脏等，都证明了人类文明曾达到高度发达的地步，后来之所以毁灭，不过因为一个简单的原因，那就是科学技术的积累和恶的积累出现了交

汇。张炜还在《你在高原——鹿眼》中，直接写到了科学技术给天真的孩子带来的精神毁灭。廖若、骆明等花季少年，疯狂迷恋网络游戏，在游戏中沉迷，以致不能区分现实世界与虚拟世界，网络中的暴力、色情遮蔽了他们的眼光，他们根本不能体会这个活生生世界的美好，最后被邪恶的欲望世界的代表——公司拉进了深渊，成为欲望游戏中的玩物，成为时代的牺牲品。人类的希望在孩子身上，当我们不能阻挡科学技术的毒害延伸到我们可爱的孩子身上时，我们人类还有什么前途和希望？

人类的苦难历史、绝望现实、惨淡未来，让张炜满怀悲悯。他的悲悯源于对苦难的认知，他说："苦难是人性中最不可超越的那一部分。苦难对于我们来说简直就是天生如此。——苦难既然是天生的，人类的历史中就会充满苦难。"[①] 苦难是必需的，是活着的组成部分，面对苦难，人只能自我救赎。救赎的方式只能是反思，反思自己的生活，反思自己的人性，反思人类文明何去何从，改变现在单一的社会现代化路径。张炜始终痛苦地反思着这个过于沉重的命题。

三 悲悯人类失去家园的精神痛苦

社会现代化就是现代文明取代农业文明的过程。在这一过程中，人类的物质生活一步步改善、趋于舒适，但是人类的精神生活却失去了安宁与平静。张炜痛苦地感到，人类已经失去了存在的家园，成为大地上流浪的孤儿。张炜为人类的无所归依而痛苦，他背起行囊，开始了漫长的寻找。不断地行走，不断地寻找，张炜似乎成了一个永远的旅人。他含着热泪寻找，他吟着歌子寻找，那个美丽的家园。可是，呈现在他面前的，却是被毁的土地、打工的人群、铺天盖地的雾气毒霾。大地已经沦陷，家园已经被毁，人类无根的命运暗示着一个惨淡的未来。

在农业社会中，土地是人们的生活依靠，也是人们的精神寄托。当一个农民匍匐在土地上劳作，死后也埋葬在土地里的时候，我们说土地就是他的母亲，这是一点也不夸张的。农民与土地，与庄稼，与牲畜，与花花草草，有着不一般的感情。如张炜的《九月寓言》所写，绿油

---

① 张炜：《守望于风中》，上海三联书店2004年版，第143页。

油的地瓜蔓，仿佛在燃烧一般，那些农人白天在田野里劳动，夜晚则在夜色的笼罩下奔跑，自由挥洒着生命的活力……这就是农业文明的诗意所在。确切地说，张炜没有皈依某一种宗教，而是皈依了大地母亲。他像一棵树，根系总是伸向大地深处，心总是朝向那片生他、养他的土地，即使后来到了城市成家立业，也总是不停地返回那里，寻找大地母亲的庇护。

在张炜笔下，女性与大地是"互喻"的。在《九月寓言》中，张炜把庆余比喻为一块阔大无垠的泥土，她"无声无息地容纳一切，让什么都消失在她的怀抱中。她先用黑煎饼把你的嘴巴喂饱，然后再从从容容打发你走"。在《能不忆蜀葵》里，我们也看到陶陶姨妈这样的女性形象，她兼母亲与情人于一身，在生活、心灵方面庇护和引导着淳于，让他得以保全纯朴本性和本真生命。张炜对母性形象的描述和渲染，体现了作者对生命与大地血脉关系的体认，对生命归宿的寻求，对自然的眷恋，对母性文化的由衷赞美。

张炜希望通过地母或母性形象，找到心灵的归宿。现实情形却是：地下挖煤，使得土地沉陷，村庄消失；大山里开采矿石，使得大山千疮百孔，提炼金子的氰化物污染了河流；海边兴起了一个个化工厂，排放着废气、废水，一个个脏污的水坑像一双双眼睛控诉着人类的暴行。经济大开发的脚步震响在原野上，正虎视眈眈地吞食着人类最后的家园，那些美丽的乡村、那些凝聚着汗水与梦想的葡萄园、农场，都面临着被连根拔起的命运。土地与家园，正遭受着人类背叛性的掠夺和开发，张炜的悲痛，通过一部部挽歌式作品——《九月寓言》《我的田园》《柏慧》《刺猬歌》《你在高原——荒原纪事》等，唱响在我们面前。这里有张炜对自然生态环境被破坏的谴责，有对人与自然和谐关系的追忆。他悲悯在所谓的现代大开发中，人的生存环境不是变得更好了，而是变得更坏了；他悲悯人性在对自然的占有和利用中，不是变得更优美了，而是变得更野蛮了；他悲悯人已经失去了最后的土地和家园，流浪和寻找是人不可变更的宿命。当大地一片荒芜，当地裂布满了大地的胸膛，当污水、沼泽代替曾有的绿色原野时，我们自然要问：我们这些无爹无娘的孩儿将到哪里去？

四 悲悯底层民众的生存艰难

如研究者所说，张炜有一颗质朴的、关爱劳动者的"大心"[①]。这颗大心在与劳动者一起劳动的过程中噗噗跳动着，它磨掉了知识分子那层虚饰的语言之茧，变成了一颗真正鲜活有力的"红心"。为什么说它是"红心"？大家只要读一读张炜笔下的恶人——四爷爷、伍爷身上流出的蓝色血液就知道了，真正的劳动者、善良的百姓，他们身上绝不会有幽暗的、腥臭的、蓝色的血。劳动让人身心健康，劳动者的心脏和血液都是红色的，这不是在重复极"左"年代的意识形态话语，这是从生活中得出的结论。可以说张炜回到了劳动者的本色。在他的作品中，我们大量捕捉到的也是那些劳动者的身姿：拐子四哥、鼓额、庆连等。他们勤劳勇敢，质朴羞涩，他们代表着人之为人的根本。张炜为他们写下的是一曲劳动的赞歌。

但是，现代化大开发一步步剥夺了劳动者的土地和家园。张炜亲近着那些失去了土地和家园的劳动者，他深切地感受到了民众生活的痛苦，来自"土野蛮"和"洋野蛮"伤害的痛苦。商业化大集团与权力结成了联盟，他们强行占了农村的土地，建造工厂，排放废气与污水，最后迫使（有时则是引诱）农民离开土地，到遍地开花的橡胶厂、化工厂等高污染企业中求生存。这些打工者的生命没有丝毫保障，贫困、疾病随时会把他们打倒，他们卑贱的生命似乎成了现代化大开发主旋律的微弱杂音。与此同时，那些如同鲜花般的乡村少女，遭受的则是恶势力一次又一次的凌辱和伤害：天真纯洁的鼓额被恶狼糟蹋了，无依无靠的香子母女被三毒腿等恶势力逼得服毒自尽，美丽的乡村女孩荷荷等被拉到娱乐场所被一个个"大鸟"糟蹋……张炜对此表现出最深切的痛苦、最无可忍受的愤怒。这些无助的乡村少女的命运让人格外痛惜。在这些事实面前，我们理解了张炜"善就是站在穷人一边"的宣言。

张炜站在底层劳动者一边，为他们的生存境遇痛苦不堪，他甚至发出了"吾及汝偕亡"的呐喊。生活在现代化幻象中的人们，感受不到

[①] 李洁非：《张炜的精神哲学》，《钟山》2000 年第 6 期。

底层的生存绝望。底层民众生活在无望的人间，也发不出自己的声音。张炜的创作和发声就是在给自己的兄弟姊妹呐喊，在这些朴实的老百姓因生存绝望而玉石俱焚的时刻，我们的社会繁荣、经济发展还有什么意义？张炜在《无边的游荡》中的描写，类似"地狱之火"已经燃烧起来的末世景观，火吞噬了一切，一切罪者和无罪者，"烧啊烧啊——耳在燃烧；声音在燃烧……鼻在燃烧；香味在燃烧……舌在燃烧；百味在燃烧……肉体在燃烧；有触角之一切在燃烧……思想在燃烧；意见在燃烧……思想的知觉在燃烧；思想所得之印象在燃烧……究由何而燃烧……为情欲之火，为愤恨之火，为色情之火；为投生，暮年，死亡，忧愁，哀伤，痛苦，郁闷，欲望而燃烧……烧啊烧啊烧啊……"① "火的烘烤"，可谓是我们时代的喻象。在这场越来越炽热的现代化之火中，一切镇静、乐观、与时俱进……都成了无关痛痒的精神哈欠。

我们的兄弟姐妹在这场大火的烘烤中苦熬，我们也不能幸免。这就是一个时代的悲痛。

张炜的悲悯源自对生活的美好期望。他期望人类走出苦难的历史循环，不再有人对人的剥削和迫害，"大家一起过日子"；他期望人们生活在一个充满生机的绿色环境中，与大自然和谐相处；他期望穷人也有自己的一份生活，在大地上劳作，在大地上奔跑和歌唱。总之，张炜心中有着太多的柔情和渴望。可以说，他用坚硬和顽强来对抗外界的重压，用羞涩和柔情面对内心的渴望。在人类的苦难生活面前，在人类失去土地和家园的归宿面前，张炜的作品表现的是一个知识分子发自肺腑的痛苦歌吟。

第四节　对张炜知识分子立场的评价

80年代张炜对封建专制思想的揭露、对改革进程中出现的思想弊端的批判，使他赢得了主流思想界的好评。90年代以来张炜对社会现实和思想文化不遗余力的批评，对"道德"近乎固执的留恋，使他抱回了一面文化保守主义的大旗，也因而遭受现代化信奉者的无情批驳。

---

① 张炜：《无边的游荡》，作家出版社2010年版，第444页。

在这些人看来,张炜的精神立场是倒退式发展的,他反对一切现代化以及与此相应的文明形态,比如物质文明、科学技术、现代城市生活方式……张炜被视作反现代性的代表人物,受到激烈批评。与此同时,王晓明、陈思和等学者感慨于物欲社会人文精神的失落,极力张扬知识分子的道德理想,以此挽救社会人心的下滑,张炜被他们作为一面精神旗帜高高飘扬在文学上空。在人文精神的论争中,张炜没有写一篇争论文章,但他同时又说,作为一个知识分子,他以自己的创作呼应了这样的潮流,站在了应该站立的立场上。

一 文化保守即是精神前瞻

张炜的知识分子精神是一种价值追求,他秉持着知识分子的道德良心,关注社会和文化的发展,对发展中出现的弊端和危险趋向,有着超出常人的敏感,并提出自己的批评。这是一种为天地立心、为生民立命的社会责任感和忧患意识。张炜的知识分子立场由于违背了社会现代化潮流,被人称为文化保守主义。

文化保守主义思潮是 20 世纪在世界范围内曾经产生很大影响的思潮,它随着现代化进程的逐步推进而产生。在现代化进程中,价值理性与工具理性出现了冲突,人们发现道德关怀和价值理想在现代生活中逐渐消退和耗尽,而工具、商品、科学、机器的价值逐渐上升,也就是说,工具理性逐渐取代了价值理性。这也是弗洛姆所说的:现代人"努力地工作,不停地奋斗,但他朦胧地意识到,他所做的一切是无用的……人创造了种种新的、更好的办法征服自然,但却陷于这些方法的罗网中,并最终失去了赋予这些方法以意义的人自己。人征服了自然,却成了自己所创造的机器的奴隶。"[①] 现代化的生活造成了人性的异化,人努力工作、征服自然、验证自己的力量,最终却发现人失去了本身的价值和尊严,变成了与商品等值的工具。

面对社会现代化的推进,有责任心的学者提出了文化保守主义的理念,那就是在现代化进程中,继续维系一种传统的文化道德观念,重建人的价值理性,找回人的本质力量,包括人与自然的和谐。在这里,

---

① [美] 弗洛姆:《为自己的人》,三联书店 1999 年版,第 25 页。

"传统是人文价值唯一可能的源泉，要重建现代人文精神，要为现代人重新找到一种人生的价值和意义，唯有到传统中去才可能找到"。张炜在1988年就写道："在不断重复的没完没了的争执和角逐中，我渐渐发现了我们缺少真正的保守主义。""真正的保守主义者因为极其单纯而变得可爱。他是具有质朴精神的，有可靠感和稳定感的艺术家。他由于自己独有的深邃性而赢得了至少是学术意义上的尊重。任何投机心理，与他的这种精神都是格格不入的，——世界上有各种各样的东西，而有些东西上帝必须让他们来看管才好。"①

如何评价以张炜为代表的文化保守主义思潮，学界当时有两种截然不同的观点。一是以王晓明、陈思和为代表的文学史家，他们高度认同张炜的思想和主张，指出张炜是当前人文知识分子的一面旗帜，在一个向商业化社会全面投降的时代，张炜的批判精神和对民间立场的坚守，具有独特的精神价值。二是以贺仲明等为代表，他们更多地看到了张炜对现代化潮流的逆向而动，指出张炜90年代以来的思想和创作充满对现代性的否定和背离，张炜的文化保守主义因此呈现出落后、不能紧跟时代的特点。

笔者认为，判断一个思潮或者说作家思想与时代的关系，不能看它是否追随时代潮流，思想家和作家没有义务为一个时代唱赞歌，在某种程度上，判断一个作家优秀与否的标志是他是否具备一个知识分子的批判精神。张炜一再说我们要保持与时代的紧张关系，在时代的发展中看到它内部的空虚，为之寻找精神的支柱。他说，文学"一个最主要的任务，就是唤起人类对一些根本问题的关注。它是一个不会间歇的、持久的、极有耐性的提醒。因为人一降生下来就陷于奔忙，缠在必要的繁琐之中，直到终了。他们遗忘的东西太多了。还有，人类的短期利益和根本目的之间总是存有深刻的矛盾，人类的欲望也牵动自身走向歧途，缺乏节制，导致毁灭。他们当中理应有一些执勤者，彻夜不眠地睁大着警醒的眼睛。这些人就是作家。"② 90年代以

---

① 张炜：《散文与随笔》，山东文艺出版社1993年版，第217页。
② 张炜：《文学是忧虑的、不通俗的》，转引自贾振勇、魏建《形而上悲怆与文化操守》，《理论与创作》1997年第4期。

来，人们面临着市场经济大潮所带来的金钱和欲望淹没的危险而不自知，在这样的情形下，张炜等作家作为思想的执勤者发现了人类的危险处境，发出了警告。陷于流俗的人们却指责这些人杞人忧天，指责他们过于保守，这不能不是我们社会的悲剧。张炜的思想体现的不是历史的倒退，而是人类精神文化的前瞻，他为大地守夜、执勤的身份，值得我们仰慕和追随。

二　道德是社会发展的平衡力量

张炜的知识分子立场是建立在道德基础上的、以人为本的思想体系。它既注重对外在社会的批判，又注意内在自我的反省，提出了人与社会和谐、人与自然和谐、人与自我和谐的终极价值目标。张炜的知识分子立场是对中国传统文化特别是儒家文化精神的直接继承。儒家文化以知识分子道德人格为榜样，通过社会群体的认同，实现社会秩序的和谐稳定。海外学者林毓生说："儒家思想认为社会秩序是远古圣君与圣人有意建构的，而维持社会秩序主要靠社会中领袖人物道德之实践。反过来说，社会的不安与混乱也因此要多半诉诸领袖人物道德之败诉。"[1]在社会理想的建构上，张炜认为，儒家文化及其人格理想对于现在的欲望化社会，有着特殊的遏制功效。

张炜在道德论基础上提出了他的社会理想，那就是社会的发展与精神道德的发展同步进行。以此反观历史，张炜发现了历史的悖论，在社会历史发展进程中，社会的发展与道德的进步并不是同步的。社会发展的推动力量往往是物质与欲望，道德文化却是以对物质与欲望的节制、遏制作为目标的。这就造成了两者发展的不同步甚至是矛盾冲突的状态。面对这样的状态，张炜自觉地站在了道德文化立场上，对社会物质文明的发展有诸多抵制。在一些历史时刻，张炜甚至愤慨地说："有时我甚至想，与其这样，还不如再贫穷一点，那样大家也不会被坏人气成这样。大家都没有安全感，拥挤、掠夺、盗窃，坏人横行无阻……大多数人被欺负得奄奄一息的那一天，'现代化'来了也白来，我可不愿这

---

[1]　林毓生：《中国传统的创造性转化》，三联书店1998年版，第213页。

样等待。"① 确实，当社会陷于一个极端，如不择手段地消灭贫穷而对精神道德的倒退不管不顾时，张炜有理由表示对社会发展的不满。张炜认为，现在的社会急于消灭贫穷，而没有注意滋生贫穷的土壤，实际上，这土壤不除去，贫穷不会从根本上消灭，而只会越来越加剧。张炜所说的滋生贫穷的土壤，造成人对人的剥削、人对人的迫害的土壤只能是封建专制主义思想和资本主义私有观念的联合。在这些思想的统治下，传统道德思想被排挤到了所谓保守、落后的冷宫里。张炜从一个作家也从一个思想家的角度，提出社会的发展要以传统道德和传统生活方式作为对立面的补充，以此作为对时代的重要警示。

张炜以道德理想主义为标尺，诉说着对人性、人与自然关系等健康发展的企望。在人性的向度上，张炜坚持的是道德的标准，他的笔下有许多贫穷但保持着人性纯洁的劳动者，如拐子四哥、鼓额、搭建小茅屋并迎来宁伽一家的老爷爷、捡松塔的两个老人等，他们一律善良、仁义、自重，张炜对他们充满真挚的热爱，认为他们的品质纯洁无瑕。张炜还塑造了充满韧性的知识分子形象，如朱亚、宁伽、吕擎等，他以这些人物纯洁的人性之美、不屈的斗争之美，映衬那些卑鄙、龌龊、追名逐利之徒的人性丑恶。张炜对西方文化传到中国所造成的社会混乱和道德失衡现象，深感忧虑，在西方世界传过来的"金钱与性的尖叫"面前，一些人慌了，但史珂等人坚守着道德良心的阵地，"不慌"并"守住"了自己的生活。

面对自然环境的被破坏，张炜深感痛心，他热爱和奉养着自然母亲，而这个母亲现在遭受了没有良心的孩子的破坏和蹂躏，张炜的痛苦无法言表，他从人类生活的根本目的出发，发出了保护自然母亲的呐喊。在社会和自然的巨变面前，张炜一直是一个痛苦的记录者，他像笔下的宁伽、廖麦一样，记录着过去、现在，担心着将来。他盼望人类有觉悟的那一天，当那一天到来时，他的忠实记录能为人与自然关系的重建提供一个可靠的蓝本。他期望着人类道德意识的觉醒。

张炜的现代知识分子立场以批判精神和悲悯精神为核心，实现了社会批判与生命悲悯的统一。正因为张炜对大地、对生命有悲悯，对人类

---

① 张炜：《文学是生命的呼唤》，《作家》1994 年第 4 期。

的苦难有不能忍受之痛,所以才坚决站在了批判的立场上。同样,没有对恶的批判,也无法真正做到对生命的悲悯。张炜是一位有着道德沉重感和忧患意识的作家,他高扬道德理想主义,正是为了消除苦难,消除人类不平等、不自由生活的根源,他希望构筑一个本真美好的理想世界。张炜的理想在社会现代化后果愈来愈显现的今天,正显露出独特的光辉,对社会人心的救治作用也越来越多地被人所理解和看重。

第三章　80年代张炜的思想与创作

20世纪80年代是思想启蒙的时代。启蒙的主要内容是反封建，破除现代迷信，清算极"左"思潮和极"左"路线给国家、社会和人民造成的危害，倡导思想解放，把人从专制主义、蒙昧主义和极"左"思想中解放出来，实现"人"的觉醒。① 即重启思想现代化的进程。80年代的文学创作呼应着这样的社会变革思潮，批判着封建专制主义与极"左"政治，呼唤着崭新的现代民主生活，与此相应，文学中普遍存在着关于现代化的美好想象。此时的张炜，自觉地站在思想启蒙者的立场上，为祛除封建意识形态与极"左"意识形态的余毒做着历史的助力。在这一时期，他写出了《一潭清水》《声音》《秋天的愤怒》《古船》等作品，形成了小说创作的一个高潮。

张炜80年代的小说以人性、人道、人本为核心，表现出对人的尊重和关心。80年代初，《芦青河告诉我》这部集子充满土地清香，表现了张炜对劳动、爱情、智慧的不倦歌赞。80年代中期，张炜的创作由单纯走向厚重，他批判历史生活中的黑暗，批判现实生活中的弊端，作品以表现尖锐的社会矛盾、拥有深刻的灵魂反思见长。在《秋天的愤怒》《古船》等作品中，矛盾的一方是拥有权力、对人民苦难视而不见、对人民诉求漠不关心、紧紧抓住自己利益的"当权者"形象；矛盾的另一方是代表着人民利益与呼声、暂时处于弱势但具有历史进步性的"反抗者"形象，小说结局是反抗者鼓起勇气，向着"黑暗的东西"

---

① 王达敏：《从启蒙人道主义到世俗人道主义——论新时期至新世纪人道主义文学思潮》，《文学评论》2009年第5期。

发起抗争。可以说，这样的情节安排表达了张炜对历史进步力量的信任，小说结尾虽然没有明写反抗者的胜利，但是，我们可以相信"善必将战胜恶"。张炜相信：人类的历史在经历了种种苦难与罪恶后，正在善的牵引下徐徐向前。这种对历史的大信任，使张炜80年代的创作散发出动人的光辉。张炜80年代中后期的作品还对人类的精神生活进行了探索，《古船》中隋抱朴的赎罪与新生、《远行之嘱》中的仇恨与化解，表现了张炜对灵魂追问与精神成长的关注。总体而言，80年代张炜的创作经历了起步、过渡、成熟等阶段，小说文体则经历了短篇、中篇、长篇的艺术探索过程。

第一节 清纯的芦青河之歌

20世纪80年代初期，当文坛流行充满泪水与创伤的伤痕文学时，张炜没有加入时代的合唱，而是真挚地唱出了自己的芦青河之歌。这就是张炜1983年结集出版的第一本小说集《芦青河告诉我》。这部集子收入了张炜1980—1982年小说创作的主要部分，其中，1982年是其创作最为旺盛的一年。这部集子里的小说，是张炜创作探索期的产物，标志着张炜创作特色的初步形成。

在《芦青河告诉我》中，一个青年作者唱出了一曲曲动人的乡土之歌，歌声嘹亮，音调纯美。张炜赞美着劳动的欢乐、爱情的美好、老人的智慧。这似乎是对当时文学主流的"疏离"，创作起步的张炜遭到了一些批评家的质疑。可是，如果我们理解作家及其艺术追求，我们会说，《芦青河告诉我》表现了张炜对乡土生活的热爱，这是他创作的底气，离开这底气，其创作就会成为无源之水、无本之木。80年代初的张炜幸而拥有了这样的开始，他那时二十出头，充满了对乡土生活的热情，他的诗意描写是发自肺腑的，他说："由于我在唱一支出自心底的真实的歌，它就有了自己的天然质朴。我完全沉浸到那条奔腾的河流中去了。"[①]

---

① 张炜：《芦青河告诉我》，《书讯报》1988年5月30日。

一　劳动、爱情、智慧

张炜最初的小说写作源于对土地的深情，对美好、诗意生活的捕捉。这与沈从文的小说有类似之处。他们都有过乡土生活的经历，后来到了城市工作，但不能适应现代城市文明，在高楼大厦的水泥森林中怀念着那片家乡的绿色，所以他们的作品就成了一曲曲乡村的恋歌。不同的是，沈从文的《边城》充满着忧郁和隐痛，而张炜的《芦青河告诉我》则没有这种哀伤的、柔柔的情感，它充溢着北方农村劳动的热气、劳动的欢乐。可以说，在乡土生活的浸润中，张炜充分体会到了劳动的愉快，感受到了青年男女逼人的热力，所以他书写这些青年男女在劳动中产生的爱情。张炜的这部作品集还写到一些智慧和风趣的老人，张炜真诚地认为：老人及其智慧是生活的宝藏。总之，以劳动为根本的乡土生活构成了张炜小说的创作之源，他从中拾取了一枚枚闪亮的贝壳，把它们串成了美丽的艺术之链。

张炜早期小说充满劳动的欢乐。在现实生活中，人们普遍认为，劳动是累人的，所谓"面朝黄土背朝天"说的就是农民劳动的无奈。但这不能不是一种误解。有过乡村生活经验的人都知道，在蔚蓝的天空下，在绿色的原野上，干着各种活计，比如翻动地瓜蔓拔草，虽然累，可是触目所及一片绿色，于是就会有一种愉快在心底生成。如果这时恰好是青年男女在一起，劳动就有了比赛和表现的乐趣。张炜写的劳动真多、真美啊，有割草（《声音》），看菜园（《紫色眉豆花》），垛麦草（《夜莺》），种黄烟（《黄烟地》），看林子（《山楂林》）等。劳动虽然伴随着劳累，但劳动本身对于人的身体和精神却是一种解放。虽然五六十年代的集体劳动有政治瞎折腾的意味，但劳动者在集体劳动的生活中不能说没有愉快的心情。

但是，20世纪70年代末80年代初有关农村生活的小说，如《被爱情遗忘的角落》《李顺大造屋》等，无不在控诉着极"左"政治造成了怎样的农村苦难。张炜则与这样的文学潮流保持距离，更多地从人性的角度，表现农村劳动者的善良、爱心以及快乐生活。《天蓝色的木屐》虽然写到了大榕这样的地主之子的内心隐痛，可是作者更关注大榕、小能对美好生活的孜孜追求，更关注这对青年男女间的

美好情愫。《夜莺》则写到劳动的快乐与美好：灯火通明的晚上，人们热火朝天地在场院里打着麦子，"热烈而欢快"；一个姑娘"胖手"（一个奇怪的名字，张炜笔下有太多这样生动的名字）和一个老汉"二老盘"在垛着麦草，最后他们的麦草垛又大又高，他们像站在戏台上一样，胖手听着夜莺的歌唱，忍不住学着村里的大学生喊了一声"美滋滋生活"（实际上则是"美是生活"）。这就是乡村的"美滋滋生活"！

劳动者的爱情在劳动中产生，没有丝毫杂质。它与乡村绿油油的庄稼一样，有一种饱满的生气。年轻男性健壮的体魄，豪爽的性情，热情有时是笨拙的表白，多么动人啊。金壮给胖手偷来了黄瓜并直白地要求与她"好"（《夜莺》），李林不声不响地帮着小碗儿翻地瓜蔓拔草（《芦青河边》），就连那个没有得到爱情呼应的泊里鹿都会在金叶儿面前显露他健壮的身体（《拉拉谷》）……在那些活泼动人的青年男女中，女孩子往往是最引人注目的。她们俊俏灵秀，"大萍儿戴着她的干净的小白帽，金叶儿穿着她的方领小花衫，小能踏着她的天蓝色呱达板儿，胖手的小酒窝，二兰子的长睫毛，棒棒的翘鼻子……"[①] 她们的爱情也是那么纯真，在劳动中产生，在劳动中成熟。有时仅仅出自一个朦胧的热望，一个女孩子就会发出隐含着爱的呼喊。《声音》中的二兰子在林子里割草，情不自禁地喊出了"大刀唻——，小刀唻——"，既表达了对劳动生活的满意，对林子风景的陶醉，似乎又在呼唤着什么，是渴望热情的应答吗？当她听到对岸林子里"大姑娘唻——，小姑娘唻——"的应答时，多么羞涩，一连几天不敢出声；当消失了这声音时，她又情不自禁去寻找；发现对方是个罗锅，她有些许失望，但她很快就佩服对方的文化水平了；当小罗锅考上工厂向她告别时，她虽然矜持地拒绝了他送的红纱巾，但在他走后，又忍不住从心底发出了"大刀唻——，小刀唻——"的呼喊。这奇特的"大刀唻——，小刀唻——"，似乎是他们之间独特的情语，带着青草的芳香，也带着林子里的袅袅余音。我感觉，张炜笔下的二兰子似乎有沈从文笔下翠翠的神韵，可是比翠翠多

---

① 宋遂良：《芦青河告诉我》"序"，张炜：《芦青河告诉我》，山东人民出版社1983年版。

了劳动的活气，多了现实的气息。短篇小说贵在神韵，张炜的早期小说因为有了这些可爱的女孩子而气韵芬芳。

在描写劳动和爱情之外，笔者发现张炜的小说还写到了一个不可忽视的人物角色，那就是"老人"形象，他们或者是一个护园老人（《紫色眉豆花》中的老亮头，或者是护林老人（《山楂林》里的古凿、《踩水》里的"老道"）……总之，这些老人身体硬朗，性格豪爽，忠实地护卫着菜园、瓜田、林木。他们往往有一杆枪，性格硬气，与看不惯的坏势力做着斗争。这些古朴的老人真像一些倔强的老树，屹立在原野上，当然，他们心中有柔情：对城里来的莫凡有着父亲般的慈详（《山楂林》），对刘二里这样的鲁莽青年有着师父一般的教导（《踩水》），他们都是一些可敬的老人。张炜对这些老人古朴智慧的描述和他对少女纯真可爱的赞美相得益彰，或许文学中的老人与少女是一个不倦的审美组合吧。张炜对护林老人、护园老人的一往情深延续到他以后的作品中，如《蘑菇七种》里的老丁场长，《我的田园》里的拐子四哥等形象，这些人物的反复出现表现了张炜对这些老人智慧、生命力和浪漫精神的赞美。

二　脚下土地与创作根基

张炜年轻时生活过的土地是什么样子？对于张炜具有什么样的意义？在评判这些早期小说的价值之前，我们首先要明了这些方面，只有明了了这些方面，我们才能明白这些作品的独特价值。笔者认为，张炜脚下的那片土地，胶东半岛西北部的海滩平原、那片林子，代表着张炜的生活理想，一个最初也最简单的生活理想，同时这片土地也奠定了作家创作的根基。

张炜小时候生活在胶东半岛西北部"一片辽阔的海滩平原上""平原上有一望无际的稼禾，有郁郁葱葱的林木，有汩汩流淌的小河"。在临近海边的一片大林子里，有一座小茅屋，张炜一家住在那里，附近有一个村庄，一个林场果园。张炜小时候与人接触比较少，与周围大自然接触比较多，那里有着一个孩子生活的所有乐趣：在茅屋旁的水渠里捉鱼；在林子里爬树、漫游，结识各种动物、植物；在海滩上看人喊着号

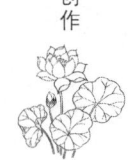

子拉网；在黄烟地里看人劳作……①张炜的生活是丰富的，也隐藏着一些痛苦和孤独。但在早期的作品中，他把这些生活的痛苦隐去了。创作起步的他首先要表现的就是生活的美好，似乎只有心灵上受到压抑又敏感的人，才更充分地认识到了生活的美好、人与人之间的美好情感。张炜在此写下的田园牧歌作品，免不了渲染，渲染这不易得到的生活亮色，同时又免不了回避，回避一些还无法面对的社会中的人性黑暗。在此，我们无法对年轻的张炜、受过伤害的张炜，提出更苛刻的要求。

关于张炜早期作品，有两种评论：一种来自普通文学读者，一种来自专业批评家。一些读者非常喜欢张炜早期作品，他们甚至不无偏激地认为这是张炜最好的作品，因为作品里面有土地的清香，有岁月难以淘洗掉的清纯；但有的批评家却认为，这些作品写得很"虚"，受到了革命年代政治化写作观念的影响，如有的作品是"好人好事"式的，一定要表现"好、美、幸福、快乐"之类。②笔者认为，这两种观点都有一定的偏颇。第一种观点充满文学的感性，他们以直觉和情感参与评价，虽然看到了这些作品的美（风景的美、劳动的美、人性的美），但不能从作家的创作发展史着眼，不能对作家的创作做出更加理性的审视和判断，他们看到了张炜创作的一个方面，而且只看到了这一个方面。第二种观点，虽然看到了张炜小说与革命年代话语的联系，但它过分贬低了这些作品的审美价值，没有看到这些作品的淳朴性，没有看到作品中洋溢的对土地的挚爱、对爱情的赞美。而这些恰恰是文学最纯正的内容之一，批评者以理性架空的方式对作品做出简单评判，也就无法进入和理解张炜的内心。

我们知道，张炜本人极为看重早期的一些作品，他曾感叹道：《天蓝色的木屐》《夜莺》《看野枣》《三大名旦》《紫色眉豆花》等，"它们较之后来的作品，更多地散发出泥土的芬芳。这是真实生长的气息。这是无论多么纯熟的技法，多么先进的观念都无法取代的"③。是的，

---

① 张炜：《童年三忆》，《匆促的长旅》，中国海关出版社2008年版。张炜：《旧时景物》，《一潭清水》，作家出版社1996年版。

② 摩罗：《灵魂搏斗的抛物线——张炜小说的编年史研究》，《当代作家评论》1997年第5期。

③ 张炜：《一潭清水》"后记"，作家出版社1996年版，第416页。

比起张炜以后的作品，这些初期作品是稚嫩、单薄的，可是谁能否定其中弥漫的浓浓的土地气息？谁能否定其中隐藏着一个真挚、纯朴、对生活充满爱力的张炜呢？我觉得，正是他早期的作品奠定了他以后创作的纯正基调：对土地和劳动者的尊重，对自然环境的赞美，对人与人之间美好情感的眷恋。他就好像是长在田野里的一棵树，年轻、充满活力，沐浴着阳光雨露，吸取着土地的滋养，领略着田野里微醺的风，舒展着它的枝条。这就是年轻的张炜，洋溢着赤子之心、大地之爱的张炜。

张炜早期作品对乡土的描叙，不同于当时流行的伤痕文学、反思文学。当时的主流作品更多地把乡村描述为苦难之地，而张炜是带着劳动者的愉悦心情来书写乡土的。他对乡村生活没有丝毫隔离感，他本质上就是一个大地诗人。虽然此时还不够成熟，但他绝不是乡村生活的匆匆过客。阅读张炜早期的作品，可以感觉到：张炜对乡土生活的描写带着深深的情感刻痕，付出了很大心力，他的作品使人觉得"爱"在里面，而且不容易转移，会在以后的作品中生根发芽。他的作品就像一块生机勃勃的土地，上面有庄稼、林木，紫色的眉豆花，小碗儿这样的少女在溪旁休憩和洗濯……这样的世界是动人的，难能可贵。可以说，张炜早期小说奠定了他以后创作的根基，它从最基本的地方——劳动、爱情、智慧起步，由此抵达了更深广的境界。张炜就像田野的一棵树，越来越多地把根系扎到土壤的深处，他接触到的是更加粗粝的岩石、更加炽热的岩浆，张炜的创作将走向深沉厚重的大地深层。

第二节　诗人的愤怒与苦闷

《芦青河告诉我》以抒情和赞美为主调，展现了张炜作为一个抒情诗人对纯真、纯善、纯美的追求。大约1984年前后，张炜清纯的歌者目光变得严峻了，他开始思考中国苦难社会的原因，他在思考、在诘问：为什么中国的大地上遍布着令人揪心的苦难和不幸？是谁造成了这苦难和不幸？人们为什么总是生活在贫穷饥饿和剥削压迫之中？为什么社会的改变、改革的进行，不能给人真正的幸福和精神的愉悦？在这个飞速发展的改革时代，我们的社会、我们的人性缺失了什么？呼唤着什么？张炜的小说创作由抒情走向叙事，他本人也由一个青春热情的诗人

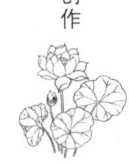

转变为一个愤怒和苦闷的诗人。

一　对封建专制思想的愤怒

　　20世纪80年代，在思想解放潮流的推动下，作家普遍关注新中国历经苦难与不幸的思想成因。难道仅仅是极"左"政治的危害？有没有中国传统社会遗留下的"遗产"？有学者（金观涛、刘青峰）提出了中国封建社会的超稳定结构说[①]，指出中国封建社会的长期性、停滞性和历史震荡的周期性之间的内在联系，回答了"封建主义僵尸为什么在文革借尸还魂"这一问题。中国封建社会的长期性之说，启发了作家们的思考。学术界和文学界共同发动了第二次思想启蒙运动，把当时的政治反思推向文化反思。他们普遍关注宗法制社会与新社会的合二为一，关注宗法制政治威权与普通民众的顺民心理之间的关系。作品有朱晓平的《桑树坪纪事》、韩少功的《西望茅草地》、柯云路的《新星》、张炜的《秋天的愤怒》《古船》等。在这些作品中，作家们普遍塑造了浸透着宗法意识的政治威权者形象，对有着浓厚封建宗法意识的社会主义体制表现出质疑和剖析的勇气，可以说，这些作品具有广阔的社会生活容量和较深的思想容量。

　　这些作家的创作楔入了中国历史生活的底部，洞察到中国社会发展的根本痼疾是封建专制思想。在中国乡村，一代又一代扎稳了根基的乡村统治者，凭借手腕、能力，把一个个村庄、农场、县城作为自己的统治王国，实行着宗法式统治。作品中的李金斗、张种田、顾荣、肖万昌、四爷爷等人，是革命年代的积极分子，有些还有出生入死的经历，正因为如此，在新中国成立后他们才成为一个村庄或农场或县城的领导。在他们身上，既有纯朴的乡民意识，这促使他们做一些保护乡民利益的事情，又有独断专行的家长作风和狭隘的宗法观念；既有"解民倒悬"的热诚、治理一方的魄力，又有欺瞒、侵犯百姓的私心私欲。作家对这类人物的塑造楔入了历史生活的底部，深入民族文化的土壤。只有在中国的土地上，在宗法意识浓厚的乡村（县城不过是扩大了的

[①] 金观涛、刘青峰：《中国历史上封建社会的结构：一个超稳定系统》，《贵阳师院学报》1980年第1期。

乡村），才会出现这些忠厚沉稳又不乏狡黠和心术的基层权力者形象。

正是在这样的社会文化背景中，我们说张炜80年代中后期的创作真正汇入了思想解放的潮流，担当起了启蒙的重任。如果说前一时期张炜的创作与中国乡土作家沈从文、孙犁有更多吻合之处的话，那么这一时期的张炜更多地从鲁迅那里吸取了思想源泉，对中国社会历史进行了深刻的剖析。这时的张炜，才真正敢于发言了：中国农村并不是一派田园牧歌景象，而是充斥着旧思想、旧文化阴影的苦难之地。他拿起笔，也可以说拿起投枪，向最大的"阴影"投去。这阴影就是肆虐中国几千年的封建专制力量。这阴影并没有因为进入新中国新社会（包括以后的改革社会）而销声匿迹，相反，它借新的名义依然盘踞在中国大地上。它就像中国封建社会遗留下来的一个大毒瘤，在庞大的社会机体内，悄悄伸展着四通八达的根须，掌控着人们的物质生活和精神生活。当80年代思想解放的潮流冲垮作家头脑中的种种禁忌时，张炜对它的愤怒，在"秋天"这个季节尽情释放开来。

张炜小说塑造的政治威权者形象，像《秋天的思索》中的王三江、《秋天的愤怒》中的肖万昌、《古船》中的四爷爷赵炳等，颠覆了中国当代文学中的村支书形象。在红色经典中，类似村支书的角色，有柳青《创业史》中的梁生宝，浩然《艳阳天》中的萧长春等，他们都是一心为了党的事业、为了人民利益的英雄人物，带着神性的色彩、意识形态的光芒。张炜以对乡村社会的熟悉，对这类人物进行了颠覆与还原。他中断了红色叙事的传统，接续起了一个悠久的现实主义传统——赵树理。我们知道，赵树理对中国乡村认识的深刻之处，就是看到了新政权下，恶霸、痞子、变质的农民干部掌握了乡村基层政权。这些人头脑深处，都有一个专制的影子："我"当权了，"我"可以尽情满足"我"的欲望，"我"可以随便"干掉""我"不喜欢的人。当然，正如一切封建统治者一样，他们都要装出一副一切为了"人民"的面孔，在"正义"的名义下做着龌龊的勾当。在对乡村社会的理解上，我们说张炜与赵树理的创作具有一致性。张炜也看到了这样的乡村真实。特别是在中国大地回荡着一片动人的改革"春色"时，张炜感到的是改革中的"严寒"。他看到了改革的获益者并不是那些老实巴交的农民，而是那些极"左"年代掌握着权力、现在也掌握着权力的威权者。对此，

他有一种愤怒，一种不吐不快的憋屈。

张炜对政治威权者形象进行了逼真地刻画。肖万昌、四爷爷绝不是概念化的人物，他们身上充满了复杂性。比如肖万昌，表面看来，是一个慈祥、沉稳、超自信的人，但他做的每件事都显得那么毒辣，没有人性：杖杀家中的花狗、逼疯地主的儿子袁光、纵容民兵连长糟蹋老寡妇母女……"肖万昌沉得住气，'在任何时候，他的目光都不咄咄逼人'。因为他自信，他有力量。会咬人的狗不喜欢叫唤。他给客人做'泥鳅拱豆腐'的拿手菜，手艺是那样的娴熟，态度是那样的优雅；他给即将被杖杀的'大花'狗捆上'二尺红头绳呀'，又显得那么慈祥：他笑眯眯有条不紊地吸尽那白白圆圆的狗脑髓，像吹口琴那般的具有艺术性……"①这样一个慈祥、沉稳，又恐怖、毒辣的家伙恐怕是文学史上一个少见的形象。肖万昌在他的王国里，实行着封建式统治，囤积化肥，控制水源，捆人打人，雇人种地，可以说是一个典型的为所欲为的土皇帝。《古船》中的四爷爷更是如此，在乡民们面前，他是那么有威望，那么爱民如子：饥饿年代他一马当先带领民兵截下半车萝卜，救了村里人的命；面对即将死去的妻子和被吊打的村民，他"两眼闪着泪叫着老婆的小名：'欢儿，你要去，就自己去吧，赵炳夫妻一场，对不起你了！家事公事，不能两全，高顶街上有人倒悬梁上，危在片刻呀……'说完，抢衣在地，拖上李其生女人的手就走。"……而实际上，这个爱民如子的场面不过是他的精心安排。同样的戏还有，他一面扮演了隋含章保护者的形象，一面占有了含章；当含章想摆脱他时，他便指使人批斗含章的两个哥哥，迫使含章再次走进那个小院。在塑造赵炳的形象时，小说除了使用现实主义笔法，还使用了魔幻笔法，如写到赵炳是一个"毒人"，腹中有一条赤色的大蛇盘踞着，他不但"毒"死了两任妻子，而且使他的"干闺女"隋含章身体越来越透明，小说最后，被耽误了爱情和婚姻的含章，拿起剪刀向着这个毒人刺去。

在乡村，黑暗力量的肆虐，不但培养了肖万昌、赵炳这样的土皇帝，还滋长了李芒、隋抱朴这样有耐力的反抗者。反抗者之所以反抗，

---

① 宋遂良：《诗化和深化了的愤怒——评〈秋天的愤怒〉》，黄轶编选：《张炜研究资料》，山东文艺出版社 2006 年版。

并不是为了自身。在《秋天的愤怒》中，李芒早年间作为地主的儿子，受过肖万昌的迫害，差点被推到冻土沟里，但他勇敢追求自己的生活，与肖万昌的女儿小织逃了出去。后来回到故里，在小织爷爷的安排下，暂时弥合了仇恨，与肖万昌联合种烟。他的生活改善了，不必忧愁什么，因为作为肖万昌的女婿，他可以轻易获得别人没有的种种便利。但他与肖万昌不是一路人，他很痛苦：不能，再不能与这样的丑恶之人为伍了。有多少无助的目光、凄惨的目光在看着他呀。过去的袁光姐弟、老寡妇母女，现在的荒荒、老貛等，都在提醒着李芒的良心，让他不安。他必须与肖万昌决裂，才能获得精神的安宁。于是李芒发出了铮铮宣言"我检举肖万昌"。反抗者的反抗，在这样一个宗法式社会里，得到的不是民众的欢迎，而是民众的怀疑和冷言冷语。他依然被称为"驸马"，李芒的痛苦是巨大的："肖万昌他们再刁难、迫害我们，我都不怕。可是，二秃子，还有村里人那些话，让我受不了。他们多少年都受肖万昌的捉弄、欺骗，到现在还过得那么苦！……我好像从来没有这样失望过，难受过。"但李芒最终凭着良心、耐心、真心真意为贫苦农民做事，获得了大家的理解和支持。

张炜80年代中期的创作，得到了雷达、宋遂良等批评家的高度称赞，如雷达曾将张炜《秋天里的思索》中的主人公"老得"称为葡萄园里的"哈姆雷特"[①]，宋遂良也以"诗化和深化了的愤怒"为题，对《秋天的愤怒》的思想和艺术特征加以高度评价。在张炜的秋天系列作品和《古船》中，表现出一个有良心的作家对历史苦难和现实苦难的苦苦追索，体现了张炜永不妥协的抗争精神、知识分子的道德良心和社会责任感。

二 面对改革缺失的苦闷

从社会层面讲，20世纪80年代开始的社会改革促进了社会发展，解放了生产力，人民的物质生活得到了一定程度的提高。但是，物质生活水平的提高并不能保证人民精神生活的幸福，人们的精神失落感增加

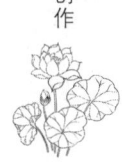

---

① 雷达：《独特性：葡萄园里的"哈姆雷特"》，黄轶编选：《张炜研究资料》，山东文艺出版社2006年版。

了，社会道德水平下滑了……在一些作家，特别是在深受儒家文化影响的山东作家群中，其作品对这种道德与社会发展的悖论表现得特别突出，如王润滋的《鲁班的子孙》，在父子道德观、价值观冲突的背后，表现了作家对改革的矛盾和痛苦。作为一个思想深邃的作家，张炜同样看到了改革时代人们道德观念的变化，看到了改革时代人与人的交往，已经失去了传统社会里的浓浓温情，开始变得以金钱、物质利益为中心，对此，他有一种无法排遣的苦闷（见小说《怀念黑潭中的黑鱼》《一潭清水》）。张炜还看到了现代化进程中人性本真的丧失、自然环境的破坏，这些在其小说《黄沙》中不难窥到端倪。总之，张炜这一时期的作品立足于传统文化与本真人性，谋求人的真正幸福，谋求人与自然关系的和谐，初步展现了对社会现代化弊端的批判态度。

在政治一元化社会向经济一元化社会转变的过程中，政治一元化社会曾有的集体劳动的火热氛围、人与人共同劳动中形成的温情等在逐渐流失。我们不奇怪，20世纪50年代出生的作家对此会有一种哀痛感。我们也不奇怪，有人将这种人性深处的怀旧，命名为"左"的余绪或保守主义。一个时代的逝去，总会带给人复杂的情感。即使这个人从理性上已经认识到了封建专制和极"左"政治的弊病，但他内心深处可能还会给那个年代保留一个角落，并在那里发出哀叹。苏珊·桑塔格告诉我们，极权社会并没有改变传统价值体系[①]，传统的道德、习俗在这个社会里保存得相当完整；而资本主义消费社会则改变了这一切，让传统的道德文化让位于金钱、物质、消费。在一个时代消失、一个时代崛起的间隙，张炜免不了会产生一种复杂的情感。其实，早在《芦青河告诉我》这部田园牧歌的集子中，张炜已经发现了一些美好的东西在流失。他或许是最早表现农村生产承包责任制实行后人们精神苦闷的作家之一。比如这部集子里的《猎伴》，写的就是实行责任制后，青年们的思想苦闷。现在的土地变得如此陌生，以往"那种火爆爆的生活，那种向上的力量"都消失了，劳动创造生活的浪漫色彩没有了，改天换地的理想没有了，只剩下拼命劳动、发家致富，这让青年们感到空

---

① ［美］苏珊·桑塔格：《重新思考世界制度——苏珊·桑塔格访谈纪要》，《天涯》1998年第5期。

虚、苦闷。① 大碾等农村青年的苦闷，在某种程度上正是张炜这个时期的苦闷。

这一时期张炜表现人性美流失的作品有《怀念黑潭中的黑鱼》《一潭清水》。在《怀念黑潭中的黑鱼》中，那对老夫妇最初的人性是美好的，他们信守承诺，与水族建立了相互信赖、相互帮助的关系，但是当打鱼的人到来并表示给他们钱时，他们心动了，于是背信弃义、告诉了打鱼人水潭的秘密。当然，背叛者都没有好下场，他们最后在良心的不安中相继离世，他们被荒草掩埋的坟堆已成为背叛者的可耻标志。发表于1984年第7期《人民文学》上的《一潭清水》，表现的是农村生产责任承包制实行后人性情感的变迁。在集体年代，看瓜的徐宝册和老六哥，与流浪儿童"瓜魔"结下了深厚的情谊，瓜魔在这里可以尽情劳动、尽情吃瓜；当瓜田被两个老人承包后，老六哥看着瓜魔吃瓜的模样，再也不能开心了，他呵斥这个孩子并最后赶走了他。疼爱孩子的徐宝册不能忍受感情的失落，离开了瓜田，准备到一个葡萄园里继续与"瓜魔"的温情生活。"一潭清水"表现的正是未受经济利益侵蚀的人性的清澈。张炜以这个意象表达了对人性美的诉求——人性高于金钱。

改革与现代化的推进，不但使人性发生了变异，让人与人之间的关系被金钱笼罩，而且让美丽的大自然也变得面目模糊。张炜1985年发表的《黄沙》，写的是改革过程中美丽的乡村自然被黄沙淤积，人们的心灵也被黄沙淤积的故事。小说有两个线索：一个是大学毕业生罗宁，"爱情绿洲淤积进了黄沙"，妻子要求他"进步"，而他更在乎本真的生活，对机关格式化、庸俗化的生活发起了挑战。另一个线索是坷垃叔，这个老实的农民，不远千里，一步一个脚印到省城告状，说不清告什么，只是说"黄沙淤过来啦，我就一筐一筐把它提走，淤过来啦，再一筐一筐的提走"，最后神情愤怒地说，"我告姜洪吉！"姜洪吉是村头。罗宁由此想到了童年的绿色，想到了那片让他永远难忘的柳树林，想到了坷垃叔对抗风沙的艰难。这部小说表现出对本真人性和本真自然的呼唤，不管是罗宁的家庭生活、机关生活，还是坷垃叔的护林生活，都有一个美好的目标，但在这个变革的社会里，实现这样的目标，保持

---

① 倪伟：《农村社会变革的隐痛———论张炜早期小说》，《文学评论》2005年第3期。

本性不被黄沙淤积是艰难的。

张炜在变革的时代，没有陶醉于表面的繁荣，而是扎扎实实地写出了改革进程中的一系列问题，写出了改革带来的人性的异化，人与人关系的扭曲。他忠实于生活，忠实于内心，在认同思想现代化的同时，对社会现代化过程中初步显露出的问题，如人性变异、环境破坏等，已经有所思考。他的小说创作正在酝酿着更成熟、更有力的表现。

第三节　灵魂追问与精神成长

1986—1989年，张炜小说创作出现一个高峰，他连续贡献出几部作品——《古船》《梦中苦辩》《远行之嘱》，这标志着张炜创作个性的全面成熟。"这三部作品（一长一中一短）既构成一个思想上互补的立体结构又形成一个精神上流变的线性序列，所以可以看作是张炜创作整体中一个相对独立的单元，同时也是张炜迄今为止文学生涯和精神生活的峰巅。"[①] 所谓"精神生活的峰巅"，指的是张炜逼近自我，走向"灵魂之思"。这三部作品显现出张炜精神世界的成长，他终于敢于直面过去不敢面对的历史黑暗，不敢凝视的家族苦难，不敢面对的灵魂挣扎了。

这一时期的张炜不但对历史苦难有逼真再现，形成了沉郁的史诗品格，而且对灵魂的去路与来路有着执拗的追溯，对人性的省察尤为着力，作品呈现出强烈的思辨和追问的力量。在历史的链条中，人啊人，为什么总是受制于无形的力量，对手无寸铁的弱者展开无理性的残杀？为什么在苦难的浸泡中，那些善良的人总是蜷缩起自己的灵魂，压抑再压抑自我？外界的残酷，导致了人性的怯弱，黑暗的肆虐，让一些人疯狂。以恶对恶，以暴对暴，是根本的解决办法吗？不是。只有内省，只有反思，只有忏悔，才是这个刚刚经历了历史苦难的80年代要做的事情。巴金，20世纪中国社会的良心，在这样的历史时刻首先做的就是忏悔，为自己在历史暴力面前的沉默和自保而忏悔。当然，也有人在遗

[①] 摩罗：《灵魂搏斗的抛物线——张炜小说的编年史研究》，《当代作家评论》1997年第5期。

忘,如以王安忆《叔叔的故事》中的叔叔为代表的一代右派作家,他们醉心于曾经的苦难,虚构了自己的光荣史,为自己挣得了一个受难英雄的称号。在这样的背景下,曾有过历史创伤并深深藏起内心伤痛的张炜,首先面对的就是如何对待苦难的精神遗产的问题。

一 人性的忏悔

在当代文学史上,《古船》占据一席之地,主要因为有两个方面的重要突破:一是在反思历史的广度和深度上,小说通过隋抱朴——一个历史见证人的视角,对中国现代史(包括土改、"大跃进"、"文化大革命"、改革开放等时期)进行了逼真再现,在某种程度上还原了历史的真相——暴力、血腥、苦难的循环。二是在精神探索的深度上,小说通过隋抱朴的忏悔来探讨人类的精神救赎问题,为人类社会的发展指出一条出路。对于执着探求出路的张炜而言,第二个层面的探索尤其重要。历史的黑暗、现实的绝望,好像在迫使作家泅渡暗夜中的大海。他怎样才能渡过这波涛汹涌的海面,不被黑暗吞噬?通过隋抱朴的形象,张炜真挚地内省,忏悔,赎罪。

为家族赎罪。上帝说人生而有罪。无产者说,财富带着剥削阶级的血腥,有产者及其后代生而有罪。作为有产阶级的后代,认可不认可这样的"无罪之罪",是隋抱朴要过的第一道精神难关。于是他读起了"圣经"——《共产党宣言》,从中寻找自己家族有罪的答案。几乎与此同时,另一个作家张贤亮写了"一个唯物论者的启示录",以右派章永璘反复研读《资本论》作为赎罪的方式。不同的是,隋抱朴的赎罪更真诚,他以历史见证人的身份窥见了历史发展的真谛,自己家族之所以有罪就是因为没有与其他人过同样的日子。由此,他明白了父亲隋迎之为什么还债,还祖祖辈辈欠下的债,还啊还啊,把所有的家产都交上,最后死在了还债的路上。父亲死了,儿子接着还,一无所有了,还要还,用什么还?用自我惩罚,用兄妹三个的青春和爱情还。他们近乎自虐地惩罚着自己,还着永远还不完的债。罪,还是无罪,都不重要了,隋抱朴们现在要赎的是精神上的"原罪"。

为人类赎罪。在人类历史上,造成人类苦难的原因到底是什么?贫富不均?人性恶的冲动?张炜在此追问的是一个深广的人性问题。在政

治权力变更的历史时刻，人类对善、对理想的追求具有绝对的合理性，问题是有些人——他们假借革命的名义，追求可怕的个人私欲，奸淫、仇杀、关押、迫害，他们做出了比动物还要残忍的行为，革命成了赵炳、赵多多等实行可怕的封建式统治的借口。多少人在这扭曲的历史行为中无辜被杀。对于人群来说，历史是容易遗忘的，可是，对于一个目睹了一场场暴行、一场场杀戮的人——隋抱朴来说，他的心在滴血。为什么要有这残杀？人为什么不能对自己的同类好一些？人为什么失去本性让兽性横行心中？隋抱朴为整个人类深深忏悔着。特别是为一些人对妇女的恶行而夜不能眠，他为人类而羞耻，为人类不能保护女性这美丽的花朵而终生难过。张炜曾说一个时代的好与坏，要从它对女性的态度上来区分。张炜对那一个时代实行了全面否定。抱朴的忏悔，是扛起了整个时代黑暗的忏悔，他在为人类赎罪。

为自己赎罪。背负着人类与家族的重担，隋抱朴的生命沉重而滞涩，他对自己的惩罚与自虐与日俱增，同时，作为一个人，他的生命欲望依然在涌动。他要爱的权力，他的心中汹涌着一股可怕的激情，在一个暴雨之夜，他闯入小葵的房间，得到了爱，得到了生命的滋润。可是，这时的他又背上了沉重的道德负担，因为小葵是李兆路的妻子。在兆路死后，抱朴完全有可能与小葵结合，但他不敢，他被内心沉重的道德律令和无形的政治迫害压得不敢畅快呼吸。他只能是苦熬了，苦熬着岁月，在长满了青苔的老磨屋里，心也长满了青苔。他越来越像一个木头人，在老磨屋里消磨着光阴。最后，凭着对《共产党宣言》和《天问》的信仰，他想清楚了人类苦难的原因，于是，走出老磨屋，出任洼狸镇粉丝大厂经理，与老百姓一起过着日子。

张炜通过隋抱朴的赎罪之旅，揭示了一个背负沉重负担的灵魂最终觉醒的全过程。评论家说："隋抱朴所表现出的历史反思能力、内心自审能力、爱的能力，以及在漫长的灵魂搏斗中所达到的精神高度精神力量，在很长一段时期的中国文坛上，都是空前绝后的。"[①] 通过隋抱朴形象，张炜表现了直面历史黑暗和人性阴暗的勇气，更表现了对一个忏

[①] 摩罗：《灵魂搏斗的抛物线——张炜小说的编年史研究》，《当代作家评论》1997年第5期。

悔灵魂的理解和同情。

二　精神的成长

在苦难和仇恨中成长起来的灵魂，最容易"得病"。张炜的《古船》写了两种精神上的"病"：一种是以隋抱朴为代表的"怯病"，一种是以隋见素为代表的"狂病"。得了"怯病"的人，躲在龟壳里，左思右想，缺少行动的力量；得了"狂病"的人，疯狂地想要复仇，把别人打倒，让自己坐在那个位置上。这两种精神病态，是中国当代社会政治瞎折腾之后人们的典型心态。作为关注人类精神状态的作家，需要开出疗救的药方。张炜开出的药方除了以上所述"人性的忏悔"外，还有"对生命的温情"，即人类如何处理与其他生命的关系，以及"人类如何走向未来"……这些都是张炜思考的问题，在回答这些问题的过程中，张炜的小说展露出精神成长小说的特质，小说的思辨性随之加强。

在这茫茫宇宙间，人的生命是孤独的，或许因为这个，上苍才安排了其他生命的陪伴。在其他生命中，狗是最有灵性、最忠诚的生命，在与人类的长期相处中，狗和人类形成了朋友般的关系，这种关系甚至比人与人间的关系更单纯、更美丽。当代文学中关于人与狗的故事，有巴金先生的《小狗包弟》、张贤亮的《邢老汉和狗的故事》、宗璞的《鲁鲁》……都是感人肺腑的写狗的名篇。张炜也写过一部为狗的生存权利辩护的小说——《梦中苦辩》，这部小说用梦幻的形式，诗意又不乏思辨的语言，写了一个爱狗的老人在梦中，对那些践踏生命、随意剥夺狗的生命存在的人进行的义正词严的批驳。为狗辩护，实际上是为人类残存的良心辩护。在这位老人看来，人对狗（人类的朋友）的爱心，直接决定着他有没有朴实的人性，决定着社会有没有希望。所以，小说中的老人，并不是在拯救一条狗，而是在拯救我们人类自身。小说用动情的笔调，写出了一条狗，不，应该是所有的狗在漫长的生命旅途中，与人形成了怎样的情感安慰——

它与人类友好相处了几千年，成为人类最忠实最可靠的伙伴。那么多人喜欢它、疼爱它，与它患难与共，这是在千百年的困苦生

活中作出的抉择和判断，是在风风雨雨中洗炼出来的情感！……它自己呆在院子里，当风尘仆仆的主人从门口进来的时候，它每一根毛发都激动得颤抖起来，欢跳着，扑到他的怀里，用舌头去温柔地舔，眼睛里泪花闪烁……我不说你也会想象出那个场景，因为每个人都见过。你据此就可以明白它为人类付出了多少情感，这种情感是从内心深处迸发出来的，没有一丝欺骗和虚伪。由此你又可以反省人类自己，你不得不承认人对同类的热情要少得多。你进了院子，它扑进你的怀中，你抚摸它，等待着感情的风暴慢慢平息——可相反的是它更加激动，浑身颤动得更厉害了。你刚刚离开你的家才多长时间呀？一天，甚至不过才半天，而它却在这短短的时间里孕育出如此巨大的热情。你会无动于衷吗？你会忽略它的存在吗？不会！

面对这样一个有灵性、有情感的动物，人类却举起了屠刀，这是怎样的恶行！没有任何法律规定人类对动物拥有绝对的权力。杀害对人类一往情深的动物，有了这残忍，我们毫不怀疑"人"会对"人"举起屠刀。梦中的那个老人——"我"对着拿枪的那个人，为狗苦苦辩护着，拿枪的年轻人似乎感动了，他放下枪走了。清晨，"我"发现狗已经被残忍地用刀杀死了，原来这是一场根本不需要通知的谋杀！对生命的关爱，什么时候才能挡住那已成为习惯的恶行呢？

在《远行之嘱》中，张炜表述的是一个即将远行的青年，面对父亲给与的家庭苦难和人世艰辛，如何走向未来的哲理思考。可以看出，小说的叙述者与作者有一定的心理重合。"我"有一个不幸的家庭，一个受到冤屈极为暴躁的父亲，因为他，童年的"我"备受周围社会的侮辱，甚至被人打得头破血流。世界在"我"的眼中，是"鲜红鲜红"的，"我"恨这个世界，包括给自己带来屈辱的父亲。后来，遍尝人世间苦难的妈妈死了，父亲也死了，"我"要远行。面对充满恨世情绪的"我"，"姐姐"临行之夜对"我"的叮嘱，可以视作是一个成人仪式。姐姐说：要有主见，要带着"爱"与"诗"，对那些曾伤害我们的人，要正确看待；大多数人的行为不一定是正当的，要看清自己的路，千万不要随着潮流做出违背自己良心的事情。小说最后，"我"带着"诗"

与"刀"出发了,"诗"用来爱这个世界,"刀"用来护卫自己的尊严。"刀"是父亲的遗物,这时"我"理解了父亲,理解了他苦难中的挣扎,冤屈中的坚韧,他从未向这个世界低下他高贵的头颅。"刀"就是从他那里接过来的精神武器,"我"将更勇敢地面对这个世界的挑战,站在"绝对正确的少数人"一边。从一定意义上说,《远行之嘱》既是张炜面对家族乃至世界苦难反思的结果,也是其面对世界苦难、人性丑恶的誓言。

张炜80年代后期的部分小说趋向思辨,作者写的好像不是小说中的人物,而是他自己,他好像在写自己的精神成长。张炜越来越确切地感到,现实生活中的问题,不是政治或法律能够解决的,人类所面临的,是整整一个世界的重压。在这个世界里,善与恶进行着永不停止的斗争,善良的生命需要拿着"诗"与"刀"自卫。张炜的决绝、抵抗黑暗的勇气,越来越多地从他的精神世界中滋生出来。

第四章 90年代张炜的思想与创作

20世纪90年代中国社会全面进入市场经济时代，文化思潮发生重大变化，主要表现为启蒙文化思潮退隐，大众文化思潮成为主流，整个社会呈现出文化失序、道德缺席、欲望泛滥等情形。针对此种现状，一些学者在1993年开启了人文精神大讨论，希望纠正这种文化偏向，以人文关怀、道德理性约束狂热的世俗文化潮流。在这场论争中，张炜及其创作成为人文精神的象征，其对抗社会流俗、坚持道德理性的立场受到一些人激赏，同时也受到一些社会现代化信奉者的批评。张炜对此没有任何辩驳，他以自己坚实的作品——《九月寓言》《柏慧》《家族》等做出了回答。

较之80年代，张炜90年代的思想发生了变化，由社会现代化的信任者变成了怀疑者。在"现代化"壮观、"生气勃勃"的外表下，张炜发现了其黑点：道德已经死去，整个社会只剩下一个追逐金钱与欲望的身体，人的全部尊严被还原为赤裸裸的肉身真实。面对这样的社会现实，张炜不能不失望，不能不愤怒，"如果说'现代'至少包含了人对外部世界的某种屈服，是无条件的跟从和承认，那么这个'现代'可真不是好东西，真正的现代是一种以人、以人类世界的根本利益为中心的实践方式……而时下所谓的'现代'世界中存在的一切，有许多是反生存、反人类的"[①]。对张炜的激进，有研究者认为："他所站立的是绝望的、向后的农业文化立场，所表现的是一种守旧的、没落的文化对

---

① 张炜：《我跋涉的莽野》，春风文艺出版社2001年版，第50页。

于现代文明发展的绝望与诅咒，他的批判也因之变得虚无与勉力。"①笔者认为，张炜90年代思想的价值正在于对社会现代化的批判，这种批判与对农业文化的退守没有关系，相反代表着一种前瞻性思想。社会现代化本来是为了人类更好的生活，但它横扫一切、以金钱与欲望为终极崇拜的气势，表现出一种"反人类""反生存"的特征。真正的现代化、思想的现代化，是以人为本、注重人的生存的现代化。

较之80年代，张炜90年代的创作也发生了巨变，它更自觉地脱离了主流意识形态的羁绊，从社会历史的反思领域退却到了一个混沌、本真的领域——大地。首先，这样的退却体现出一种精神回归、一种审美境界的重新构建。张炜提出了"融入野地"的主张，以游子回归大地母亲的心态，画出了人与大地难舍难分、相互安慰、相互激发的生命图式，最终生发出"诗意地栖居在大地上"的人生命题；他以诗人的感受方式观照曾经的苦难生活，乡村大地于是成为一首动人的乡村乐曲，一首现代工业文明逼迫下的挽歌。其次，这样的退却表达了一种悲愤的战斗立场，它不是无奈的归隐，而是勇敢的回击。作为时代的勇者，张炜清楚地看到了现代化对传统生活的侵蚀，清楚看到了在这样一个时代，哪些人（穷人和真正的知识分子）在承受着重压与伤痛。所以，回归大地必然包含着对善良劳动者的护卫，对遭受历史不幸命运的知识分子的同情，还有与之同在的作家的不屈意志。除了大地情结，张炜90年代的创作还包含着一个"家族"情结。"家族"是"大地"衍生出的一个意象，代表着人的精神血缘。张炜通过对家族的寻根表达了对"向上家族"的无限敬意，"向上家族"的纯洁、高贵、为理想而献身与"向下家族"的卑鄙、龌龊、不择手段陷害他人形成了鲜明对比，张炜以一个受难家族的生命和鲜血祭奠着知识分子永恒的信仰与追求。

在艺术形式上，张炜90年代的小说创作表现出对传统叙事艺术的偏离。作者有意减弱叙事性描写，增加作品的诗意与象征，使之具有了某种寓言风味（如《九月寓言》）；另外，在叙事文体中加大了抒情、议论的比重，如《家族》包含着多达15节的抒情篇幅，《柏慧》里的

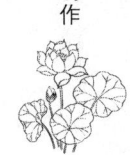

---

① 贺仲明：《否定中的溃退与背离：八十年代精神之一种嬗变》，《文艺争鸣》2000年第3期。

"书信倾诉"实际上是一种随笔议论。这种抒情、议论对叙事的强行介入,使小说形成了更具现代感同时也引起争议的文体形式。

第一节 建构大地诗学

20世纪90年代,张炜发表了长篇小说《九月寓言》、散文《融入野地》等作品,第一次在当代文学史上创造出了一个博大恢弘、意蕴深厚的"大地"形象,从而改写了传统意义上的"乡土"印象,将之升华为一种诗学精神——"大地"诗学。"大地"诗学诞生于现代化的社会语境中,表达了现代生活中倍感疲惫和焦虑的现代人,对精神归宿的寻找,对生命本源的追溯。我们把这样一种回归大地,回到精神本体和生命本源,蕴涵着作者强烈感情与哲理思悟的艺术形式,称为"大地"诗学。

一 张炜与大地诗学的建构

在大地诗学中,弥漫着一个"大地"的宏伟形象,它是万物的生母。大地诗学是以大地为本体,以大地上的万千生灵为表现对象,蕴含着大地与人的亲子关系、人与大地上众多生灵同胞关系的一种艺术形式。它以阐发大地的生命伟力,突出大地的善良宽容的品性为思想中心。它具有超越普通乡土文学的内涵,是归乡的游子全身心皈依大地、扑身大地、思之念之结出的精神之果。这一艺术形式诞生于游子思乡的情绪情感,但又与之有很大的不同。游子的思乡,着重表达的是一种思念的情绪,对故乡亲人与风土人情的怀念,但它没有强调"大地"生养、滋育万物的生命伟力,也没有强调人对大地的生命归属感以及这种归属感寻找的迫切。所以,有思乡之情的游子,能写出感人肺腑的诗歌和小说,但不一定能写出具有大地诗学精神的作品。

张炜对大地诗学的建构经历了一个过程。80年代初期,《芦青河告诉我》所写的乡土生活,静谧纯美,宛如一首首田园清歌,表现出一个刚刚脱离乡土的青年对乡土生活的怀念,这是乡土文学的典型样式,没有、也不可能上升为大地诗学。经历80年代中后期的历史求索与心灵苦辩,张炜的心态变得沉着有力,他没有向历史生活继续开拓,而是义无反顾地开始了精神上的返乡之旅。他沿着故乡的道路徘徊、思考，对脚下的大地不由自主地生发出一种强烈的热爱，这种热爱如此巨大、执着，以致将作为"人"的张炜彻底淹没。张炜说，"人是大地上的一个器官"，是"大地上会移动的一棵树"。这是怎样一种生命感受？真实无伪、坦诚热烈。通过张炜的描述，我们第一次看到了这样一幅动人的场景：绿色苍茫，藤葛茂长，野物欢腾，大地如万物的生母，赫然在目；人如同归来的赤子，扑身母亲的怀抱，发出幸福的呢喃。人与大地血脉相通，人与大地心心相印。可以说，"大地"是人类最原始自然的一种话语，社会生活遮蔽了它的存在，张炜通过漫游、体验、书写，为现代人重新寻回了这一充满灵性和智慧的生命话语。

张炜创造的大地诗学，第一个内涵是突出大地的生命伟力，即大地母亲生育、滋养万物的生命力，以及人对大地母亲的感恩之情。张炜的散文《融入野地》，表达的正是这样一种朴素而又真切的感情。置身于大地的怀抱，人不由自主地会有一种"融入"的感觉，融入大地的生生不息之中，"无数的生命在腾跃、繁衍生长，升起的太阳一次次把它们照亮……""当我还一时无法表述'野地'这个概念时，我就想到了融入。因为我单凭直觉就知道，只有在真正的野地里，人可以漠视平凡，发现舞蹈的仙鹤。泥土滋生一切；在那儿，人将得到所需的全部，特别是百求不得的那个安慰。野地是万物的生母，她子孙满堂却不会衰老。她的乳汁汇流成河，涌入海洋，滋润了万千生灵。"[①] 面对大地母亲的形象，人除了放下"自己"，融入其中，再也不会有其他的存在感受了。"融入"是一种精神上的幸福。

大地诗学的第二个内涵是强调大地母亲善良、宽容的品格。"大地"如同一位慈祥、宽容的母亲，超越、化解了人类社会的苦难与痛苦。正如《九月寓言》所写，小村人的生活充满困窘，主要表现为物质的缺乏，食与性的不能满足。但是，善良的大地给了他们存在的安慰，把他们的痛苦转化为生命的欢歌：食物缺乏有什么要紧，只要吃上地瓜，年轻人就能在夜色中奔跑了，"咚咚奔跑的脚步把滴水成冰的天气磨得滚烫，黑漆漆的夜色里掺了蜜糖。跑啊跑啊，庄稼娃舍得下金银

---

① 张炜：《融入野地》，《上海文学》1993 年第 1 期。

财宝，舍不下这一个个长夜哩。"那些青壮年夫妻，被地瓜的热力催逼着，相互"折磨"着对方，男的用皮带抽打女的，女的给男的狠狠地拔火罐。"男人那飞舞的带子下有真理啊！今后她再不会去大水池子了……她将老老实实地、一辈子做个土人。她躺着，泪流满面，恨不能即刻化为泥土。"将苦难转换为生命狂欢的小说章节，还有"诉苦"。"诉苦"这一极具政治性的活动，竟成了小村人难得的精神享受，他们像赶庙会一样参加诉苦会，而诉苦者则把苦难转换为一个个真真假假的民间故事。是谁给了他们创造的才能？是大地。大地不忍心他们被苦难淹没，于是用民间故事的形式，把他们从现实中轻轻摆渡出来。守住自己的土命，守住自己的地气，守住自己的生活，小村人一代代生存了下来。

大地厚德载物。只有回归大地，人才能获得崭新的生命体验，获得"在"的安慰。大地教给人善良，一个热爱大地的人，绝不会背叛脚下的土地和土地上的生命。"土地是宽容无私的，是向善的，那么，生活在土地上的人也应该是宽容无私的，向善的；土地具有母亲的胸怀品性，是真理的象征，那么，人也应该具有母亲的胸怀品性，也必须坚持正义真理……"① 大地给人的绝不仅仅是生命的安慰，更不是"人性的松弛"，它给人坚守的勇气、抵制的信心。对大地的爱，给了张炜数十年来坚持不懈对抗世俗社会的勇气。他一次又一次在大地上游荡，抒发着对大地的爱恋、对乡村苦难人生的关怀。在回归大地的诗学中，张炜获得的不仅仅是人与自然的和谐统一，他感受和触摸到的还有博大浩瀚的地音、地气、地心，一部恢弘的乡村乐曲。

二 聆听大地上的声音，感受大地上的奔跑

有研究者说，张炜的作品充满了"诗、音乐和神话"，文本具有典型的"呼喊—回声"结构。② 我们完全可以把《九月寓言》当成一部动人的大地乐曲来聆听。它时而安静、时而激昂、时而悲怆，完整地呈

---

① 郜元宝：《两个俗物，一对雅人——王朔、贾平凹、张承志、张炜合论》，《上海文化》1996 年第 2 期。
② 严锋：《张炜的诗、音乐和神话》，《当代作家评论》2002 年第 4 期。

现在归乡游子"肥"的心中。肥是土生土长的乡村一员，为了爱情，她"飞"离了生她养她的村庄，多年后归来，呈现在她面前的是一番令人震惊的景象：大地一片荒芜，昔日生机勃勃的村庄坍陷了，到处是断壁残垣，茂长的荒草，遍布的地裂，肥忍不住伏在磨盘上哭泣。这时，磨盘被调皮的鼹鼠们推动了，"在这冰凉的秋夜里，万千野物一齐歌唱，连茅草也发出了和声。大碾盘在阵阵歌声中开始了悠悠转动，宛若一张黑色唱片。她是磁针，探寻着密纹间的坎坷。她听到了一部完整的乡村音乐：劳作、喘息、责骂、嬉笑和哭泣，最后是雷鸣电闪、地底的轰响、房屋倒塌、人群奔跑……所有的声息被如数拾起，再也不会遗落田野。"[①] 就像唱片的磁针一样，肥的回忆到了哪里，哪里的声音就被完全复原。这部乐曲深沉、忧伤，飘荡在大地上，绵绵不绝。

这部恢弘的大地乐曲，是由朴实的农人演奏的。他们每个人都是这部乐曲的音符，他们每个人独特的生命，都在演奏着一个主旋律——奔跑。

首先，"小村"的历史与奔跑有关。小村的祖先是一些外乡人，他们从很远的地方流浪迁徙而来，看到这里有吃不尽的地瓜，有暖融融的白毛毛草，就停了下来。但生命力是不能停滞的，他们时时感到奔跑的驱动力；再加上地瓜烧胃，他们便开始了夜间的奔跑，开始了彼此的扭打撕扯。可以看出，奔跑是祖先传下的宿命，是食物化作血肉产生的热力逼迫。吃不够的地瓜，流不尽的汗水，跑不完的路，恋不够的村……小村人劳作、喘息、忆苦、奔跑，作为大地上的一群赤子，他们生的执着、爱的坚韧构成了大地上动人的乐曲。

其次，小村每个人的生命图式都离不了奔跑。《九月寓言》刻画出一个个鲜活的生命图式：露筋与闪婆、金祥、独眼义士、肥等，他们的生命都是奔跑的生命。他们的奔跑有的源自生命天性，有的源自一个执着的信念，有的源自爱情的寻找。总之，这些奔跑的生命，是最具诗意和哲理的生命形式，在他们身上，体现了人类的苦难情结、流浪情结、追求理想不屈不挠的情结。

露筋与闪婆是大地上流浪的精灵，他们的生命轻灵而飘逸，他们的

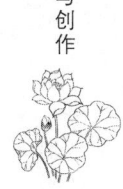

[①] 张炜：《九月寓言》，上海文艺出版社2001年版，第4页。

奔跑浪漫而诗意。露筋年轻时英俊而潇洒，金黄的头发，脸上挂着一丝嘲弄人的表情，两条裤腿一长一短，优哉游哉地在村中游荡。露筋这样的人根本不会受乡村习俗的制约，最终从家里叛逃出来，开始了流浪生涯。他是一个天才的流浪汉，流浪生活于他而言，不是受苦，而是解放，他从不担心找不到吃食，茫茫田野，到处都有食物的馈赠。在流浪途中，露筋遇到了闪婆，一个眼睛睁不开、偶尔一闪却能看到全部真相的奇特女性。露筋被她迷住了，抱着她逃离了小屋。他们在野地里成亲，在河边的洞穴里成亲，他们相亲相爱，是大地上最恩爱的一对生灵。等到家里老人去世，他们返回小村开始了定居生活。具有象征意味的是，停止流浪生活的露筋，生命之源开始枯竭，不久离开了人世。他们的儿子欢业，继承了父母的生命形式——流浪，开始了新的奔跑。流浪与奔跑似乎是人类的一种宿命，张炜以动人的形象把这一哲理表现了出来。

在另一个乡村人物金祥身上，我们感受到的是生命的沉重和艰辛，金祥的奔跑是苦难的奔跑、背负责任的奔跑。金祥的生命充满苦难，从他的"诉苦"里我们知道他是一个孤儿，流浪在田野中，被地主收留看场，为了防止他逃跑，狠心的地主把他的脚跟凿穿戴上铁链。受苦一辈子，仍然是光棍一条。大饥饿年代，好心的金祥与流浪女人庆余结了婚。庆余会摊煎饼，给了他生活的满足，但金祥是谋着长远的一个人，他对村人立下志愿：一定要背回那个叫鳌子的圣物。于是，向遥远的山区开始了艰苦的跋涉。历尽艰辛，金祥最后背回了鳌子，但回来的路上遇到了"黑煞"，很快死去了。在他临死时，那只受尽苦难的脚还在不停地摆动着，好像走在那条永远走不到尽头的路上。金祥的命运可谓惨矣，可是大地化解了他的苦难，呈现在我们面前的是一个浑厚、善良、执着的生命。金祥历尽苦难，终成正果，死后受到村人的缅怀。

在流浪者独眼义士的身上，我们看到的是生命的痴情和执着，他的奔跑是历经苦难、锲而不舍、一心一意寻找爱情答案的奔跑。独眼义士为了爱，为了找到负心嫚，可以跋涉千里万里，寻找爱情的答案。如金祥一样，他也经历了世人难以想象的磨难——流浪、乞讨、被追杀、被刺伤眼睛……这样的痴情寻找让天地为之动容，连泼辣的大脚肥肩也忍不住心慌意乱。独眼义士来了，只为找到负心嫚，诉一诉流浪的苦，诉一诉心中的念,然后心平气和地"走开"。最后独眼义士死在了大脚肥肩怀里,大脚肥肩禁不住号啕大哭。痴情、执着的独眼义士,心中放不下的就是那越捂越热的爱啊。

胖乎乎的大姑娘肥,生命与土地相连,她的"飞"离和归来表明了她的奔跑是围绕故乡和土地的奔跑。肥与少白头龙眼从小订下了娃娃亲,随时随地都能感到那束目光的执着盯视。大雨滂沱之夜,她把自己交给了龙眼——那个跟她一样的土命人,"她一遍又一遍抚摸他,像抚摸自己庄稼地里的泥土,抚摸自己的村庄。那一刻她觉得自己再也不是孤女,他就是自己的哥哥。再也没有比交给他更好更应该的了,他们的血肉原本相连……他们精疲力竭,流尽了最后一滴血,两颗心在一瞬间苍老了……"这样的爱,是土地给人的苍老之爱。但人生是有梦想的,肥追随着爱情的呼唤,与工程师的儿子挺芳离开了小村。舍下了一地上好的瓜儿,舍下了一个火爆的季节。肥的奔跑和逃离,充满了对土地的不舍。等她返回故乡时,故乡已经面目全非。只剩这个归来的游子,在无言的哭泣和追忆着。最后,肥又一次踏上了离乡奔跑的路程。

张炜的《九月寓言》是一首大地之歌,奔跑之诗。大地上的众多生命、各种声音,最终汇成了一部完整的大地乐曲,一部可供吟唱的乡村史诗。所有的故事都是有关"奔跑"的故事。人类在大地上奔跑,为了生存,为了难舍的爱,为了生命中的梦想……在小说结尾,因为矿区挖煤,小村坍塌了,土地掩埋了一切。人失去了最后的居所,开始了新的流浪,新的"奔跑"。

《九月寓言》完整诠释了张炜的大地诗学,创造出了"大地"浑厚、质朴的形象,为我们留下了一曲乡村挽歌。在现代化的进程中,美丽的乡村大地正在逐渐消失,传统的生活方式和道德文化几近沦丧。正如张炜在一篇散文《夜思》中所写的:海水变成酱油色,林子消失,季节变得不温不火,陷落的土地上一个个脏水坑像一只只可怕的眼睛在盯视和质问着"是什么毁灭了我们的家园?"与此同时,一个有着黑葡萄般眼睛的姑娘,躺在地上没有了呼吸,而她身上竟然有"三道车辙"!我们不禁要问:大地上到底发生了什么?作家的愤怒溢于言表:这是一个冷漠的时代,一个恶俗的时代,一个丑陋当行于世的时代,所有有生母的、会流血流泪的人都不愿注视的时代。大地母亲养育了人

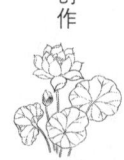

类，人类深情地爱着她，现在的问题是"合成人"出现了，它不怕受伤，不怕流血，它损坏的最多是一个机器元件，它肆无忌惮地破坏着大地母亲，破坏着大地上的一切生命，它只有一个目的——"我的利益"，它是这个时代可怕的破坏者，它的名字被美其名曰"现代化"。

第二节 坚守善的阵地

如果说《九月寓言》表现了张炜的心灵沉潜，那么《柏慧》则表现了张炜的心灵愤慨。《柏慧》是知识分子面对物欲时代发出的愤慨宣言。这是一部不像小说的小说，一部充满思想力量的书。在90年代社会文化趋向低俗的时代，张炜不愿做时代的应声虫，坚决从现实中拔出脚来，走向大地的边缘，走向海边的葡萄园。他在此吟咏，在此徘徊，在此抵抗和坚守。他抵抗的是一个时代的重压，他坚守的是一个知识分子的良心。张炜拒绝被现实同化，他清楚地看到了知识分子不幸命运的一次次重演，他清楚地看到了这个时代对贫穷劳动者的掠夺与伤害，从而发出了"善就是站在穷人一边"的铮铮宣言。

《柏慧》是一部充满愤激情绪的小说。其中的愤激情绪曾让批评家不解，如郜元宝曾批评它"过多堆积了愤激情绪，灼伤了原本应有的思想性"。但是，时代的发展证明了张炜思想的正确性和超前性，郜元宝后来在《文学共同体破裂之后》中说："我曾对张炜的'愤激'表示遗憾，但若干年后我变得比张炜还要愤激。"[①] 张炜本人则说："当年我在书中的忧虑和愤怒，今天正被事实一次次地证明和支持了。""在一个纷纷以模仿经济强势国家为荣的时代，在一个数字和技术消融情感的时代，我们人类也仍然需要有标准，有肯定和否定，有激情，有伦理尺度，有热爱和愤慨，更有关于它们的呐喊——这一切的位置和权利。"[②] 批评家吴义勤说，《柏慧》"是一部为我们病态的文化时代和生存灵魂号脉的杰出的精神文本和文化文本，它是对我们溃败的世纪末文化的严厉诘问和最深刻馈赠……使我们在重温对于美/丑、善/恶、爱/恨、忠

[①] 郜元宝：《不够破碎》，吉林出版集团有限公司2009年版，第120页。
[②] 张炜：《柏慧》"序二"，人民文学出版社2010年版，第3页。

诚/虚伪、生/死等两极生存景观的区分时，在面对土地、母亲、正义、立场、信仰、责任、愤怒、同情、道德、宽容……这些久违了的生存语汇时，不得不经历一场持久的精神羞愧、震颤和感动"①。在今天，《柏慧》一书的精神价值越来越得到读者和批评家的认可。可以说，它是病态时代的一个文化标本，一部"拷问灵魂之作"，是今天我们整理文学精神遗产时难以绕过的文学话语。

一 善与恶的斗争

《柏慧》是一部倾诉之书，更是一部思想之书。小说的情节若有若无，主导全书的是叙述者倾诉的愿望。小说以一个中年知识分子"我"（宁伽）的语气，向过去的恋人柏慧和老师老胡师写信，倾诉自己的人生经历和追求："我"从哪里来，到哪里去……"午夜的回忆像潮水般涌来……我用呓语压迫着它，只倾听自己不倦的诉说。"由于倾诉的对象是过去的恋人和老师，这部小说因此具有真诚的品格，它真诚地诉说了"我"的历史，以及与"我"具有类似品格的知识分子群体的执着追求与悲惨遭遇。《柏慧》同时是一部思想之书，一部书写善与恶永恒斗争的思想之书。在真诚的倾诉中，小说着意营造的并不是柔情缱绻的气氛，而是知识分子不屈不挠的精神品格。面对社会的污浊、权力阶层的丑恶，以宁伽为代表的知识分子群体进行了绝望的抗争，他们坚守着善的立场，对恶的势力"绝不宽容"，宁愿碰得头破血流也要坚持下去。可以说，这部小说画出了知识分子群体铁骨铮铮的精神画像。

在人类精神生活的历史上，善与恶、神与魔的斗争是永恒存在的。人类之所以走向进步，就是因为善的力量得到了肯定与护佑。然而，在市场经济时代的中国，人们在抛弃虚假的政治教化的同时，把人之为人的"善"的立场也丢掉了，善与恶的分界被抹得干干净净。大把搂钱的人，被当作社会成功人士；纵情声色的人，被当作生活热爱者。人对世界的认知、对自我的判断都失去了依据。在这个时代，如果有人说善与恶势不两立，人应该扬"善"抑"恶"，人们会说这落入了简单的二

---

① 吴义勤：《拷问灵魂之作——评张炜长篇新作〈柏慧〉》，《小说评论》1996年第1期。

元思维，不知道宽容，不知道世界的多元。对此，张炜强调说："一个人连最基本的'二元'之勇都没有，也肯定不会有起码的正义，更不会有什么'多元'的宽容和真实。"① 在《柏慧》中，张炜正是要竖起"善"的大旗，让浑浊的天空重现清明。

在善与恶的斗争中，"善"所秉持的是"理想、信仰、道德、人性"，他们的力量是孤绝的，有时甚至遭到整个社会的围攻。斗争的结果往往是惨烈的，善的力量最后如英雄一般毁灭。在《柏慧》中，张炜以强烈的认同感写出了宁珂、宁伽、口吃老教授、朱亚等知识分子崇高的精神境界和悲惨的人生遭遇。作为知识分子，他们都具有崇高的理想和追求。如宁伽的父亲宁珂，为了大众的福祉、为了心中的革命，不惜背叛自己的出身，为革命出生入死，不料革命胜利后成了囚徒，对此，他无可辩解，只是痛苦地匍匐在大地上（他患了一种奇怪的病——胸口疼）。一个人献出了一切，却不能得到理解，遭到"天谴"，还有什么比这更让人悲痛欲绝的吗？宁珂的遭遇并不是一个个例，看一看宁伽及其导师朱亚的遭遇，口吃老教授的遭遇，我们会说，知识分子对理想的追求和在现实生活中的境遇形成了强烈的反差。越是追求高尚的生活、理性的生活、道德的生活，越是遭遇生活的不幸。这似乎是知识分子的宿命。在这些知识分子身上，笔者似乎看到了普罗米修斯的身影。普罗米修斯为了世间的光明、为了大众的福祉，盗取天火，不料遭受恶鹰啄食的惩罚。具有启蒙和救世情怀的知识分子，"罪"在哪里，为什么遭受"惩罚"，是我们要继续追问的话题。

知识分子的"罪"在哪里？不管我们如何绞尽脑汁，还是找不到答案。如果说知识分子确实有"罪"，"罪"就在于他们与当权者的不合作。他们是一些倔强的人，坚守着自己善的立场，坚守着自己的理性追求，他们的生命质地是"宁为玉碎，不为瓦全"，而爱惜和懂得他们的人，又是那么少。在这个社会上，永远是一些丑恶者当道。比如，背负"父之罪"的"我"，所到之处不管是地质学院、研究所还是杂志社，到处都是柏老、瓷眼、柳萌这样不学无术的人占据高位。"我"不能忍受这样的恶俗，坚决离开这些污浊之地、丑恶之人，辞职到了海边

---

① 张炜：《柏慧》"序二"，人民文学出版社2010年版，第3页。

葡萄园，享受自然的天真和劳动的质朴。如果说"我"有幸找到了港湾或者说阵地，那么"我"的导师朱亚还有口吃老教授，则死在了他们的岗位上。朱亚背负着自己导师（精神之父）罪的阴影，不做申辩，只是拼命工作着，最后吐血死在了"我"的怀中，"一个最好的导师死在我的怀里。一个被侮辱与被损害者，一个真正的兄长"。

面对社会的污浊，恶势力的无处不在，知识分子以自己善的立场对抗着时代的、权力的逼迫。时代、权力、政治已经形成了一条坚固的链条，被捆绑着的知识分子无处逃避，他们也不想逃避，他们以自己正直和坚韧的品格，对抗着时代的重压，义无反顾地投入了对善的坚守、对恶的斗争中。

知识分子坚持的善对恶的斗争这样一个主题在《柏慧》中得到了复调式地呈现。一方面，小说以宁伽为主体人物，以宁珂、朱亚、口吃老教授等为辅助人物，纵横交错地烘托出了知识分子精神抗争的主题，这样的叙事本身就是多曲调的。另一方面，小说还以古代英雄徐福的历史事迹为模本，以富有韵律的古歌片段的形式，写出了古代知识分子徐福的精神抗争。这是一种文化的寻根，为知识分子的精神抗争找到源头，而徐福对暴秦的反抗和最后退守则对现代知识分子具有精神引导的意义。两个时代的知识分子，面对的是同样的历史境遇——政治权力对知识分子的催逼，选择的是同样的道路——退守。"我"选择了"离开"，退守到了海边的葡萄园，在某种程度上，"离开"就是抗争。"或许，葡萄园只是一个生命的支点，一个生命的绿洲，但在这里，却能让知识分子找到生命的安慰，滋生对抗恶俗的勇气和信心。""在海边，一条河的旁边，在葡萄园里，有一个哈姆雷特式的'我'在思念徘徊，表达着他对这个世界的无尽的感激和忧思，同时也在挣扎和准备——他的身旁有老人和少女，有一条忠实的大狗，更有生存的全部艰辛。他能够守在葡萄园里，能够驱逐心界内外的魔障，就已经是一位具备大勇的人了。"[①]

"我离开了污浊，才有可能走进清洁"，这正是知识分子作家张炜的精神告白。

[①] 张炜：《柏慧》"序一"，人民文学出版社2010年版，第1页。

二　善就是站在穷人一边

站在穷人一边，表达对社会公平、正义的诉求，是张炜创作的基点。面对90年代贫富分化的社会现实，面对整个社会对金钱和物质利益的追逐，张炜毫不犹豫凸显了自己的价值立场：善就是站在穷人一边。如郜元宝所说，这种立场"绝非乡愿式的同情，而有更高的哲学根据……'善'超出了一般伦理学范畴，是人类历史得以成为可能的根基之物。一切都必须建基于'善'的根本，必须和穷人、弱者、劳动者的道德保持一致"①。可以看出，张炜的"善"是大地伦理的组成部分，它源自大地，不是虚空的道德理论，是以朴实的劳动者为参照提出的人性和道德上的追求，包含着劳动、平等的含义，也包含着对弱者的护卫、对公平正义的诉求。这种善，不同于鲁迅等五四知识分子源自人道主义的同情，也不同于三四十年代左翼知识分子的阶级情感，是大地上诞生的，与劳动者、穷人、弱者等概念融为一体的哲学概念。张炜"一直从自己生长的土地中汲取灵感，始终站在拥有土地的劳动者一边，站在故土野地的亲人一边，'站在弱者一边'"②。

"善就是站在穷人一边"，表现了张炜作为一个现代知识分子的价值立场。在知识分子精神渐趋消亡的时代，在知识、信仰、理想、责任等退出人们视野的时代，重塑知识分子精神文化是文学界的根本任务之一。我们既不会追逐将知识分子降格为"凡人"的世俗化潮流，也不会再造一个知识分子救世的神话，我们能做的就是打破将知识分子"抽象化"的做法，在不降低其精神高度的前提下，打通知识分子与底层之间的壁垒。说到底，知识分子与底层民众都是劳动者，都是大地上的赤子，劳动——真诚的、辛辛苦苦的劳动，本身就能打破他们之间的所谓壁垒，只要知识分子走进民间，甘于做烈日下烤得冒烟的活计。当然，这不能再走左翼的老路——所谓向工农兵学习，而是知识分子自觉自愿地回归大地，回归劳动，回到"兄弟姐妹"一边。

---

① 郜元宝：《两个俗物，一对雅人——王朔、贾平凹、张承志、张炜合论》，《上海文化》1996年第2期。

② 同上。

在张炜的《柏慧》《我的田园》中，出现了一个"葡萄园之家"，一个知识分子与穷人的组合，一个乌托邦的家园。这个乌托邦家园的出现，源自"我"对雾霾沉沉、充满恶俗气息的城市生活的厌倦，以及对童年故乡、大地母亲的眷恋。"我"抛下城市里的小家，回到故乡海边，与"拐子四哥""响铃""鼓额"等共同经营起一座葡萄园。在葡萄园里，我们一起劳动、喝酒、唱歌、打猎，朋友来往，无拘无束，每一个人都感到了幸福与快乐。"我"从这些劳动者身上，得到了城市生活中苦寻不得的安慰，他们不是家人，却比家人还理解自己。"我"爱他们不甚美丽的身体外形，爱他们丰富的内心世界，四哥的火爆，响铃的能干，鼓额的羞赧，斑虎的热情和忠于职守……都给"我"心灵以安慰。张炜的葡萄园之家，是建立在共同劳动基础上的组合，没有所谓雇主与雇工的隔阂，四哥等人把园子当成自己的家，"我"把他们当成亲爱的兄弟姊妹。这是一种理想的知识分子与穷人的组合方式，是最真实、最人性的一种生活。正如宗教哲学家保罗·蒂里希所说："乌托邦是真实的。为什么乌托邦是真实的？因为它表现了人的本质，人生存的深层目的；它显示了人本质上的所有东西，每一个乌托邦都表现了人作为深层目的所具有的一切和作为一个人为了自己将来的实现而必须具有的一切。"①

在乌托邦家园里，并非没有苦难。苦难来自现实生活，这就是小说所写的穷人的赤贫生活，让人痛苦得流泪的生活。《柏慧》《我的田园》都写到了一个贫穷到极点的家——鼓额的家：一座低矮的泥屋，中间除了一个风箱外，没有一个木制家具，都是泥巴做的，泥巴做的炕，泥巴做的箱子盛着衣服和一点粮食，两个没有来由羞愧的老人，一再说"毛孩儿家小小年纪，不懂事，拖累人哩，东家多调教、多担待些是哩……"是的，就是这样贫穷而有礼的老人，竟然在20世纪八九十年代过着这样的生活，真让人难过。当小说写到他们在田野上劳作时，他们像"被烤焦了一样""母亲在田野上，她正在烈日下冒烟……"这一幅景象"使我忧心如焚，泪水盈眶"。

---

① ［美］保罗·蒂里希：《政治期望》，徐钧尧译，四川人民出版社1989年版，第173页。

在一个笑贫不笑娼的时代，很少有人能真正理解穷人。一些善良的人，由于自己生活方式、生活习惯的原因，也不能欣赏鼓额这样的农村少女。穷人是不被理解的一族，是排除在人们审美眼光之外的一个群体。"我"的妻子"梅子"到了葡萄园，她惊讶于这里的生活，感到无比新鲜，可她永远理解不了鼓额。"后来梅子在背后又议论起鼓额，对她红薯般的肤色，衣着，微腆的肚子，走路屁股撅起的样子……一一表示了不满，这太过分了。我想大喝一声，别污蔑我的姊妹！但我没有那样做。我忍住了。我只是从她的议论中强烈地感到了来自另一个方向的歧视——是的，这是歧视，对穷人的歧视……"① 叙述者是一个诚恳的人，他眼中美丽的乡村少女，遭到妻子的审美指摘，他不能容忍，因为他由此看到了整个世界对穷人的歧视。他要对抗整整一个世界，他大声呼喊道："这是我的兄弟姊妹，请尊重他们和他们的生活。"生活在大山的皱褶中的穷人啊，像草籽一样自生自灭着，只有张炜，只有张炜这样秉持着善良和正义的知识分子才发出了尊重穷人的呼声。

贫穷意味着被侮辱被伤害的命运，穷人是社会上的弱势群体，苦难似乎对他们格外"青睐"。《柏慧》《我的田园》中的鼓额，这个代表乡村美的少女，不幸沦为了苦难的承受者。瘦小的她，手脚不停地劳作，在葡萄园中得到了很好的关爱，四哥夫妇把她当成自己的孩子，"我"把她当成自己的姊妹，她长胖了，心情也开朗了。可是，美好的东西总是容易被邪恶的势力盯上，鼓额不幸成为一条"恶狼"的猎物。在这样的命运面前，"我"和四哥等人的安慰也显得无力，她的人生难道就是与苦难连接在一起吗？她哭泣着她的命运，"我"感到彻骨的疼痛。鼓额的命运，难道是穷人的必然命运吗？再看看周围，坍陷的土地，蜿蜒而来的化工厂的臭水，被污染的海湾，穷人的生活环境逐渐恶化着，他们该怎么办呢？

张炜提出了以上问题，并在以后的作品《刺猬歌》《你在高原》中做了回答：在生死存亡的社会逼迫面前，穷人们开始了集体反抗，除了抗争，没有别的出路，而抗争的结果呢，不容乐观，他们只能隐匿到大山或转移到高原去。精神的火种，需要保存，穷人的路，遥远而漫长。

---

① 张炜：《柏慧》，人民文学出版社 2010 年版，第 225 页。

暮色四合，黑暗正在逼向葡萄园。站在穷人一边的诗人啊，你要到哪里去？从"葡萄园"到"高原"，作家开始了漫长的精神寻找。

第三节 寻找精神家族

《家族》在张炜的创作史上具有重要的意义，它是一部重新勘探历史的叙事之作，又是一部精神寻父之作。张炜说："支撑它的……那真是难以销蚀和磨损的激情。这个家族的故事，早存于血液之中。我让它缓缓流出，流向远方和未知之地……它不仅是一部文学作品，而只可以称为'一部书'。"① 在这部"书"中，既有历史叙事的内容，又有家族寻根的主题；既表现了作者匡正历史、秉笔直书的激情，又表达了作者对一个纯洁而又不幸家族的强烈感怀。在某种程度上，"家族寻根"构成了匡正与还原历史的动力。因为这是一个失败了的家族，一个遭受污蔑和冤屈的家族，为家族正名，首先需要还原历史真相。"原来一个人最最重要的，是先要弄明白自己是谁的儿子。"这不仅是血缘意义上的寻找，更是精神和价值尺度的寻找。

作者思考酝酿这本书的时间长达十年，为此"到发生那些故事的山地、东部城市和海滨小城去了无数次"。而这部书1995年的出版，并不意味着终结。正如纯洁、正直的人性品格可以在精神家族之间代代相传一样，《家族》这部作品可以说是作者藏在心底的一块沉甸甸的"根块"，它最后生根发芽为一部更沉实、更厚重的作品——《你在高原》。但在这里，我们的阐述和分析所围绕的，仍然是那最初的、未经修剪的、包含生命活力的"根块"。

一 重新勘探历史与人性

20世纪80年代中后期直到90年代，历史题材小说迎来了新的突破，主要表现在创作理念和叙事领域的突破上。在创作理念上，新历史主义取代了旧意识形态的历史理念，开始了富有创造性的历史重叙。在

---

① 张炜：《心中的交响——与编者谈〈家族〉（辑录）》，张炜：《诗性的源流》，文汇出版社2006年版，第84页。

强烈的颠覆冲动下，一本正经的、崇高的"正史"面孔被充满嘲谑的、五花八门的"野史""民间史"所取代，新历史主义理念下的历史生活与历史人物，充满了性与欲望的莫名冲动，充满了宿命、偶然的无名支配。这样的历史叙事对于追求历史真相的文学作品来说，可以说是陷入了一个矫枉过正的误区。在叙事领域中，历史题材的作品开始有意避开战争、党派纷争等历史事件，向普通人的生活还原，作家在此普遍使用了家族叙事的视角，以"家族"的命运变迁反映历史的变动，而这双重变动最终落实到作为个体的人的身上，"家族"成为体察个体命运与历史变迁的焦点视域。

在80年代以来的家族小说中，莫言的《红高粱》《丰乳肥臀》，陈忠实的《白鹿原》，张炜的《古船》《家族》都有自己的特色，它们共同构成了重述历史的文学实绩。莫言《红高粱》的价值并不是对土匪形象的重新塑造，而是这种塑造下面的意图，那就是对原始生命力的呼唤，对于当代人"种的退化"的谴责与遗憾。这种呼唤原始生命力、谴责生命力退化的创作意图，在《丰乳肥臀》中也有明显体现。在陈忠实的《白鹿原》中，白鹿两大家族（供奉一个祖祠）的命运与历史变迁密不可分，但作者真正表达的并不是"历史是一张鏊子"的理念，而是文化的生命与根基的问题：儒家文化的强大生命力，在白嘉轩、在白鹿村，还有无数民间村落里，得到了保留和传承。可以看出，"家族"是儒家文化的存在根基，先是"家族"，然后是"国家"，有关"国家"权力的历史纷争，在磐石一般的家族文化——儒家文化面前，构成了风雨飘摇的动荡世事与坚定的文化人格的表与里的关系。

与上面的家族叙事相比，张炜的书写具有独特的价值。在《古船》中，张炜将历史的荒谬、人类的罪恶与人性的凶残异化联系起来，使整个作品呈现出悲悯和忏悔的叙事主调。而到了《家族》中，张炜以一贯的严肃与执着，深入历史细部，重点勘测的是革命与人性的悖论关系：在被历史神化和美化的革命胜利者那里，他看到了人性的粗鄙与阴暗，而在历史的失败者那里，他看到了良知与信仰。如批评者所言：与《白鹿原》等作品不一样，"《家族》既不是以某大家族的盛衰荣辱来反映历史发展的必然趋势和人世沧桑；也并非将家族作为宗法势力与统治文化的象征，以突现其没落的本质来完成社会批判、文化批判的宗旨，而着重在于透视人性，在于以独特的结构方式和强烈的抒情特征，将审视的目光集聚在具体历史条件下的人性的复杂多谲、善恶美丑的较量及其历史的绵延相续上，揭示出一幕幕沉重悲凉、勾连着历史与现实的人生悲剧。"① 批评家张清华也认为，"《家族》实际上是一部从局部重写革命的书，一部从正面恢复革命的光荣内涵并写出其作为局部与个体行为的历史复杂性的书……革命的理念原则与革命的局部行为之间无法回避的悲剧冲突，是这部小说所思索的一个根本问题……《家族》对现代革命历史的重新解读的结果，便是还原了另一个'人性分析'的历史文本。"② 张炜本人则说："作家可以在一部波澜壮阔的家族史中发出刺耳的声音，还有痛楚的沉吟。"在《家族》这部作品中，他做到了这一点。

"发出刺耳的声音"，是张炜家族小说的共性。在《古船》中，张炜刺耳的声音主要集中在对土改场面的描写上，但这刺耳的声音被小说整体的声音——忏悔和赎罪的声音所笼罩和化解，而主人公隋抱朴的最后出山又为这刺耳的声音画上了一个句号。在《家族》中，这刺耳的声音是由一个"失败"了的家族发出的，它响彻全篇。小说中最尖锐的一个声音来自宁珂的妻子（曲予的女儿）曲綪，在父亲为革命献出所有（包括财产、医术、热诚），最后不明不白死去后，在丈夫为革命出生入死、落下一身伤疤、最后被冤屈入狱后，她找到当权者陈述，重重地说出了"胜利是你们的，不是我们的"的话，后来又表述了"胜利者是不读书的，不讲信义的"等声音。这种历史的回音，不能不说是作者面对历史的坚冷岩壁所发出的充满激情的回声。这与《古船》中的隋抱朴面对历史的厄运，在原罪心理的影响下，躲在老磨坊里苦苦忏悔的声音何等不同。革命胜利了，那些做出了贡献和牺牲的人，却成了失败者，这是怎样的历史迷误。宁家和曲家的后人——宁伽，以一颗追求正义和良知的心灵，苦苦思索着历史的悖论，为这个被冤屈的家族进行着正名。

在《家族》中，人物的设置遵循着一个原则——人性。小说突破

---

① 王敏：《浓泼重洒　凄婉悲怆——读〈家族〉》，《理论学刊》1996年第4期。
② 张清华：《历史的坚冷岩壁和它燃烧着激情的回声——读张炜的〈家族〉》，《理论与创作》1996年第4期。

了既定的意识形态规限，充分发掘了各种历史人物的人性和心理内涵，写出了革命与人性的悖论。在革命的胜利者身上，作家发现了人性的可鄙、粗暴、野蛮甚至淫邪。在革命的失败者身上，他发现了人性的高贵、热情、真诚与执着。在写到革命开创者殷弓时，小说毫不客气地写出了他人性的缺失。曲予和宁珂对他有救命之恩，但他的感激远远不如占有和嫉妒的感情多，对前者是充分利用，对后者，则表现为嫉妒。听到宁珂和曲綪结婚的消息，他不由自主地说："你的福分太大了……久后不会不受到挫折……这太过分了！太过分了……千真万确是这样！"当这些诅咒的语言从他的嘴里滚出的时候，殷弓的脸"由于愤怒和沮丧已严重变形！"这嫉妒后来演化为对宁珂的陷害。还有，殷弓的"革命"活动都是基于功利考虑的，他不讲人性，不讲信用，不讲仁义，如命令李胡子利用与战聪的关系，杀死战聪；以宁珂病重的名义，把阿萍奶奶骗来，逮住宁周义；以上级的名义，命令宁珂审讯和处决自己的叔伯爷爷宁周义。这一切都表明了殷弓的功利之心和阴暗之心，革命由一个崇高的信仰、真诚的行为，变成了不讲道德的功利行为，这是宁珂这样的革命者所难以理解的，对于读者而言，则是彻底颠覆了他们有关革命史的叙事记忆。

面对宁珂这样出身地主家庭，全心全意投身革命，最后却被冤屈的知识分子形象，作者禁不住投入了所有感情。为什么说这是一部"写真性"的叙事作品[1]，就在于作者与宁珂（包括宁伽）的心理同化。这种心理同化在作品中表现为整整 15 节抒情文体的切入。作家以强烈的情感认同，塑造了以宁珂为代表的知识分子的悲剧形象。宁珂热情、执着，他的热情是飞蛾扑火的热情，是义无反顾抛弃自己家族利益的热诚，他是当时投身革命的一代人的代表。在宁珂看来，重要的不是"革命的结果"，而是为之"献身的理由，为了心中令人激动不安的理想，他投身革命，忘情地站在了民众一边。这种真诚使他无暇顾及背叛，虽然背叛亲人让他很痛苦：当他为了革命的需要像小偷一样从家中获取情报时，当他听从革命的需要对自己的家族撒谎来组织民团时，当

---

[1] 张清华：《历史的坚冷岩壁和它燃烧着激情的回声——读张炜的〈家族〉》，《理论与创作》1996 年第 4 期。

他看到自己的同志把阿萍奶奶骗来加以利用时，当他参加叔伯爷爷的审判并对之执行死刑时，当他因为莫须有的罪名而遭受严酷的折磨时，宁珂陷入的显然是革命与人性冲突的漩涡。这个漩涡最后吞噬掉了他的身体与生命，还有家人的幸福安宁。

革命者的命运让我们唏嘘不已，革命的怀疑者宁周义，则让我们深思。他是一个清醒的智者形象，他说："中国的问题可不是哪些党派的问题，它远没有那么简单……""可惜献身的热情总会慢慢消失——这对任何一个党派都是一样。重要的是找到消失的原因，而不是机灵转向——不找到那个原因，任何党派都是毫无希望的。颓败只是时间问题……"①在宁周义看来：不管把中国的前途交到哪个政党手里，都是值得忧虑的。在中国的政党之争中，宁周义还看到了"民众"的虚妄，知道"革命"不过是以民众之名施行同样的统治法则。在胜败前途已定的时刻，宁周义选择了背水一战，走到了"民众"的对立面。他之所以这样做，是"知其不可为而为之"，他说过，要机灵的转向是容易的，难的是尽到自己的心，为自己的心找一个着落。

在小河狸这样的惯匪身上，作者发掘了她独特的人性品质——痴情，为了爱可以不顾生死。当她爱上革命者许予明时，她毫不犹豫地放走了许予明。后来骑着马跑到革命阵营寻找许予明，她不是不知道这里有生命危险，是爱情让她把生死置之度外。可是，殷弓是不讲人性的，他将她诱捕并残忍地处死了。"一个年轻姑娘，披头散发，五花大绑被押解过来；为了阻止她的尖厉长喊，嘴里塞满了布绺；只有一对眼睛在呼喊，这一对逼落太阳的女性的眼睛……"好一对"逼落太阳的女性的眼睛！"这眼睛似乎在呼喊着："爱有何罪？"以身殉爱，表现在小河狸身上的，是怎样强大的激情啊。张炜说自己偏爱女性形象，因为"她们身上有共同的东西，那就是与生命同在的爱，宁可死去，也不愿意放弃的爱。读者只有理解了她们，才能理解这部作品。"

二 精神家族及其传承

张炜的"家族"，既是一个"血缘"的概念，又是一个"精神"

---

① 张炜：《家族》，山东文艺出版社2001年版，第99页。

和"价值选择"的概念。从《古船》到《柏慧》特别是《家族》，显示了张炜对这一意象的钟爱和理解的深入。在《古船》中，老隋家、老赵家、老李家是以宗族血缘划分的家族；在《柏慧》中，张炜对人进行了初步划分，善的力量与恶的力量，可以说分成了两大类别；到了《家族》中，张炜将这两种力量直接命名为"家族"——向上一族与向下一族。可以看出，这是一种人性的划分，而不是社会学意义上的划分。如陈思和所言，向上的家族，指的是在人类精神财富遗产继承方面，能够"建立人类理想境界、美学规范、理性精神等等，其核心是维护人格的自由，保持人性的纯洁，捍卫人的权利和尊严，这正是向上一族的徽标"[①]。向下的家族，则是精神遗产的毁坏者，他们是人间物质财富的掠夺者、权力的争夺者、欲望的代表者，是人性中邪恶兽性的体现者。《家族》中的"家族"是精神意义上的：一个向上，一个向下；一个纯洁，一个污浊；清者自清，浊者自浊。这就是"精神血缘"的力量。

《家族》是一部"历史"与"现实"相互映照的文本。这并不是指文本内容的安排——历史部分与现实部分的相互交错，而是指人物精神品格的相互映照和历史传承。前辈的精神品格点亮了后辈的人生道路和价值选择。就这个意义而言，我们说"历史"部分的曲予、宁珂、许予明等（甚至包括宁周义），与"现实"部分的陶明、朱亚、宁伽等人，共同组成了一个"神圣家族"[②]，在这个精神传承的链条上，他们共同维护着人类精神的纯洁和道德的至善。在这个"神圣家族"的成员身上，有一些共通的品质：对信仰的真诚，对平等、正义的追求；对美好人性的维护，多情重义，等等。"在长达一个世纪的时光中，一个家族为了正义和理想，为了事业不断地牺牲。他们质询过，从未悔倦，始终前仆后继，葆住了一份纯粹。"[③] 这个家族的每一个人都是当之无愧的英雄，他们以自己真诚的奉献、对理想和道义不懈的追求获得了后

---

① 陈思和：《声音背后的故事——读〈家族〉》，《当代作家评论》1995 年第 5 期。
② 王春林、贾捷：《神圣家族——从〈家族〉看张炜的道德乌托邦理想》，《山西大学学报》1997 年第 1 期。
③ 张炜：《心中的交响——与编者谈〈家族〉（辑录）》，张炜：《诗性的源流》，文汇出版社 2006 年版，第 86 页。

人的尊敬。"历史总是向深情之人倾斜""文学的'真实'就是不停地、不间断地琢磨一些深情之人"①。在向上的精神家族中，我们可以看到他们都是一些"深情之人"，情感热烈真挚，情满自溢，对异性、对亲人怀着永恒的热爱。其中既有一些可爱、多情的女性，如柔情缱绻的阿萍奶奶、闵葵、曲綪，热情火爆的小河狸和宁缬，还有一些坚定、执着、热情的男性，如曲予、宁珂、许予明、宁伽、朱亚等，他们从来不是无情之人，他们的感情和他们的信仰一样热烈鲜明。

这是一个代表着真善美的家族，这是一个与历史邪恶力量迥然不同的家族。他们代代相传，不管是高贵的精神品质，还是悲惨的人生遭遇。五六十年代的陶明教授，虽然是学界泰斗，但在当权者瓷眼等人看来，却是一个"大脚臭"，不但在劳改中遭受身体和精神的摧残，而且被剥夺精神劳动成果，最后在极度悲伤中自尽。直接继承了陶明教授学问的朱亚，默默做事、搞研究，他怀着严谨的科学精神，在野外调查研究，试图以科学精神阻止东部的大开发项目，阻止对平原母亲的大毁坏，结果是吐血而死，正是"出师未捷身先死，长使英雄泪满襟"。在朱亚身边工作的宁伽，倾慕朱亚的人格学问，紧紧跟随着导师的步伐，结果遭受了被拉拢——被质问——被非法传讯——被殴打等一系列遭遇，这简直是其父辈遭遇的翻版。

高贵可以传承，卑贱也可以传承。瓷眼、黄湘等人，不正是"历史"部分殷弓、飞脚等人的传承吗？他们在文化学识上天生不足，却喜欢欺世盗名，剥夺别人的劳动成果，给别人栽赃陷害，陶明、朱亚等都是他们的迫害对象。瓷眼等人疯狂地追求欲望的满足，不管是名利，还是色欲，他们都如同逐臭的蝇虫一样，毫不餍足。在他们眼里，没有什么真理，没有什么信仰，他们以自己兽性的满足为第一要义。正是因为这种本性，他们与代表真理和理性信仰的知识分子构成了对立的两极。这个"邪恶"家族天生痛恨知识分子，在他们眼里，革命的第二天是享受的日子，革命的第二天是消灭异己的日子，他们嘲笑着宁珂、曲予等人的傻气，他们不动声色地打击着朱亚、宁伽等人的付出。这个

---

① 张炜：《心中的交响——与编者谈〈家族〉（辑录）》，张炜：《诗性的源流》，文汇出版社2006年版，第96页。

向下的家族，是毁灭人们精神信仰、鼓励人们放纵欲望的邪恶力量，在历史和现实生活的局部，他们取得了胜利，但他们不会永远胜利。向上家族将永远居于他们的精神上方。

家族的品质会代代相传，这是生命的神秘编码。张炜通过写一个高贵的精神家族的苦难，来反思历史的局部荒谬，控诉人性深处的黑暗和阴鸷，赞美一个家族不屈的反抗和对道义的坚守。《家族》是面向历史和现实对人类心灵世界的深入勘探，这样的探索注定会继续伸展，如张炜所说："我并不认为这部书写完了。它只是个躯干。它还将生长，延伸出枝桠、须络……""它从那片土地上长出，汲取了地力，代表了风水，独立而又自然。"①《家族》这一生命的"根块"继续发芽抽枝，继续在田野中绽放生命力，于是有了后来的十卷本小说《你在高原》。

---

① 张炜：《心中的交响——与编者谈〈家族〉》（辑录），张炜：《诗性的源流》，第94页。

第五章　新世纪张炜的思想与创作

新世纪张炜写出了一系列长篇小说如《外省书》《能不忆蜀葵》《丑行或浪漫》《刺猬歌》，并于 2010 年底出版了长河小说《你在高原》。可以说，张炜的创作达到了新的高峰。如果说 90 年代张炜在社会转型初期，表现出焦灼和悲愤的过激情绪，那么，新世纪张炜的心态趋于平衡，虽然也有止不住的道德愤慨，但对社会的观察是冷静而深刻的，并上升到新的批判高度。在新世纪，张炜对历史、现实、自然、人性的思考走向深入，笔下的知识分子形象和底层劳动者形象也出现了某种变化；在小说文本中，叙述者一再强调以"目击者"身份写一部"外省书""丛林秘史""荒原纪事"，显示出作家追求客观叙事的写作意向；在叙事艺术的探索上，作家基本上放弃了思想随笔式写作，重新向讲故事靠拢，且在叙事中加大了民间文学的分量，对复合式文体的运用也越来越纯熟。

第一节　新世纪张炜的思想发展

20 世纪 90 年代，市场经济初兴，大众文化成为主流文化形态，张炜等知识分子以激愤的立场，对物欲社会进行了激烈批判。他返回"大地"寻求精神的安慰和生命的力量，在"葡萄园"中反复流连、休憩、作战，同时对自己的"家族"血缘进行梳理，最后以善与恶的对决表达自己的精神归属。总之，90 年代张炜虽有深入的思想探索，但其心态悲愤、抑郁、焦灼，像一个精神界的战士，在"无物之阵"中做着殊死搏斗，苦苦寻觅着精神的支撑。

新世纪到来，社会继续向前发展，市场经济社会已运行了十余年的时间，权力—资本—技术三位一体，组合成一个现代化的庞然大物，拖着中国政治、经济、文化飞速向前发展。中国社会愈来愈暴露出一些弊端：贫富分化，社会不公，官场腐败，传统价值体系崩塌，技术主义甚嚣尘上，暴力事件层出不穷，环境严重污染……如果说80年代张炜以历史反思题材表现了对封建专制主义的强烈批判，90年代张炜以回归大地的诗性小说和宣示知识分子立场的思想性小说，表现了对传统农业文明消亡的哀悼和对社会现代化乱相的批判，那么，新世纪张炜以更具现实性、批判性的小说表达了对消费主义文化、对权力—资本—技术三位一体的现代化意识形态的批判立场。

一 社会批判力度进一步加强，直指当前社会的病态现象

新世纪张炜发表了一系列文章，如《世纪梦想》①《精神的背景》②《二十年的演变》③ 等，对中国的现代化历史进程和文化发展提出了自己的观点。从这些文章里我们可以看出作家试图为一个时代做出理性总结的意图，他切中肯綮地指出了中国现代化进程中出现的问题，对病态的社会文化进行了命名，表达了一个知识分子的忧思和立场。

在《精神的背景》中，张炜概括了当前社会的消费主义倾向，指出消费主义文化——意识形态对传统价值体系的消解作用，他称之为精神的"沙化"。张炜的结论是在比较极权社会和消费社会两种不同的社会后得出的。他将极权社会人们的精神状态称为"板结"，将消费社会人们的精神状态称为"沙化"。从40年代末开始，人们的思想处于板结期，"极左、文化专制、思想贫瘠苍白""思想和艺术的大锅饭，平均主义，比日常物质生活中的平均主义和大锅饭更可怕更有害"。近二十年来，无声板结状态开始解散，人们的思想进入沙化期，"消费主义统领下的精神界必然呈现出'沙化'现象，即精神的沙漠化。所以在这个所谓的经济发展时期，物质主义没有、也不可能得到充分的揭露，

---

① 张炜：《世纪梦想》，张炜：《诗性的源流》，文汇出版社2006年版。
② 张炜：《精神的背景——消费时代的写作和出版》，《上海文学》2005年第1期。
③ 张炜：《二十年的演变———在中国石油大学（华东）的演讲》，《中国石油大学学报》2009年第1期。

人类最好的精神结晶，很容易就被纷纷抛弃"。张炜盘点了消费主义统领下文化界的鱼龙混杂："在沙化时期，有鹦鹉学舌式的全盘西化；还有产自本土的市井帮会气；有被极大地庸俗化和歪曲篡改了的儒学，即一般意义上的'孔孟之道'；也还有'公社文化'——我们现在不是残存而是有着很强的'公社文化'，这就是我们自50年代末建立人民公社以来形成的特殊文化。这一切都空前复杂地揉合在一起。"在消费主义文化背景下，出版和写作都成了一种"大肆的叫卖"，无所不用其极，竭力调动人们的欲望。张炜对这种出版和写作的"叫卖"深恶痛绝，他号召真正的知识分子站起来，远离这种背景，"鼓足勇气从这个背景里走出来，走得遥远，跟背景拉开一个尽可能长远的距离""作家和思想者——这里指真正意义上的精神的个体，一定是站在背景前面的个人"①。

消费主义社会极大地改变了人们的精神面貌和价值体系。比起过去的极权社会，消费主义社会对传统价值体系的破坏力更强大、更彻底。苏珊·桑塔格认为：传统价值体系在极权主义社会并没有多大改变，但在资本主义消费社会里，却遭到了毁灭性打击，"传统的专制政权不干涉文化结构和多数人的价值体系，法西斯政权在意大利统治二十年，可她几乎没有改变这个国家的日常生活习惯、态度及其环境，然而一二十年的战后资本主义体系就改变了意大利，使这个国家几乎面目全非。在苏维埃风靡的共产主义，甚至在极权的统治下，多数人的基本生活方式仍然植根于过去的价值体系中，因此从文化的角度讲，资本主义消费社会比专制主义统治更具有毁灭性，资本主义在很深的程度上真正改变人们的思想和行为"②。张炜的观点在某种程度上类似苏珊·桑塔格，他（她）们都看到了消费主义社会对传统价值体系的毁灭性影响，不同的是，张炜还看到了中国当前社会并非纯粹的资本主义消费社会，而是混合着诸如公社文化、市井帮会文化、被庸俗化了的儒学等在内的消费主义社会。

---

① 张炜：《精神的背景——消费时代的写作和出版》，《上海文学》2005年第1期。
② 苏珊·桑塔格：《重新思考世界制度——苏珊·桑塔格访谈纪要》，《天涯》1998年第5期。

如果说张炜在80年代主要批判的是中国封建专制思想的当代遗留（"土野蛮"），那么90年代特别是新世纪，他面对的主要是消费主义文化（"洋野蛮"）对中国的全面占领。《外省书》即全面反思了商业文化和西方文化肤浅层面对整个时代的侵蚀。在消费主义文化语境中，到处充斥着对西方文化（特别是纵欲文化）的拙劣模仿。在这种背景下，严肃的写作被斥为"落后了一百年"！《外省书》中的史珂，被学术"新秀"谆谆教导了一番："真正的现代主义，当下，我是指一种进行时——的写作，应该有精液、屁、各种秽物，再掺上几片玫瑰；特别是精液……不过我实话告诉你，也是对你负责，算了，你还是别写了！"华裔同胞给到美国探亲的史珂强力推荐的也是一个纵欲的美国："拉斯维加斯的艳舞，还有那天喧闹可怕的演唱会，都给史珂留下了难忘的印象……什么T形舞台。升降器、垂吊牵引、半裸或近乎全裸的集体伴舞、群交形体语言，不一而足。她想携带技术商业时代的全部杀伤武器，一举摧毁这个时代的正常感知能力，比如视觉听觉，甚至还有味蕾和性兴奋系统。'天哪，他们在争先恐后为一个城市，不，为一个时代命名。'"在这个可怕的时代，似乎只剩下纵欲和感官刺激了。对此，张炜深感痛心，他倾心塑造了史珂、师辉等形象，他（她）们看似与时代脱节，实则是拒绝了时代污浊的大勇之人。《外省书》以史珂、师辉的精神抵抗，试图为这个传统价值体系崩塌的社会留下最后的精神支撑。

新世纪技术主义也是张炜批判的重要内容。技术主义是消费主义文化—意识形态的组成部分。张炜对技术主义的批评萌芽于《古船》时期，在《九月寓言》中有过朦胧暗示，真正作为一个思想主题提出是在新世纪的一些散文、文论和小说（如《外省书》《刺猬歌》《你在高原》）中。张炜在一次以"二十年的演变"为题的演讲中，用"阳狂"一词概括当前社会的技术主义病态。他说现在的社会就像一个人犯了"阳狂"症一样，"无限地发展物质，无限地发展技术，对人文精神无比践踏和轻视""技术的那一部分东西，比如是阳；人文精神的东西，比如是阴""阴"被一损再损时，阴阳即发生了严重失衡——阴太虚了，阳就相对强，结果就得了"阳狂"症，其症状是乱跳乱叫，就像精神狂躁症一样。一个人如此，一个国家也如此。① 张炜提出了警示：如果不遏制经济发展的贪欲，不遏制技术至上的现代化潮流，不培植人们心中的人文情感和道德意识，社会极有可能病入膏肓，并随着高度发达的物质文明陷入灭亡的深渊，这就是阴阳失衡。张炜反复告诫人们：科学技术本身是中性的，它不可能给人类带来永久的福音，当科技的积累与人类善的积累分道扬镳时（现在的社会正是如此），社会的发展就岌岌可危了。人类考古史已经证明，人类有过高度发达的科技前史，但都因为人性恶的发展而陷入灭亡的境地。

"比起天上的星空，心中的道德律，技术充其量只是小儿科"，这是张炜在《外省书》中的一个观点。确实，比起朴素的生活、谦虚的道德、忏悔自省的人格，那些高度发达的科学技术，都成了可有可无，有时甚至是起阻碍作用的物件。技术至上的生活理念，带来的往往是人性的异化。譬如现代社会高楼林立，就阻挡了人们与自然界的交流；电视、网络以及其他高科技产品，就使人们忘却了身外的真实生活，感受不到生活的真、自然的美、艺术的善，使人们的精神生活受到很大损害。更可怕的是，人们还被灌输了这样一种观念：这就是"现代"，这就是"幸福生活"！殊不知这种被技术包围着的"幸福生活"，不但远离了中国传统天人合一的生活，而且是一种特定的"文化—意识形态"。"如果它代表着某些特定群体的兴趣或利益的话，那么它还是一种葛兰西意义上的文化支配权或说社会生活中的主导意识形态。因为它在客观上维护并且再生产着一种带有特定利益格局的社会生活形式和利益格局。"② 技术主义的背后，是特定利益集团的利益需求，是消费主义文化—意识形态的播撒和掌控。

张炜认为，技术主义、工具主义是消解中国传统人文情感的利器，他对此进行了深刻揭示。在《能不忆蜀葵》中，曾经以"自然"为最高艺术追求的淳于阳立，为了还债，竟然使用了"速画技术"，对此，他的老朋友杞明大为感慨："在这个城市，技术比情感更有用。技术正

---

① 张炜：《二十年的演变——在中国石油大学（华东）的演讲》，《中国石油大学学报》2009年第1期。
② 陈昕、黄平：《消费主义文化与中国社会》，《上海文学》2000年第12期。

在逐步战胜情感，就要全面取而代之。今天的情感既不能聚焦，也不能结晶，它们已经散了……"在这个技术主义、实用主义消灭一切情感的时代，两个朋友念念不忘的仍然是那开放在田野乡村中的蜀葵，蜀葵似乎代表着他们的美好情感，少年时期结下的真挚友谊，以老妈、米米等为代表的乡村生命力。小说最后，不被凡俗社会认可的天才画家淳于走了，带走了那幅……蜀葵，火车似乎也在一路呼喊："带走蜀葵！带走蜀葵！带走蜀葵！""他走了，像旋风一样卷过大地……"美丽的蜀葵，美好的情感，神性的人物……彻底消失于这个日益工具化的社会里。从这个意义上，我们说《能不忆蜀葵》是对美好情感和生活的最后的回顾。

二 思考趋于理性，塑造了一系列具有反思和行动精神的知识分子形象

从90年代到新世纪，张炜的心态实现了由激愤焦灼到冷静理性的转变。这可以从作品的基调和叙述者的身份与性格中看出来。从《柏慧》《家族》到《外省书》，张炜作品的基调从"战斗"走向了"冷静谛视"，作品的战火气息削减了，冷静旁观的意味凸显了。叙述者身份的转换也证明了这一点，在《柏慧》《家族》中，叙述者是一个因历史冤屈而充满不平之气的家族代言人，而在《外省书》中，叙述者则成了一个甘居主流文化之外的沧桑老人，他在外省的外省坚守着人之根本，他是一个在时代洪流中屹立不倒的"坚守者"形象，而不是投身善恶之战的激愤的战士。所以，我说作家的心态发生了某种变化，可以说，作家经过长达数年的思索，心态已经趋于冷静和理性，自愿从"战士"走向了"目击者"与"记录者"。

我们再来看一下作品中的人物。《外省书》是张炜新世纪创作的起点，在这部作品中，作家倾心塑造了一个冷静的时代旁观者形象——史珂；到了《能不忆蜀葵》中，作家着力塑造了一个生命的搏击者形象——淳于阳立。也就是说，作家笔下的知识分子形象实现了某种精神位移，从反思趋于行动。由此，我们似乎感觉到了张炜精神状态的变化，由沉思默想趋于行动和抗争。当然，我们不能说《外省书》中的史珂是一个消极的旁观者，在某种程度上，他也在行动，他的行动是

"不慌""不怕",执着理性,是一个站稳了脚跟、持之以恒向自己人生目标缓缓行进的知识分子形象。而到了《刺猬歌》《你在高原——荒原纪事》中,我们可以看到廖麦、宁伽、小白等既有历史反思,又有现实行动,最后还参与了民众的集体抗争。总之,张炜通过创作揭示了知识分子必然具备反思与行动两种精神力量。

  在《外省书》中,张炜重点塑造了史珂这样的历史反思者形象的。可以说,史珂代表了张炜的心声。他宁愿住在外省的外省,远离现代化中心城市,远离向西方文化疯狂学习的热潮,以清醒的洞见支撑自己,也支撑着像他一样的知识分子群体。他像海边的顽石一样不被人理解,又像是海边木屋中的一豆灯火,温暖着同行者的脚步。思考——跨越现在与过去、中国与西方的思考,忏悔——面对历史苦难与现实困境的忏悔,是史珂同时是张炜面对现代化的庞大身影时所做出的理性应对。

  面对社会现代化及其逼人的发展,张炜渴望采取行动,于是,他塑造了一个个充满生命张力的欲望者形象——《外省书》中的鲈鱼和《能不忆蜀葵》中的淳于阳立。在此,我们可以看到,张炜希望以史珂等反思者的智慧和淳于阳立等搏击者的强大生命本能,来冲击这个庞大的社会现代化阴影。结果不尽如人意,搏击者或者死去(鲈鱼),或者失败远遁(淳于阳立),未能完成他们的历史任务。其中最主要的原因是他们的爱欲过于强大,他们不能挣脱套在自己生命中这根强大的爱欲绳索,更不能将其转变为改变世界的力量。不能改变自我,也就无从改变这个世界。他们身上缺失的是李芒、隋抱朴的沉着与力量,他们的反抗凭借的是一种血气的冲涌、一种生命欲望的冲动。而历史已经证明,这样的生命原欲在破坏一个充满教条与禁忌的"板结"社会时,具有特别的力量,而在一个散掉了精气神的消费主义社会中,他们显得无能为力,甚至被物欲化的社会当作了同路人,这不能不是生命原欲者的悲哀。

  较之《外省书》《能不忆蜀葵》,张炜的《刺猬歌》《你在高原》更具行动的力量。作家把对自然、历史、现实的思考汇成了一幅色彩丰富的立体画卷,画卷的主题是现代化如何造成了自然与人性的双重破毁;一批有责任感、不甘沉沦的知识分子以自己的观察、记录,以及与民众站在一起的行动,抵抗着时代的堕落和败毁。《刺猬歌》中的廖麦

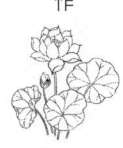

在写一部丛林秘史，以记录现代化对自然的伤害、对人性的摧毁、对野蛮力量的迎合。在这个向欲望投降的时代，在这个时代的挖掘机从四周包围过来的时代，固执的廖麦成为最后一个抵抗者。他与"兔子"兄弟般的情谊，表明了他与底层百姓深刻的联系。这样一个知识分子虽然行动的力量很缓慢，但他终究会成为历史巨变的参与者。在剧烈的社会动荡中，在人民起来反抗权力、资本、技术压迫的时刻，廖麦与小白（《你在高原——荒原纪事》）都是行动起来的知识分子形象。

三　对底层民众的关怀一如从前，但着重指出了底层民众的集体抗争

新世纪文学加强了与现实的关联。2001年，李陀在《上海文学》上发表《漫谈"纯文学"》一文，引发了对纯文学的反思。① 80年代中后期提出的"纯文学"概念，意在减弱文学的社会政治功能，使之重归艺术本体。90年代特别是新世纪前后，社会发生了巨大变化，这促使当年"纯文学"的提出者李陀等人进行反思，他们开始批评"纯文学"的提法脱离现实、充满中产阶级趣味，他们开始倡导文学的现实关注意识。与此相呼应，创作界兴起了"底层文学"潮流。底层文学关注社会现实，凸显社会发展中的贫富分化、底层人民的生活困境，对社会腐败、为富不仁等社会现象进行了强烈抨击，对底层弱者的不幸命运表现了深切的同情。② 在这股创作潮流中，虽然有作品继承了左翼文学的传统，把底层理解为"无产阶级"，凸显某种阶级反抗的精神（如曹征路《那儿》），但绝大多数作家是以人道主义思想感受和理解底层人民生活的困境（如陈应松、方方等），他们以悲悯的情怀书写着底层人民生活的绝望，对现代化进程中整个社会对底层人的剥夺和伤害感同身受。

新世纪张炜的创作在某种程度上也汇入了这股底层文学的潮流。在他笔下，我们可以看到鲜明的贫富分化的社会现实，一边是穷奢极欲，一边是苦难贫穷。连一个小小的乡村都复制出了象征权力繁华和安谧的

---

① 李陀：《漫谈"纯文学"》，《上海文学》2001年第3期。
② 贺仲明：《意识形态的回归——转型中的新世纪初中国文学思潮》，《山东社会科学》2006年第5期。

"橡树路"（这让我们想到了见诸报端的某某镇政府造得像个皇宫），还有那个荒诞不经的大鸟会，多么像一些高级会所啊，有权有钱的人在那里买欢。与此形成鲜明对比的是，一些乡村女孩成为他们的耍物，被折磨得气息奄奄；一些农村青壮年被化工厂的污染逼迫着，流离失所，到处打工；还有一些打工者，被狠心的"财主"们丢进暗无天日的地洞，像土拨鼠一样为他们挖掘着金矿。这就是惨淡的社会现实。

可贵的是，张炜并没有渲染底层人民的生活绝望，而是指出了底层民众的群体反抗精神。在90年代的作品中，张炜突出的是知识分子的精神抵抗，知识分子对劳动者充满感情，但劳动者本身是缺乏行动力量的，他们只是生活的弱者，遭到暴力的伤害或权力的压迫，如《柏慧》《我的田园》中鼓额的形象。而在新世纪的作品特别是《刺猬歌》《你在高原——荒原纪事》中，民众已是忍无可忍，他们开始了群体抗争。他们借着打旱魃的习俗，把自己的怒气发泄到了一个个散发着毒气的"紫烟大垒"上，对破坏了自己生存环境的企业和集团表达出自己的愤怒。这与社会现实的恶化有关，面对社会生活中权力、资本、技术的三位一体，底层民众的生活已经无法延续，土地被污染，环境被破坏，失去生活来源的人们只能铤而走险、拼死一搏，反抗的呼声在大地上此起彼伏。

需要指出的是，新世纪张炜创作中的齐文化因素进一步凸显。在放浪灵异的齐文化影响下，他的作品充满了民间传说、民间故事，其美学效果是魔幻现实主义的，又是批判现实主义的。张炜是在借民间魔幻故事表达对现实的批判性认识。"魔幻现实主义"绝不是一个引进的文学概念，而是一个源自中国古老土地的文学传统，可以说，张炜在新世纪里彻底实现了向传统的回归，向民间文学的学习。我认为，张炜找到的是一个反抗社会现代化的利器——"自然的复魅"。张炜回归民间的叙事探索，最早表现在《蘑菇七种》中，经《刺猬歌》的演绎，于《你在高原》中达到极致。一个人与动物、人与鬼魂、人与仙妖浑然并存的世界赫然出现在我们面前。张炜不再直接描述现代化进程对自然的破坏、对人性的伤害，而是用一种自然复魅的世界观，取代了以人为主体的人类中心主义世界观，从而对这个张着血盆大口的现代化魔影进行了颠覆与攻击。正如张炜在《你在高原——橡树路》中写道：人民曾

欢乐居住过的"城堡"被一个老妖控制了,人民在它的蹂躏下苦不堪言,最后当这个老妖年老力衰之时,一个勇敢的年轻人走向前去,迅速割掉了它的脑袋,他没有费什么力气,因为这个老妖已经风干于历史中了。张炜以对民间世界的还原,展示出一种希望:妖魔的力量再强大,也敌不过人们追求幸福生活的热望,它最终会轰然倒地。世界和文化的重建需要等待,需要人们的觉醒和行动。

第二节 理性坚守与欲望搏击

早在《古船》中,张炜即塑造了以隋抱朴为代表的理性反思人格和以隋见素为代表的欲望进取人格形象。由于当时的社会主潮是历史反思,作者更多地把偏爱放在隋抱朴身上,对隋见素身上的生命欲望特征大体上持否定态度。偏爱和否定都不是绝对意义上的。进入新世纪,时代的发展促使张炜重新思考这个命题:在这个以欲望为主导的社会里,我们到底需要什么样的生命人格?我们如何处理个人与时代的紧张关系?

在世纪之交出版的《外省书》《能不忆蜀葵》中,张炜开始以这两种人格的对立互补重塑知识分子人格形象。一方面,张炜希望以理性反思精神抵挡社会现代化的野蛮推进,希望知识分子以坚守者的姿态屹立在时代洪流中,更多地发挥其抵抗物欲侵袭的作用;另一方面,作为一个具有强大感悟能力的作家,张炜发现多情、多欲的天才具有强大的创造力,社会的改变可能需要他们的激情参与。总之,张炜希望以道德理性为方向,以生命欲望为动力,推动社会和文化的健康发展。

一 坚守者的抵抗

《外省书》的写作处于商业文明全面扩张时期,作者针对浮华与喧嚣的时代氛围,沉潜到人的心灵深处,立足传统人文精神,对商业文化和西方文化肤浅层面对整个时代的侵蚀进行了反思。改革开放带来了思想上的解放,同时也带来了人们对欲望的崇尚。大陆人到美国,旅美华裔向他们推荐的是"纵欲的美国",给大陆同胞充当"性的启蒙者"。人们肤浅地认为学习西方就是丢掉传统道德,放弃人文精神,就是

"性解放",就是学习西方先进的科学技术……面对时代的喧哗、物欲的膨胀,张炜站在人文立场上,从人性正常发展的愿望出发,表达了知识分子对当代文明的拷问和对文化发展方向的忧思。

张炜在《外省书》中塑造了精神坚守者史珂的形象,并借此表达了自己的心声。史珂是历史生活中的"受伤者",正因为心灵上受过巨大伤害,他才不会轻易投降和融入一个莺歌燕舞的时代。史珂从来没有身处"中心"的感觉,他沉默寡言,他谨小慎微,他对这个与时俱进的时代有一种心理的疏离。史珂的疏离心态是经历伤痛后的精神沉淀,是一块已经冷却的熔岩。如果我们一层层研究这块熔岩,就会发现这是一个曾经热情的生命,不幸被一个时代封冻了起来。"资本家的儿子""叛国者的弟弟","黑色"的身份决定了史珂当年的命运。妻子被粗鄙的当权者霸占,这让史珂的心陷入彻底的冰冻,最终扭曲为对妻子的精神折磨。史珂的经历是至为惨痛的,可是他却表现出超常的坚忍。他没有说,什么都没有说。

史珂是一个受伤者,更是一个抵抗者。当新的时代带着它的欲望和杀气扑面而来时,经历了苦难的他自觉地站在了一边,他对自己说"不慌",因为一慌就被裹挟了进去。这是一个旋风般的时代,似乎只有保守者才能处变不惊。他退居到海边小屋,与一切现代生活绝缘:不看电视、不上网、不用电话、不找伴侣,只是劳动和沉思着,就像那个托尔斯泰。他要拒绝什么?他要拒绝时代的侵袭!他对时代的本质已经了然于心,永远是善良、高贵的人遭受磨难,捡松塔的两个老人及其邻居还有美丽的师辉,不正遭受着这个时代的摧残吗?这个时代,不是由市长孔庆明和商场大鳄史东宾等人命名的,它应由一个经历了历史磨难和生命摧残的知识分子来命名和书写。要抵抗这样一个欲望化的时代,一个西方文明主宰人们想象力的全球化时代,只能由史珂这个饱经沧桑的保守者来做。

小说反复提到该"叶落归根",从根上守住什么,张炜所说的"根"就是传统人文精神。小说最后直接点明作者用以抗衡时代的浮华与喧嚣的是中国文化的根:"(史珂)睡着了仍然在和兄长辩论。他发现鲈鱼帮了自己一手,还有捡松塔的两个老人。另几个面目不清,元吉良?肖紫薇?一伙人呼呼隆隆去大都会艺术博物馆,一进门就听到了一

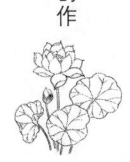

117

个悦耳的声音——是女画家!"和兄长的辩论象征着传统与当代、东方与西方的交锋。显然支持史珂的理性依据有其内在的中国心,有鲈鱼的童心、本真生命,有捡松塔的两位老人的朴实、勤劳、坚韧,有对元吉良、肖紫薇、女画家的纯真感情……所有这些都构成张炜心目中的中国传统人文精神。

二 欲望者的搏击

这个时代,不但需要饱经沧桑的保守者来抵御物欲侵袭,而且需要生命力充沛的英豪来开拓生命的疆界。英豪拥有超常的欲望,同时保持着善良本性。他们创造了历史,又被历史无情抛弃;他们拥有超常的创造力,却历经坎坷,最后遭受失败的命运。张炜对这些生命力充沛的英豪和情种一贯倾心。1988年出版的《蘑菇七种》,即塑造了这样一个形象——老丁场长,在《外省书》《能不忆蜀葵》中,张炜又塑造了"鲈鱼"和淳于阳立,使之成为一类具有时代内涵的人物形象。关于这类形象,陈思和曾认为其具有"恶魔性因素",指出他们身上毁灭性力量和创造性力量并存,他们的出现是对社会制度、文明秩序的强烈反叛。在西方文学艺术中浮士德博士是其原型,而在中国当代文学中,张炜和阎连科对这类形象做出了开拓性的描写。[①]

在社会动荡和社会的急剧转换中,充满欲望的英豪得以涌现。鲈鱼(包括许予明、老丁场长等)在革命年代立下了汗马功劳,尽情张扬着自己的爱欲本能。他们爱革命,也爱女性(这种爱不是玩弄,而是真爱)。但是进入新社会后,当人的生命欲望与道德理性发生冲突时,他们便被新的社会秩序放逐和镇压了。鲈鱼作为刑满释放分子被放逐到老油库,放逐也不能改变他的性情,他走到哪里,哪里就激起了生命的火花。追根究底,他不是一个无味的人,他的智慧、他的爱力,使他成了一个"革命的情种"。《能不忆蜀葵》中的淳于阳立,也是一个滥情主义者,先是与女模特们过着波希米亚式的生活,后来爱上了苏棉,而与苏棉结婚后,又不能自拔地爱上了雪聪……张炜对笔下的这类贾宝玉式

[①] 陈思和:《欲望:时代与人性的另一面——试论张炜小说中的恶魔性因素》,《文学评论》2002年第6期。

的滥情主义者持一种奇特的宽容态度，比如淳于婚后又爱上雪聪，心灵陷入道德理性与生命本能的冲突中，陶陶姨妈以淳于是"独一无二"的天才原谅了他，以"人的命不能阻挡"为理由纵容他。张炜小说塑造的这种欲望型人格，类似于尼采的强力生命人格，酒神狄奥尼索斯的精神使人物超越于现实，对抗于世俗。淳于等人的"滥情"之所以光耀动人，是因为他们对爱过的每一个女人都是全心全意的，是自己生命力的尽情展现。

欲望型人格是生命力充沛的天才，在任何领域都能取得辉煌的成就。如淳于阳立是一个天才画家，当他画蜀葵时，他内在的生命和灵气被调动了起来，蜀葵成了他自身生命力的投射，淳于正是从蜀葵中吸取能量，抵抗世俗的异化，找回生命的本原。当他投身商海时，他调动了自己的所有生命激情，对股票、期货、金矿、动漫、网络、模特表演等无所不能、无所不通，在短期内就获得了成功。《能不忆蜀葵》以诗的激情与狂热倾诉着对本真生命的赞美和对流俗的拒绝。淳于对世俗世界采取了搏击、突围的态度，虽然没有成功，却展示了一个天才的能力。他的失败，一方面源于自身，他终究不是一个只有欲望而没有道德的坏蛋；另一方面则与爱欲相关，爱欲推动了创造力的发挥，但它与道德理性相悖的特性，使它不能见容于这个刻板教条的社会。

在世纪之交的这两部小说中，张炜分别塑造了理性坚守者和欲望搏击者形象。史珂—鲈鱼，桤明—淳于，两位一体，对立互补，相依而存在。这两类形象表现出作家内心的矛盾：当张炜思考社会文化的现状和未来时，他倾向于道德理性，以道德人格塑造文化主体（《外省书》中的鲈鱼相对于史珂，只是一个有个性的次要人物），而一旦他面对人的生命和心灵时，又不由自主地倾向于本真生命理想，以本真生命人格塑造生命主体（《能不忆蜀葵》中的叙事主体是淳于而不是桤明）。从《外省书》中史珂对鲈鱼的无可奈何和《能不忆蜀葵》中淳于对桤明的嘲笑上，我们可以清楚地看到道德理性和生命理想在张炜心中的此消彼长。[①] 新世纪前后的张炜，依然是一个坚守着道德理性的知识分子，他

---

① 唐长华：《道德理性与生命理想的抗衡——试论张炜小说的两个精神向度》，《山东理工大学学报》2003 年第 2 期。

以生命欲望拯救世俗社会的努力虽然没有成功（鲈鱼死去，淳于逃离），但毕竟有了新的尝试与探索。

第三节 奔跑的大地女神

2003年张炜出版了《丑行或浪漫》，"又一次固执地站出来，诉说他的'融入野地'的梦想"①。这部小说似乎回到了《九月寓言》的境界，充满"大地""苦难""奔跑"等诗学话语，但又与《九月寓言》有很大的不同："《九月寓言》让大地融于夜色，世界变得混沌，万物未显身而自在；《丑行或浪漫》使大地有了光，廓清真善假丑，让人的栖居有了依托。"② 笔者亦认为，《丑行或浪漫》充满激情，有阳光普照的感觉，《九月寓言》中氤氲环绕在大地上的神秘雾气，似乎被一束强烈的光束驱散了，那就是刘蜜蜡，她仿佛是一位奔跑的大地女神，周身散发出灿烂的光芒，大地因她而重现清明景象：美好的愈加美好，丑陋的渐渐消融。刘蜜蜡的地母品格使整部小说具有了温暖动人的光辉。

在张炜的创作史上，这是他第一次以女性为小说主人公，书写女性的苦难史与成长史。主人公刘蜜蜡"背负苦难的奔跑"，与大地具有同构的意义。刘蜜蜡的人生苦难，喻示着大地的苦难；她的精神救赎，喻示着大地的救赎。在背负苦难的奔跑中，刘蜜蜡最终甩掉了精神的重负，实现了灵魂的重生。如果说《九月寓言》以寓言的形式，写出了大地的沦陷，《丑行或浪漫》则以一位写实与象征兼具的地母形象，写出了大地的重生。比起新世纪初创作的《外省书》与《能不忆蜀葵》，这部小说似乎一下子甩掉了重负，激情满怀，诗情浓郁，作者似乎重新找到了人物、找到了情节、找到了饱满的想象力，因此我认为，这部小说虽然人物和情节单纯（类似《远河远山》），却是张炜新世纪最具诗情的一次精神漫游和写作。

---

① 南帆：《大地的血脉——读张炜〈丑行或浪漫〉》，《博览群书》2003年第10期。
② 马春花：《流浪与栖居——评张炜的长篇新作〈丑行或浪漫〉》，《名作欣赏》2005年第1期。

一　女性的受难：性与政治的双重压迫

如艾青所言："中国的苦难，像这土地一样广阔而漫长。"土地，苦难的承受者，而我们习惯上将土地称为母亲。土地的受难，便成了母亲的受难。在张炜笔下，中国的苦难同样深厚漫长，但他不忍心把苦难永远加诸地母身上，他希望"宽厚仁慈的地母最终能化解这苦难"。于是，在《九月寓言》里，我们看到了大地母亲对苦难的轻轻"摆渡"。作品中的叙述者借用"奔跑""诉苦"等形式，把苦难最终转化为生命的狂欢。《九月寓言》中的地母形象并不具体，她混沌无边，她抽象无形，她是一个象征性存在。而在《丑行或浪漫》中，张炜进一步把地母的形象人格化了，塑造出了一个受难的大地女神——刘蜜蜡的形象。大地母亲是苦难的承受者，正如一个年轻、美丽、丰腴的女性，遭受着暴力的蹂躏。女性的受难，特别是在性与政治双重暴力下的受难挣扎，与大地具有同构的意义。《丑行或浪漫》中的刘蜜蜡，以其年轻、丰腴、富有生命力，以及历经苦难，成为大地的象征。

刘蜜蜡这一形象的出现，代表着张炜对女性的重新认知。在张炜此前的作品中，女性或者是清纯可爱的乡村少女，如《芦青河告诉我》中的小能、胖手、二兰子等；或者是被侮辱被损害的女性，如《古船》中的隋含章；或者是丈夫的温情同盟者，如《秋天的愤怒》中的小织；或者是工业文明的受害者，如《九月寓言》中的赶鹦和三兰子等；或者是兼具母性与巫性的复杂女性，如《能不忆蜀葵》中的陶陶姨妈，《外省书》里的狒狒……只有《丑行或浪漫》里的刘蜜蜡，在抵抗性与政治的双重压迫中，成了一个具有历史内涵和大地品格的女性形象。

刘蜜蜡的乡村生活充满了政治与性的双重迫害。她本是地主的遗腹子，其母虽然改嫁给贫下中农，但她毕竟与贫下中农"隔了一个阶级儿"。幸亏受到村头"黑儿"的护佑，使她得以上学，并受到雷丁老师的启蒙，变成了一个音乐、体育、写作无所不能的"新人"。刘蜜蜡那么水灵灵，那么有文化，简直是乡村里最明丽的一朵花。而女性的美丽丰腴，是最容易被乡村权势人物盯上的。这时，她的阶级成分便成了她的致命弱点。邻村民兵连长小油矬胁迫刘蜜蜡嫁给了他。在兽性肆虐的年代，蜜蜡的命运可谓坎坷，被小油矬这个"食人番"掏空了身体，

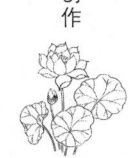

最后她逃向了原野。大地是她真正的"家",她回家了。在田野漫游中,刘蜜蜡过起了浪漫的生活,与一个个孬人的子孙"好"上,尽情地安慰着那些不幸的生命个体。刘蜜蜡后来被小油矬抓回,等着她的是更为无耻的迫害。村长——"土皇帝"伍爷,是一个比"食人番"还可怕的大型怪兽——河马:他有"智慧"的言辞,在辩论会上不断用色情谐音压倒对方;他会凶狠的治"军",蛮横地阻挡孬人之子金孜恋爱,凶残地给他挂上铁掌,使其疯狂;他还会"创意",用耸人听闻的"害困法"折磨蜜蜡,意欲满足自己的兽欲。在刘蜜蜡的受难史上,我们可以看到历史的丑陋,看到性与政治对一个纯洁女性的酷烈迫害。作为大地女神的刘蜜蜡,是绝不会屈服的。面对"大河马"的无耻淫欲,刘蜜蜡举起枪刺自卫,刺死了这个怪兽,开始了新的奔跑,最后跑到了城市。

刘蜜蜡的城市生活也充满了性政治的迫害。在消费主义盛行的城市生活中,她依然被视作一个美丽的"物",被消费和享用着。作为一个能干活的"物",她被杨科长送给上司做保姆;作为一个具有乡村美的"异性尤物",她被所谓艺术家盯上;作为一个"同性尤物",她被电台女主播盯上……蜜蜡这个大地的女儿,在城市中遭受的依然是一个又一个的性政治迫害。然而,刘蜜蜡是有梦想的大地女性,她喜欢写作,她喜欢多年以前的那个铜娃。有梦的逃亡者是不会沉沦的,蜜蜡一直在茫茫人海中找着心爱的铜娃,凭着直觉,蜜蜡和铜娃靠近了,相认了,结合了。最后,他们凭借自己的力量甩掉了精神负担。大地最终以亲情暖意化开了重重苦难,安慰了两个孤儿。奔跑的大地女神——背负苦难的蜜蜡,终于找到了她的精神归宿。

二 女性的救赎:奔跑与皈依

刘蜜蜡的苦难,如同黑夜一样漫长而深重,从野兽的吞噬中逃出,后面跟着黑色的捕快,什么时候才能逃脱这可怕的追捕、这漫漫的黑夜?大地化身为一个奔跑的精灵,这就是奔跑的刘蜜蜡。跑到尽头,就是温暖的天堂。她跑啊,跑啊;写啊,写啊,向苍天、向大地、向心中永远的老师,倾诉着自己的心声。她跑过原野,跑过村庄,跑过城市,所到之处,干枯的花草恢复了生机,憋屈的人们找到了活下去的信心。

她以自己强大的生命热力，安慰了那些不幸的孩儿，让他们感受到了大地的女性温存。蜜蜡在逃跑途中，与一个个"孬人"之子的结合，没有丝毫不洁，只有宽容与爱意，大地的宽容借刘蜜蜡的形象尽情地展现了出来。她不是一尘不染的圣母，她有无穷的爱欲，有庞大的母性本能，像生命的泉水流淌在大地上，她渴望着生命的哺育。她以爱人的热情、母亲的温柔，爱着这些"孬人"的子孙，渴望着孕育一个新生命。但在一个粗暴的时代，一个无法安居的时代，她无法实现自己的愿望，只能不断地奔跑。

蜜蜡在大地上辗转奔跑，"淫乱"与"杀戮"的罪行，无时无刻不在纠缠着她。这些"罪行"会压趴下一个最刚强的人，但蜜蜡没有被压倒，因为她已得到老师雷丁的精神指引，净化了自身。因为她从上帝那里获得了安慰，"主"说将宽恕一切罪行。与一个个"孬人"子孙有性有爱的刘蜜蜡，在皈依"主"后，精神上的重负得以缓解。而真正帮她实现精神救赎的则是铜娃。铜娃拿出"法典"，充当法官，判决蜜蜡正当防卫、无罪开释。最后，他们幸福地生活在一起。

总之，在《丑行或浪漫》中，张炜通过刘蜜蜡的形象，塑造了一个奔跑的大地女神的形象。通过刘蜜蜡的爱情和婚姻遭遇，表现了女性的苦难与救赎主题。笔者认为，这部作品具有《古船》和《九月寓言》的双重神韵。它具有《古船》的历史批判精神，同时具有《九月寓言》的大地情怀。《丑行或浪漫》表现出张炜对《古船》和《九月寓言》的融化吸收。另外，从这部作品中我们可以看出张炜已经实现了城与乡的和解。如果说在《九月寓言》中存在城乡对立思维，那么在《丑行或浪漫》中，我们可以看到城市庇护了饱经苦难的女主人公，并让她最终找到了真爱。城市中有温馨、有真爱，乡村中有苦难、有压迫，它们都是中国大地的组成部分。

第四节　自然与人性的受难

作为一名大地诗人，张炜时刻关注着大地的变化。现代化开发特别是近年来大企业、大集团的经济扩张，对大自然造成了前所未有的破坏。伴随着人类对自然的破坏，是人对人统治的加强，是社会风气与人

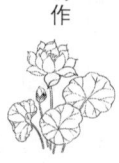

性的变异。在2007年出版的《刺猬歌》中，张炜以海滨丛林莽原的历史变迁为背景，以棒小伙廖麦与奇女子美蒂的爱情发展为线索，既写出了人与大自然相互通灵的神秘境界，又写出了自然被毁、人性变异的历史过程。张艳梅教授评价这部作品"既蕴涵浓烈的寓言色彩，又惊现尖锐的现实冲突。传奇式的爱恋欢悦与人性化的野地生灵水乳交融，绘成一幅具有强大生命张力、野性充盈漫溢的多彩画卷"①。笔者认为，《刺猬歌》是一部奇书，正是从这部书开始，张炜确立了轻灵浪漫的齐文化在其创作中的主导地位。在书中，作者以原始神秘思维为主导，以浪漫轻灵的笔法写出了一个人与自然未分化的前现代世界——野地丛林世界，同时，又以批判现实主义的笔法，写出了历史的残暴之力如何毁灭了这一世界。总之，《刺猬歌》集民间的神秘性与现实的批判性于一体，是当代文学的一部"奇书"。

一　神秘通灵的民间世界

在《刺猬歌》中，张炜将《九月寓言》《丑行或浪漫》中存在的神秘思维演绎到了极致。可以说，在放浪的、"胡言乱语"的、无拘无束的齐文化影响下，作家在"天、地、人、鬼、神"构成的浑沌世界里自由游走，达到了忘我的精神境界。整部小说具有类似民间寓言的浪漫轻灵，为我们描绘出一个充满神秘美感的野地丛林世界。

在这个神奇的世界里，无数的自然精灵在腾跃：飞奔的白狍，指路的红蛹，唱歌的刺猬，救人性命、散发出枪药味的黄鳞大扁……更有无数的动物化奇人活动其间：喜欢吃青草、喜爱所有雌性活物的霍老爷，来自丛林、身披蓑衣、长有绒毛的刺猬女美蒂，脸窄心狠的土狼子孙，脚上长蹼的海猪的孩子毛哈，狐狸精化身的女领班，形如尖鼠的女专家，田野上奔袭的告状人"兔子"……可谓是人与动物血缘化合，动物闪化为人，人有动物特性，真真假假，虚虚实实，一个奇异驳杂的民间世界赫然在目。

在原始神秘思维的作用下，人与自然界的其他生命浑然一体，可以语言交流，甚至可以通婚。比如霍老爷，已经不是一个社会生活中的人

---

① 张艳梅：《野歌抑或祭歌》，http://blog.sina.com.cn/s/blog_543ec733010094xx.html。

了，他是自然的一部分：他的二舅是头野驴，晚年的他只吃青草，喜欢所有的雌性活物，与刺猬、花鹿、狐狸等都成过亲，甚至包括一棵小白杨，"咱当年是河边的一棵小白杨，老爷看上了硬是要娶咱。我说老爷呀，咱是木头你是人，怎么也合罗不到一块呀。正为难呢，一个老中医捻着胡须过来劝俺说：'从医道上论，人的身上肝也属木，你就应了罢'，就这样，我和老爷的肝成了亲，和和睦睦一过三十载"。只有在原始思维中，才有这样奇异的事吧。张炜在此强调的是人与自然的不可分离，人与万物的精气神融为一体。这是一种典型的中国传统思维。

原始思维是一种打破生命疆界的思维，在其主导下，人与动物、植物的生命疆界被打破了，它们平等相处，共同组成了一个和谐的世界。在这个世界中，我们可以看到自然之母、自然之女、自然之子以及自然巫女的形象。如银月婆婆，就是自然之母的形象。她安静质朴，充满对生命的关爱。在她的眼中，一方水潭就是一个男人，她"总把这潭子看成了自己的亲人。这水潭会护佑她一生，帮助她一生。水潭是镜子和眼睛，也是安静的男人——是男人啊，而且是英气生生的男人"。水潭是男人，"安静的男人"，"英气生生的男人"，这不是一个比喻，而是一种通灵思维，一种真实的心灵感受。在银月婆婆眼里，鸟儿们都是她的孩子，"她做好了一顿丰盛晚餐摆在白木桌上。一只长了圆圆大脸的鸟儿循着香味一跳一跳进了屋，她就取了一匙香米给它。圆脸鸟的脸庞和胸部让她想起自己20岁的时候。一会儿喜鹊和斑鸠都先后倚在窗上，她一一打发了它们。她与这些鸟儿全都熟透了，甚至听得懂它们怎样说粗话和俏皮话。她只是坐着，她想等月亮出来，水潭发出叮咚声时再享用这美妙的一餐"。在这样安静怡人的氛围中，自然之母等来了她流浪在外的儿子（廖麦）。"一潭叮咚的泉水，一轮洁白的月光，一顿丰盛的晚餐，一群欢乐的鸟儿，一个自由自在的人，一个宁静的夜晚，一个青春的梦儿，一幅人与自然的和谐画卷。"[①]

在写到自然之女美蒂的形象时，作者极力张扬她身上的自然本性。美蒂是野地丛林之女，是刺猬精的女儿，她身上有刺猬的刺化作的金灿灿的绒毛。她天真未琢，充满柔情，对爱情无比坚贞。爱上廖麦后，就

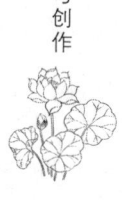

---

① 任雪山：《张炜〈刺猬歌〉浓郁的生态思想》，《合肥学院学报》2007年第6期。

痴心不改、一心一意等待廖麦的归来。终于等来了一个"大欢喜",两人于丛林野外举行了一个盛大的婚礼。热恋的话语,激情的拥抱,"成熟的蒲米一样的香气、蒲根酒的香气"弥漫着,紫穗槐外有一双双无形的眼睛,那是海边的生灵,听说莽林的女儿举行婚礼,携着小小的喜钱匆匆赶来为之祝福,不远处,刺猬排成一排,拍着小手在唱歌,可以说这是自然之女与自然之子结合的神秘而幸福的婚礼。

珊婆如同自然界的巫女。巫的生命力极为强大,她能沟通人与自然界,是人与自然界生灵进行通神时的中介。珊婆年轻时热爱村中的美男——良子,良子逃入山林不知所踪,绝望的珊子遍寻不得,精神几近癫狂,在丛林野地四处漫游,漫游中,为野驴、狐狸、母豹等野物接生,成为它们的守护神。后来珊婆独居海边小屋,越是变天的日子越喜欢出门,她走向大浪滔天的海滩,在狂风怒吼、野物哀号中,为难产的海猪接生,她那头发乱飞、双手沾满鲜血、跪地向天、向海神祈祷的样子,别具惊天地、泣鬼神的凄厉之美。珊婆身上强大的生命力,她的蛮横、粗野、绝对的征服意味,使她成为自然界原始力量的象征者,在这个不乏丑陋的女性身上,体现的是人与自然关系的另一种和谐。

总之,《刺猬歌》前半部分给我们还原了一个万物有灵、天人合一的民间通灵世界。这是张炜在科技至上、理性至上的时代,对浪漫神奇大自然的追怀和思念。张炜深知,这种人与自然和谐的状态在现代化进程中,将遭到毁灭性的打击,历史的粗暴之力将彻底毁灭人类的生存家园,人类将走向荒原,痛苦无望地寻找着过去生活的记忆。

二 自然的被毁与人性的变异

在《刺猬歌》中,张炜以批判现实主义的笔法,写出了历史的粗暴之力如何一步步毁灭了美好的自然界。这股粗暴的力量,就是唐老驼与唐童父子代表的两个时代。唐老驼,代表了中国当代史上40—70年代,这个时代对大自然无限掠取,疯狂地砍树,疯狂地仇视戴眼镜的知识分子。唐老驼先是放一把大火烧林子,然后是成年累月的带人砍树,最后丛林几近消失,野物纷纷逃命而去,小说用戏谑的口气说它们逃到了大海另一边——蓝眼睛国家去了。当时中国大地上流行的是人定胜天、人类统治大自然的思维方式。丛林消失后,自然在哭泣,自然界的生灵和他们的化身——廖麦、美蒂被迫分离，被迫逃亡。

唐童代表的是欲望至上的 90 年代，是资本原始积累的血腥时代。唐童挖掘金矿、积累资金，达到丧心病狂的地步，开枪打死挖矿的对手，然后用"三只狐狸蹿西山"的迷信以及金钱为自己开脱；对妨碍自己的人轻则打伤，重则投入不见天日的矿井。围绕唐童，有凶狠的土狼做家丁，有尖鼠做说客，有金堂做后台，有珊婆做精神之母，唐童的事业越做越大，买下三叉岛做旅游开发，与洋人联合盖"紫烟大垒""从山包脚下开始动土，再一直向东，往北，到处插满了彩旗，一些不大的村庄被搬迁，更大一些的村庄则被汽车围起来，远看就像一群豺狗在啃咬一头倒毙的大象"，盖好的"紫烟大垒"，像一个怪物，屹立在原野上，散发出毒气。

唐童时代，人们面对的不仅是自然环境的破坏、家园的被毁，更有无处不在的社会风气的变异。以棘窝镇镇名为例，可以看出时风的变异。原来叫棘窝镇，这是因为丛林、灌木、荆棘遍布，动物在林中欢腾；在开放初期，女性的衣着开始暴露，露出了脐窝，棘窝镇改名脐窝镇；到了彻底放开的年代，这个镇子已经高度繁荣，其中一条街有四面八方而来贡献自己青春肉体的女性，为感谢她们带动了经济繁荣，镇子适时改名为鸡窝镇。这就是时风的力量。刮到哪里，哪里就引起所谓的历史巨变。同样的巨变也发生在三叉岛，被唐童收购开发的这个小小岛屿，一切都商业化了，正如过去一切都政治化一样，过去废弃的红薯窖曾被"政治"开发为恐怖的地主水牢，现在又被"商业"开发为徐福修行成仙的洞穴，吸引着潮水般涌来的游客，娇小美丽的鱼戏主角小沙鸥和奇特的海猪之子毛哈，如今也成了旅游表演的赚钱之物。更可怕的是一种叫嚣不停的哲学，这就是黄毛宣称的"纵欲即爱国"，简直是这个时代恬不知耻的告白，在黄毛等人看来，欲望不但不是需要警惕之物，而且是时代的推动剂、助燃剂，为这个时代的飞速发展、快速燃烧提供动力。这是何等荒谬的言论，而这种言论的生存环境就是堕落的社会风气。

在这种社会风气中，连原本纯洁坚贞的自然之女美蒂，也在时风的推动下，沉湎于欲望之鱼——淫鱼，最后导致人性的畸变。"淫鱼"是淫欲的谐音，美蒂正是食用了淫鱼以后，人性中的异化力量慢慢出现，

自己的本真天性渐渐消失，身后人字形的绒毛消失了，不由自主地投身唐童，对丈夫施行新的劳动联盟的打算百般推诿，最后把美丽的农场以高价卖给唐童，变成了世俗精明的美老板。

在这个向欲望投降的时代，在这个时代的挖掘机从四周包围过来的时代，失去家园、忍无可忍的人们在"兔子"的带领下，起来反抗了，他们借打"旱魃"这一古老传统，表达对唐童、紫烟大垒、旱魃的愤恨之情。在"时代推土机"的轰鸣与合唱中，作者告诉我们要注意倾听"那些细弱的声音——那些来自自然、看起来更弱小的生命的声音"，它们"是最宝贵的、最珍稀和最应该关注的声音"[1]。这就是自然界生命微弱的呼声和底层民众微弱的呼声。

在《刺猬歌》中，我们可以看到张炜进行了叙事语言的探索，使用了《聊斋志异》的笔法，引入了众多民间传说。张炜不但汲取了齐文化的轻灵浪漫怪异，而且借鉴了它的思维方式，以通灵的心态写出了民间的奇幻世界，如研究者所说："在审美品格上，《刺猬歌》散发着遮掩不住的野性美。这种野性美来自于人与动物的互动，来源于生命自身的迷狂，来自于作家最本真、最原生态的生命意识。"[2]

第五节 一代人的追问与思考

2010年张炜出版了长篇小说《你在高原》。全书长达450万字，共十本（《家族》《橡树路》《海客谈瀛洲》《鹿眼》《忆阿雅》《我的田园》《人的杂志》《曙光与暮色》《荒原纪事》《无边的游荡》）。这部作品不但是中外小说史上最长的一部纯文学作品，而且是一部凝聚着作者20多年心血的大思想、大容量之作，称之为一条波澜壮阔的文学长河并不为过。

整部作品以宁伽为叙述主人公，以类似地质工作者手记的形式记叙了宁伽的家族史、心灵史、成长史，以及他与众多朋友行走于城市与乡村、叩问大地的行走史。如著名评论家雷达所说："叙述人宁伽在做着

---

[1] 张清华：《在时代的掘土机面前》，《小说评论》2008年第1期。
[2] 张艳梅：《野歌抑或祭歌》，http://blog.sina.com.cn/s/blog_543ec733010094xx.html。

大地漫游的同时，也在做着心灵的漫游，沉湎于爱情、人性、哲学、宗教等形而上的玄想，个体心灵在大地的滋养和启迪下，做着上穷碧落下黄泉般的思索和追问。这部书是一个人漫长的心灵之旅，并由个人心史走向了民族心史。"[1]

《你在高原》是一部泣血之作，表达了一代知识分子痛苦的历史探求，执着的现实追问，幻而真的民间叙说。而作品的多层面叙述不过是在阐释，我们的世界何以变成了现在的模样？传说仅仅是传说吗？历史仅仅是历史吗？它们是不是都有一条无形的线通向了现实，决定了现实？从某种意义上讲，这部作品形色各异的十本书，包含着一个共同的结构和主题，现实世界如果说呈现出某种败毁和荒凉，传说中是不是早有蛛丝马迹？而在历史的演进中，是不是早已预示了这样的结局？作者忧心和所要显现给我们的，正是这样一个隐藏在现象界中的观察和发现。

一 痛苦的历史探求

从80年代的《古船》到90年代的《家族》再到新世纪出版的《你在高原》，张炜有一以贯之的历史叙事激情。他对被意识形态涂抹的历史有一种还原的冲动，知识分子特有的责任感驱使他深入历史深处，触摸那些湮灭在尘埃中的历史事件和历史人物。他用一颗善感的心灵，唤醒那些蘸满血与泪的灵魂，与他们对话与他们交流，为他们的奉献牺牲也为他们所受的冤屈流泪叹息。作者充满激情的历史叙述，与客观冷静的历史呈现有很大的不同，叙述主体强大的叙述能力，像天空中的光束一样穿透了历史的迷雾，呈现出个体面对复杂诡谲历史时的困惑和思考。

《古船》以悲天悯人的历史情怀在当代文学史上占据了一席之地。主人公隋抱朴的忏悔，在某种程度上包含着作者的忏悔，也包含着经历了历史动荡的中国人的反思。作者、人物、现实众生整合为一个强大的情感统一体，在其共振之下，历史显现为一个布满伤痕的肉身，为无名的人性恶的循环所驱使和抽打。隋抱朴的忏悔和赎罪之旅，意在终止这

---

[1] 雷达：《点评〈你在高原〉》，《文学报》2010年第5期。

种历史循环，为历史的行进找到一个理性、理想的方向。作者追溯历史、面向人类未来的心态，在作品中呈现为深刻的历史反省意识和主体介入感。

《家族》中充溢着为受难的"家族"正名或重新书写的冲动。历史从来是人性的战场，《家族》无意于判断和裁决人物身上的高尚与卑俗，它难以释怀的是对历史进步做出重要贡献的家族最后明珠暗投、深陷污泥浊水的历史悲哀。在历史上留下声名的从来是骄傲的胜利者，他冷漠坚硬，为了达到目的不惜采用种种非人道手段，他通行无碍地升上历史的天空；而那些热情、执着、不怕牺牲的高尚者，则只能折戟沉沙，黯然消失在无情的东逝长江水中。"高尚是高尚者的墓志铭，卑鄙是卑鄙者的通行证""滚滚长江东逝水，一时多少英雄豪杰"，这都是后人面对历史悖论的感慨。

《你在高原》中，历史叙述人由忏悔的个体、受冤屈的家族后人升华为一代人——50年代生人，为50年代生人写传，写他们有别于他人的时代馈赠，写他们的家族之痛，写他们的执拗性格和执着探索，写他们见证和参与的民族历史。这部作品以宏阔的画面见长，更以幽深的心灵探索给读者留下深刻印象。小说叙述者带着时代的伤痕开始了叙述，并由个体的痛苦扩展为对历史真相的追根究底。

（一）为什么写史：源自父辈的心灵之痛

《你在高原》中，作为50年代生人的代表者宁伽，进入社会感受最深的就是父辈的冤屈。当时间无情地磨平了存在痕迹，只留下父亲作为罪者的名声和背影时，他却要背负永久的心灵之痛。成年后的他，难以释怀童年的一切，不断地行走在故地平原和山区，感受曾有的童年之爱，感受父辈的冤屈与苦难。他在大山中敲打岩石，感受父亲的存在。父亲等一批罪人在这里用凿子、锤子凿穿了一座大山，那一个个涵洞、一段段水渠、一级级水库大坝台阶，都留下了父亲的身影。不是光荣的而是赎罪的身影。他是罪人，可他罪在哪里呢？他是那么热情，为了一个信仰不惜背叛了自己的家族；他是那么勇敢，为了光明的到来不惜流血牺牲……最后却被命名为罪人，遭受监禁和劳动改造的重罚。在时光的转换中，没有人再去改正曾有的历史之过，"父亲"作为一个时代的祭品，永远定格在后人的血泪回忆中。

除了故地茅屋、大山中的水利工程，还有那一个个几近荒芜的农场、林场、盐场，都发生过一幕幕令人泣血的历史悲剧。它们看似孤零零的没有关联的处所，却是同一个时代同一种悲剧的历史产物。时间掩埋了一切，可又不会完全忘记一切，毕竟有人在奔走、在询问，毕竟有人在应答、在回忆、在书写。从此种意义上，我们说宁伽、吕擎、纪及等都是这段惨痛历史的亲历者、回忆者、书写者。深入血缘的痛苦，成长过程中的痛苦，最后与民族的痛苦融为一体。

小茅屋不会忘记，周围的林地果园不会忘记，远处的大山不会忘记，一个少年在父之罪阴影下的成长之痛。口吃老教授最后栖身的小屋不会忘记，黑色墙壁上的洞口不会忘记，这里曾盯过怎样邪恶的眼睛，曾发生过怎样的人生悲剧：一个受尽侮辱的女性跪着死在了老人身边。某年某月某日某地发生的大雷雨不会忘记，天公为之震怒，一个幽默乐观的漫画家被折磨成了一个疯子，又被荒谬的政治处以极刑，所谓朗朗乾坤，老天也为之动容、为之洒下滔滔泪水。这些历史的遗迹、这些让人痛心的所在，使得一个有良心的作家难以心安，他不愿它隐没无闻，他要把它记录下来。不是写一部所谓客观公正的外部历史，而是写一部渗透着受难者血泪的民族心史。

（二）如何评价历史：人性还是其他

在所有历史叙事中，都渗透着作者评价历史的标准。新中国成立以来，我们有太多的历史叙事作品是以党史为唯一依据的，虽然起到了弘扬主旋律、感召后人的作用，但是在审美上比较单一和枯燥。到了80年代后期，我们又出现了以民间史、野史为标准的历史叙事作品，我们称它为新历史主义文学。张炜的历史叙事，既不是貌似崇高庄严的正史书写，也不是兴味盎然的野史演绎，而是一部知识分子视野中的人性历史。他以受难者的愤慨、史家的公正，来书写一段段被有意涂抹或遗忘的历史，全方位展现了历史场域中人性的复杂曲折。《你在高原》涉及的历史包括三四十年代的革命战争史，50—70年代的知识分子改造史，80年代青年的理想探求史，90年代以来的社会巨变史（可以视作当下的现实）。

20世纪上半时期，为实现富国强兵、构建现代民族国家的梦想，各种政治力量纷纷角逐在中国大地上。彼时彼地，他们都举起了民族与

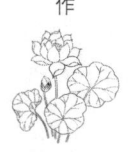

国家的旗帜。但是，新中国成立后的历史不可能把所有党派一视同仁（自然它们本身也有谁更贴近人民的问题），于是有了意识形态视角下的褒贬。张炜无意于扭转以上主流历史观，他要呈现的是历史发展中真实的人性。在那些被意识形态涂抹的黑色人物（宁周义、战聪等）身上，在那些被神化的红色人物（殷弓、飞脚、霍闻海等）身上，在那些具有草莽气息的民间人物（李胡子、小河狸等）身上，张炜写出了他们真实复杂的人性：胜利者并不代表绝对的善，失败者也不代表绝对的恶。如作为失败者的宁周义，儒家知识分子"知其不可为而为之"的气质就很明显，他清醒睿智、敢于承担、人格磊落、坦然就死，对这样一种人格，作者不乏赞美。而对胜利者殷弓，作者毫不避讳地写出了他的狭隘心胸、不择手段的功利主义心理。在《你在高原——荒原纪事》中，作者给殷弓身上补上了一丝人情味（指他放走李胡子的行为）。

　　主流意识形态对人的评价是单方面的，主要品评的是人的政治身份、政治活动及其作用；而张炜的历史叙事更多地指向道德、人格，建立起一个以"人性"为本的评价体系。如对那些背叛地主家庭、走向革命的人，我们一般用褒奖的语言赞美他们，说他们心中有对老百姓的大爱，为此舍弃了对家人的小爱，这是一种非常难得的品质。如《你在高原》中的方家老二，带人攻下自己家的堡垒，并砍下地主哥哥的脑袋时，确实"无情"，但这种无情是出于对更多穷苦人的"有情"，因此无可厚非。然而，从人性上讲，这种大义灭亲的举动必然会对人性造成某种砍伐。从这种意义上讲，我们说宁珂的心理可能更合乎人性：他在背叛自己的家庭，背叛阿萍奶奶的养育之恩时，充满了精神上的痛苦。为了忠于自己的信仰，他不得不背叛家族与亲情，而这种痛苦只能由个人承担，作为历史主体的国家似乎没有这种痛感，而且竭力褒奖这种政治选择。如果宁珂因此成为某种革命英雄，倒也罢了，问题是他的奉献、牺牲被歪曲了，他被无明的历史归入了他想方设法要脱离的那个阶级，历史弄人莫过于此。而且他永远没有申辩、还以清白的机会。我们不得不说，历史生硬地掩埋了一类人，让人不禁感慨历史的曲折进程中包含着怎样的不公。

　　在革命战争史的书写中，《你在高原》由两党之争、两种政治力量之争写到了党内之争。如《我的田园》中的"六人团"冤案。似乎为了避免单独书写这一冤案所带来的消极影响，张炜把这段历史嵌入了"我"的田园生活中，并给它一个武侠小说的外壳。而我们在这个富有田园风味、武侠风味的小说中，发现的依然是一段触目惊心的历史。作者品评人物的标准只有一个，那就是人性的善恶。纵队最高领导"沙"（与"杀"谐音）阴险毒辣，行使最后决定权诱杀了"六人团"里的五个首长，却嫁祸于警卫班长。为了防止事情泄露，他派人追捕毛玉，毛玉的丈夫——筋经门传人铁力沌和螳螂拳师因此丧命，毛玉不得不与"恶魔"沙订约，保持沉默，栖身废园几十年。后来宁伽根据毛玉提供的线索，去寻找当年的小慧子，并到警卫班长老家的侄子那里探询，想寻得历史的真相和家族悲剧的蛛丝马迹，结果是不得而知。在这个过程中，宁伽体会到了历史的黑暗隐秘。历史如同一块黑幕，将一些东西隐藏在黑暗中。结果虽然不可改变，如宁伽的家族冤屈无法洗雪，沙的罪恶无法惩治，但我们起码知道了什么是历史的真实。

除了革命战争史外，《你在高原》还对50—70年代的历史进行了局部再现，主要写到了一些知识分子所受的历史磨难。他们是一些博学、有专长的学者教授，如口吃老教授、曲涴、淳于云嘉、路吟、靳扬、纪及的父亲、吕擎的父亲等，在林场、农场、盐场等地，他们受到了残酷的折磨。吕擎的父亲作为著名的学者被揪斗，被关进水房，不给吃喝，只能就着水箱的脏水泡点馒头吃，最后冻饿而死。留学归来的曲涴，就因为娶了美丽的学生淳于云嘉，遭到一些人的嫉妒，被关进了农场改造，开矿山、打石桩，差点丧命，最后逃到荒无人烟的深山老林，过着原始人的生活，默默老死荒野。在写知识分子的劳动改造这个题材时，张炜注意写出知识分子内心的激情，他们是一些在岗位上默默钻研的人，是一些有生活热情有内心幻想的人，他们被禁锢在不属于自己的环境里，只能任生命力和智慧枯竭，他们是一些被强行赶到沙漠里、熬干生命汁液的人。对他们的陨灭，作者极为痛惜，但并不讳言他们身上的人性弱点；对迫害他们的恶势力，作者则进行了鞭挞，写出了特定历史时期裴济（瓷眼）、霍闻海、蓝玉、红双子等人丑陋卑劣的灵魂。

小说对80年代的历史进行了书写，主要写的是青年人的精神探索。

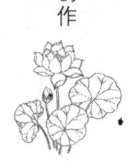

在 80 年代初思想解放的背景下，青年人普遍有一种理想主义激情，他们彻夜不眠地辩论，寻找着真理的答案；他们热情洋溢地参加一个个沙龙，为了求得思想的指引。可是没等他们的思考结出硕果，社会便发生了巨变。在经济大潮中，青年中一部分精英，如林蕖、李大睿等人，人性发生蜕变，他们迎合时代潮流，很快成为身家上亿的成功人士。他们思想依然敏锐、犀利，可是他们却不能阻止自己与金钱社会的合流，不能阻止自己享受金钱美女的生活。虽然如林蕖，也在做慈善也在发展乡村教育，可是，"制造贫穷又消灭贫穷"，于这个社会能有多大用处呢？也有一些才华横溢的人，在时代的转换中，无法承受"父之罪"的精神负担，那些掌握权力并制造了若干冤案的父辈留给他们的是罪的阴影，为了摆脱这阴影，他们以扭曲的方式放纵麻痹自己，以纸醉金迷的色情生活消除心灵的痛苦，最后在"黑色的九月"中被处以极刑。与白条等人的堕落沉沦相反，吕擎等人念念不忘 80 年代的精神理想，他们最终离开了繁华的城市到贫困的山区体验生活，援助赤贫者，磨砺自身，以此找准生活的方向；他们后来还曾落户东部葡萄园，一座葡萄园，一份杂志，他们的欲求何其纯真。一路走来，高原就是他们的精神高地，他们往高原跋涉而去。《你在高原》（特别是《橡树路》）对 80 年代理想主义者的描述，丰富了文学史关于 80 年代青年精神出路的书写。

二 执着的现实追问

历史与现实是一脉相承的。现实在某种程度上是历史的翻版，历史的丑陋会在现实中复活、生长，现实的问题会从历史中寻找到蛛丝马迹。唯一不同的是，叙述者在现实中是"在场"的，包围缠绕他的力量更强大，他的感受更具体，他的心理可能会更绝望。张炜在《你在高原》中的现实追问，其痛苦与执着不亚于对历史的探求，叙事主人公上下求索，不断奔走在挚爱的大地上，希望找到精神的落脚点。奔走是现实生活方式，更是寻找精神出路的一种方式。通过奔走，叙述者（包括作者）看到、领受了中国大地的苦难，诗意的风景不能弥补这种巨大的创伤感，大地的胸膛上裂满了伤痕，现代化发展带来的伤痕。这伤痕很难用现代生活指标的提高来弥补。张炜在《你在高原》中全方位地展现了90年代以来中国的社会现实，执着地追问着是什么力量毁坏了我们的大地？我们能不能有更好、更文明、更优雅的生活？

（一）衰败的乡村

乡村大地是中国作家的精神归宿。绝大多数中国作家都有过乡村生活的经历。对于50年代生人的张炜来说，他的童年基本上是在海边平原的一个林子里度过的，那里虽然镌刻着沉重的家族回忆，但也闪烁着美好的童年回忆。一座茅屋，茅屋旁大李子树盛开着银色、雾一样的花朵，外祖母讲述的阿雅的故事，少年时代的鹿眼女孩，温柔的音乐女教师，果园里的各种动植物……童年、故乡、野地，作者对此充满眷恋，于是化身为"宁伽"一遍遍走向故地平原，后来还创办了一个美丽的葡萄园。劳动汗水、爱情友谊、田园风光，什么都拥有了。这是一个实现梦想的地方。但是，生活不可能如此简单。

因为在现代化潮流的裹挟下，乡村在不断发生翻天覆地的变化。20世纪80年代初农村还保留着劳动的田园风光，后来随着商业化、工业化发展，农村也逐渐变得追逐经济发展、金钱至上了。这时的乡土大地上，人们引以为傲的是办起了多少厂子，农民到厂子里打工挣多少钱。人们不再关心土地、庄稼、河流、树木等融入自己生命的事物，他们关心的只是决定自己生存质量的钱财。是谁改变了中国乡村的生活方式和心态？从大处讲，是现代化历史进程。具体讲，则是中国土地上兴起的一个个企业和工厂。这是一些体现原始积累的工厂和企业。它们的主人，不是农民，而是暴富村头，或是国外资本家。它们经营的，不是高科技的绿色能源产品，而是化工厂、橡胶厂、金矿等高污染产业，以及不乏色情的旅游娱乐业。这样的工厂，就像是大地上的毒瘤，腐蚀着大地的肌肤，大地因此变得满目疮痍。

《你在高原》中的宁伽通过奔走，目睹了过去如花似玉的原野如何变成了废弃的荒原，"那些平如银镜的田垄现在坑洼遍地，到处是深浅不一的地裂；昔日清澈诗意的芦青河如今不只是浑浊，越往下游河水的颜色越深，气味浊臭，放眼望去，风景如画的平原变成一幅世界末日的景象：'造纸厂排泄出来的碱水和各种屑末覆盖了很大一片海域，富含碱性的水浪飞溅起来，简直像肥皂沫一样粘稠，堆积起来像一道道雪岭'；南部山岭上最耀眼的是一处处显赫的被淘金者炸出来的大坑，四

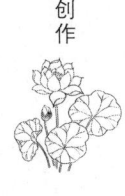

周的树木被拦腰斩断，绿色的草皮被石块和黄土翻压在下边，那些当年花了无数血汗、费尽时日垒好的石堰统统毁掉。空荡荡的平原，满目苍凉，真正的一贫如洗"。农民们失去了相依为命的土地，不得不到这些公司、集团打工，更令人痛心的是一些乡村少女被招募到这些藏污纳垢的地方，被迫或不由自主地卖身。作家真真切切地给我们"描绘了一幅幅农村衰败图、环境破坏图和底层苦难图。"①

乡村已经不是过去的乡村，充满了剥夺。这种剥夺不但表现在人们对土地的开发利用、污染破坏上，更表现在人对人的剥夺和侵害上。具体说，就是有钱有权者对贫穷者的剥夺和伤害，特别是对乡村弱势女子的伤害。张炜在《你在高原》中写到了太多乡村女性被霸占、被伤害的故事：香子母女，在三毒腿的折磨下服毒自尽；小杆成了村头老哈家的一块抹布，谁都可以拿来用一用；加友被狠毒的周子霸占，欲逃不能；生病的冉冉外出寻亲，被一群饿狼糟蹋后得了脏病；荷荷等姐妹，被那些神出鬼没的"大鸟"糟蹋后，弃置一边；那些天真的孩子，也成了公司的小耍物，迷失了自己……当土地不能耕种，当姐妹们被糟蹋时，忍无可忍的农民拿起武器自卫。他们的反抗被政府判为暴力事件，他们只能藏匿深山躲避。苦难在继续！经济在继续发展，乡村在继续衰败下去。可以说，宁伽和他的朋友们在山区平原的行走过程中，接触了无数触目惊心的底层苦难。这一切与繁荣发展的新农村局面，显得那么格格不入。可以说，这是一幅幅来自乡村底层的真实画面。

作者一边写乡村的苦难与衰败，一边在追问：我们能不能有更多的生活？葡萄园是一种生活理想，帆帆的农场是一种生活理想……但是，真正实现这种生活理想太难了。且不说劳动的艰辛（他们不怕劳动），只说周围力量的虎视眈眈，以老驼为代表的村头（或许还有独蛋老荒这样的村头）会让它安稳地存在下去吗？还有岳贞黎这样的权力者和"豪（耗）子"这样的企业家会允许一个穷人家的女儿捡这个落子吗？作者的乡村生活理想一个个破灭了，叙述者宁伽只能不断地奔走下去。在通往精神高原的路上，宁伽的任务是回忆乡村曾有的美好，记录现在

---

① 张炜炜、陈东辉：《论张炜长篇小说〈你在高原〉的底层叙述》，《聊城大学学报》2012年第3期。

的荒原景象。或许，我们的乡村会有重新焕发生机的那一天，因为毁灭和新生从来都是并存的。

（二）混乱的城市

张炜的《你在高原》是一部社会生活的百科全书，不但有丰富的动植物学知识、地质和考古学知识，而且反映社会生活的领域非常广阔，就城市生活而言，写到了政界、学术界、出版界、收藏界、医疗界、教育界等形形色色人物的生活。值得一提的是，作家的心态变得从容有度了，不再呈现出强烈的排斥感，作者可能意识到，在这个不乏混乱的城市里，怀着与各色人物打打交道的心理，周旋周旋，也是认识世界的一种方式。

城市是张炜笔下叙述者竭力逃离的地方，有人据此说张炜是城市文明的反对者。作为一个有思想的作家，张炜不可能简单地否定城市生活，他否定的是城市生活的乱相，它远离自然与人性的畸形生活方式。在张炜看来，城市生活中的各个阶层，因为不能从自然大地中得到启示，所以最终人性都处于禁锢状态，即使那些追逐欲望、放纵自我的人，他们的人性也是扭曲的。从自然人性的标准出发，张炜对城市生活万象、对社会各阶层进行了书写，他在追问着：为什么以文明著称的城市成了现在的样子？

请看政界人物，他们或者冷硬，缺少人情味；或者自甘堕落，玩弄女性。前者如梅子的父亲、庄周的父亲、白条的父亲等，后者如霍闻海、岳贞黎等人。特别是后者，他们似乎掉进了那个古老的陷阱——胜者为王的思想牢笼，为所欲为，长期霸占女性。张炜不但写到了老一辈政界人物，还写到了现在的中年官员，《鹿眼》中的高学历市长，本身不坏，在这个污浊的官场环境中，想着保持自己"一毫米的理想"，从一些人的淫欲中救出美丽的少女"小蕾"，但最后还是被体制缠磨得失去了微小得不能再微小的理想。张炜写政界人物，没有写他们的政治生活，而是把他们放到家庭、爱情等场域，写权力关系对他们人性的异化。

张炜写道，学术界也是一片混乱。真正搞研究的人并不多，而且这些为数不多的人，还遭受着权力者的打压与迫害。如面对东部大开发的决策，地质研究所的领导"瓷眼"等人，迎合上面的意图，篡改朱亚

等人秉承科学精神写出的报告，颠倒是非，支持决策，对朱亚等人进行栽赃陷害、拘禁殴打。当学术界没有了真正的科学研究精神，真正的学者朱亚、纪及等人，就只能殒命或被放逐了；而那些所谓的学者王如一、耿而直（张炜的讽语）等人，也就飞黄腾达，如同跳梁小丑一般上蹿下跳了。

出版界，也不是一片净土。特别是杂志、出版社自负盈亏后，它们不得不重新寻找生存下去的方式。在这样的背景下，以娄萌为代表的杂志社，选择了与企业联办，为企业家唱赞歌、拉赞助的方式，仿佛这样干还不够彻底，杂志社竟然干起了搞点子公司、走私汽车等勾当。还有李大睿这样的个体书商，在这个时代应运而生，一方面，李大睿懂得社会的潜规则，借助舅舅百足虫牟澜的力量，轻而易举地把黄色书刊卖向全国各地；另一方面，李大睿还有着敏锐的出版嗅觉，推出了很辣的《驳夤夜书》，让社会各界乐于读，这不能不是一种出版的"智慧"。就在这样的书刊大面积地传播市场经济的霉菌时，真正具有人文精神的杂志——宁伽等人办的《葡萄园纪事》，却被查办，以至于不能办下去，这是怎样讽刺的一个场景啊。

收藏界，也被权力与金钱浸染得失去了分寸，一些商人办起"阿蕴庄"，以收藏书画的名义，向那些喜欢舞文弄墨的高官间接行贿，高价收购其作品，并给他们提供高档娱乐。医疗界，医院追求经济利润，先交钱再看病，致使苹果孩骆明惨死医院，主治医生未被追责、安然无恙；同样这个医院，有医生因为在医疗事故中说了真话，得罪了院长，眼睛被踢瞎；医院里的韩立、海龟等医生，已经成为特殊阶层了，他们每天晚上徘徊流水宴旁，与各色大人物打着交道，享受着特权，即使犯了罪（如奸淫幼女）也安然无事。在教育界，学生出了医疗事故，教育局的领导却拼命劝说联名上书的学生，让他们息事宁人……

张炜一边写城市生活的乱相，一边进行着思考。是什么力量让文明的城市不再文明？现代化一定要以这种畸形的方式呈现出来吗？我们依靠什么力量纠正这驾飞速乱窜的火车？或许，张炜依然坚信着某种力量。这就是《你在高原》中的知识分子形象，许艮教授、研究古文字的梁先生，宁伽、纪及、吕擎这样的年轻知识分子，他们如同中流砥柱，对抗着时代的倾斜。他们是倔强的！面对着整整一个时代的倾斜，他们肩起了黑暗的闸门，希望放进来光明。他们仰望高空，向清洁、高爽的西部高原精神寄予了厚望。这或许虚渺，却代表着人类的希望。

三 奇幻的民间传说

《你在高原》是一部写实之书，作者对历史的探求、现实的追问都建立在写实的基础上。《你在高原》同时是一部奇幻之书，这不但表现在大地游走的诗意中，而且表现在民间传说和神话故事营造的意蕴中。这些传说和故事最早延伸到史前时期，如大神分封神将，氏族分化与莱夷族迁徙，以及有正史可寻的秦始皇东巡与徐福东渡，还有来自老百姓口耳相传的传说与故事，如旱魃、城堡老妖……可以看到，作者除了现实主义创作方法外，还喜欢以似真似幻的齐文化氛围，来调整整部作品的基调，使之具有了某种魔幻、传奇的色彩。

有研究民间传说的学者认为："尽管传说不是历史，严格地说，不是史学家们认定的历史，但却反映了民众的历史观念……民众并不认为传说和历史之间有什么区别……传说实际上是民间群体通过自己的方式建构起来的地方历史，却被正统的占主导地位的史学家们拒之于历史的门外。问题并不在于传说运用了夸张、虚构，是'文学'的，而是传说提供了现实生活必要的历史记忆。这才是最重要的。"[①] 张炜的《你在高原》，似乎在阐述着一个信念：民间传说与历史、现实之间并不是隔断的，它们之间有一个通道，相互贯通。作者认为，传说就是历史，它不像正史一样体现出主流意识形态的意志，而是集中体现了老百姓的生活理想和愿望。

《你在高原》中的民间传说，有的体现了老百姓对极权者的反抗，如《橡树路》中城堡老妖的故事，说的正是美丽的城堡被丑陋而可怕的老妖占据了，他无恶不作，吃人如麻，在他的淫威下，老百姓过着没有希望的生活，可爱的小仙女也要贡献给他，这促使勇士们奋起反抗，一举割下了他的脑袋，而他却不甘心，依然顶着一个石狮子，迈着沉重的步子在街头吼叫徘徊着。《海客谈瀛洲》中秦始皇东巡的故事，说的也是极权统治者的残暴，秦始皇幻想着长生不老，幻想着江山永固，为

[①] 万建中：《民间传说的虚构与真实》，《民族艺术》2005 年第 3 期。

此，制造了琅琊台一系列惨剧，但他最终也没能敌过时光的流逝，死在了东巡的路上。

《你在高原》中的民间传说，有的体现了老百姓对自然界的抗争。《鹿眼》中的旱魃，让人毛骨悚然，他"面目仓黑，长了铁硬的锈牙，身上穿了满是铜钱连缀的衣服，一活动全身哗啦啦响……这个妖怪一生下来就得了要命的口渴病，总想寻个机会大喝大吮一场，所以他到了哪里都要吸进宝贵的淡水，让大地连年干旱"。旱魃这一传说，表现的正是老百姓对自然力的恐惧。而民间流传的捉旱魃的故事，表现出了老百姓对自然界的抗争，捉住旱魃、制服这种邪恶的自然力。与旱魃同时存在的是雨神寻找鲛儿的故事，因为雨神的儿子鲛儿被旱魃囚禁了，所以白衣白裤的雨神骑着白马，挟风带雨，呼喊着孩子，这又带来了大旱之后的大涝。这一类民间传说，体现的也是老百姓的生活愿望——风调雨顺。

《你在高原》中的民间传说，有的体现了民间的灵物崇拜，如《忆阿雅》中阿雅报恩的故事，《荒原纪事》中的狐狸附体等；有的体现了老百姓眼中的"创世纪"，如《荒原纪事》中大神、乌坶王、煞神老母的故事，在讲述世界的起源时，讲述了神身上的人性，如同希腊神话中的神，这个神谱世界也充满了贪婪的欲望、报复的冲动、破坏的疯狂。

《你在高原》中大量穿插的民间传说和故事，与文本表现的历史与现实生活，形成了互文。它们相互呼应，共同构成作品的意蕴。《橡树路》中城堡老妖的传说，与生活中橡树路大宅的闹鬼、白条的堕落等，纠缠在一起；《忆阿雅》中灵异动物阿雅的传说，与"我"童年时代目睹阿雅的故事，并置在一起。《荒原纪事》中乌坶王和煞神老母的故事，与平原的现实衰败，共同说明了黑暗力量的存在。在《无边的游荡》中，一边是海边流传的大鸟传说，一边是乡村少女被蹂躏欺凌的悲惨现实。可以看到，这些文本内部，形成了交错并存的叙事结构，一个指向民间传说或故事层面，另一个指向历史或现实层面。民间故事、民间传说的大量存在，并没有弱化对尖锐现实的叙述，相反，在某种程度上让现实叙述得到了烘托和强化。

如《你在高原——荒原纪事》所写："对浩瀚的平原来说，釜底抽薪式的致命损伤必有一种更为可怕的、黑暗力量的介入……我坚信：那个古老的传说,即乌姆王和煞神老母的险恶阴谋、他们的肮脏契约,是真实存在的。"在故乡平原的衰败面前,张炜感到彻骨的寒冷和疼痛,他坚信所有的传说都不是空穴来风,它通向历史,也通向现实,它是真实的存在。

第六章　张炜小说的现代性批判主题

现代性是一个复杂的议题。有不同的现代性，有社会现代性，也有思想现代性。社会现代性指的是西方工业革命后兴起的工业社会的属性，包括科学技术的应用、生产力的提高、政治民主制度的实行等；思想现代性，指的是与现代社会相匹配的人的思想的现代追求，包括科学理性精神、人文主义精神、民主自由精神等。现代性在中国的发展并不充分，受到中国历史发展和国情的制约，可以说，在社会现代性的某些方面，它得到了发展，如科学技术的大量应用、物质生活水平的显著提高，但是，在社会现代性的重要方面（比如政治、文化），我们没能培育和发展起足够的现代性，相反却收获了专制主义、物质主义、欲望主义、技术主义的思想毒果，出现了人性、道德、信仰等方面的缺失，这就是现代性发展的偏向。

张炜的现代性批判，主要针对的是现代化进程中的思想偏向，他并不是简单地反对社会现代化进程，他反对的是现代化进程中思想文化的变异，包括对真正现代精神的背离。张炜的创作每每成为时代的纠偏力作。正如张炜所说：

> 看一个作家是否重要、有个性、有创造性，主要看这个作家与其时代构成了什么关系。是一种紧张关系吗？是独立于世的吗？比如现在，物质主义、消费主义，发泄和纵欲，是一潮流，在这个潮流中，我们的作家扮演了什么角色？是抵抗吗？是独立思考者吗？
>
> 不，许多人，包括我们自己，大量的仍然还是唱和，在自觉不自觉地推动这个潮流。

而真正的作家,优秀的作家,不可能不是反潮流的。①

第一节　欲望批判

欲望批判是现代性批判的重要方面。有学者指出:"现代性作为一种推动现代化的精神力量,具有三个层面,即感性层面、理性层面和反思—超越层面……现代性不是其中某一个层面,而是三个层面的整体结构。"在感性层面,现代性指的是"被释放出来的人类生存欲望";在理性层面,现代性包括科学精神(工具理性)和人文精神(价值理性);在反思—超越层面,现代性包括哲学现代性、审美和艺术现代性等。② 欲望批判,隶属于反思—超越层面,是对感性层面欲望的反思与超越。

中国古代社会对欲望主要持批判态度,所谓"存天理,灭人欲",主要讲的就是人的欲望与道德之间永恒的冲突。进入20世纪,西方文化涌入中国,新文化、新文学提倡个性自由与解放,而这一切是以尊重个体生命欲求(包括爱欲)为内容的。虽然在此后的民族救亡和新中国历次政治运动中,个体欲求被民族国家的欲求所压制,但是,它依然在夹缝中存在着,一待改革开放的大潮涌现,就汹涌澎湃而出。这就是80年代的中国,人的思想得到解放,人的个体欲望也得到尊重。但是,90年代以后市场化的发展,强化了人们对物质欲望的追逐,此时的欲望是脱掉了人本主义的欲望,是赤裸裸的物欲与性欲,是吞噬人性本真和道德关怀的欲望之魔。因此,有思想的作家和学者都对这样的欲望社会进行了批判。

在经历历史的轮回后,我们如何看待人类生存中必须有但又必须防的欲望呢?我们说,我们肯定那些在人类生命发展和社会发展中正当而必需的欲望,但是,对于那些以放纵和毁灭为特征的欲望,我们的态度是批判,是引导,是为它们找到一个安全的堤坝,使它不至于洪水泛滥。自古以来,纵欲亡身,而且亡国,这是一个不言自明的道理。所

---

① 张炜:《野地与行吟》,中国社会出版社2007年版,第83页。
② 杨春时:《现代性与中国文学思潮》,三联书店2009年版,第1—4页。

以，任何一个国家和社会都不会把欲望奉为圭臬。张炜曾以激愤的笔调，强烈谴责人类对欲望的崇拜："人类在19世纪和20世纪所做过的最愚蠢的事情，就是追求物质的欲望不可遏制，一再地毁坏大地。更不可饶恕的是毁坏世道人心。单纯地发展经济、一味地追求经济增长的思想，是这个世界上最愚蠢的思想。这是人类最没有出息的表现。"①

一　批判欲望横流带来的道德沉沦

弗洛伊德说过：文明的积累和发展需要对欲望进行道德监管，也就是说"本我"的欲望冲动需要道德"超我"来监管，最后让这种生命欲望的冲动转化为更高级的精神活动，这就是人类文明。可以说，弗洛伊德不主张人类放纵欲望，最后毁掉人类几千年累积起来的文化之城。中国在推进社会现代化的进程中，沿用了"以欲望刺激经济发展"的社会模式，这一模式带来的后果是：经济发展了，但道德沉沦了。因此，作为一个有着强烈道德感和忧患意识的作家，张炜不能不激愤。在90年代，他的激愤是绝不向"恶"投降，这个"恶"的身体里充溢着"欲望"的贪婪。

阅读张炜小说，我们发现：作家最不能容忍的一个人性弱点就是由追逐欲望带来的"背叛"，即"背信弃义"。张炜对"背叛"的谴责贯穿他不同时期的作品里。在80年代初的小说《怀念黑潭中的黑鱼》中，张炜写到了"背叛"，一对老夫妇因为贪图钱财而对水族的背叛，"看着这两个被荒草覆盖的坟尖，我心底泛出深深的厌恶和怜惜。这两人直到最后也难以洗掉自己的耻辱。这耻辱太大了。它不仅仅属于他们自己，多少也属于前前后后、所有在荒原上居住过的人。"在90年代的小说《柏慧》中，张炜写到了柏慧对宁伽的"背叛"，这一背叛虽属无意，但也导致了宁伽的被惩戒。在新世纪的小说《你在高原——鹿眼》中，张炜写到了邻居老骆对"我"家的"背叛"：得知"我"家即将被抄的消息，老骆"好心"地帮我们掩埋财物，但当搜查的人到来时，他却故意将其中一小部分财物暴露给前来兴师问罪的人。"我"家因此罹难，死的死，逃的逃，最后老骆获得了那些财物。老天是长眼

---

① 张炜：《你在高原——西郊》，春风文艺出版社2003年版，第573页。

的，老骆的良心一天没有安宁过，他亲生的儿子和收养的儿子"苹果孩"相继死去，老骆夫妇再也不能承受良心的重压，向归来的"我"坦白了这一切。张炜近乎固执地认为，所有的背叛都会受到良心的惩罚，都会恶有恶报。他用这些平实的故事告诉读者，一个人千万不能为了财物泯灭自己的道德良心。张炜对"背叛"的谴责是双重的，既谴责人的无边贪欲，又谴责人的背信弃义，并以背信弃义者的后果昭示世人，人千万不能背叛，即使是黄金在前。

如果说普通人因为生存之故背叛了诺言，张炜还能有所原谅的话（对柏慧、对老骆甚至对那两个可怜可恨的老人），那么，对于社会上一类赤裸裸追逐欲望的人，张炜就无法原谅了。他的批判是决绝的，他毫不犹豫地拿起笔，画出了这类欲望者的丑恶灵魂。这类欲望者往往身份显赫，或者是政治资本雄厚的大小官员，如赵炳、瓷眼、伍爷、殷弓、霍闻海、岳贞黎等，或者是经济资本雄厚的企业家或集团头领，如史东宾、唐童、金仲、苏老总，他们或有权有势，或身家上亿，但他们无一例外存在着道德污点：或占有女人、迫害知识分子，或剥削下层百姓、疯狂掠夺财富。在一些人看来，他们是"成功人士"，鲜花、掌声、赞誉纷纷抛向他们，社会宛然以他们为荣，历史宛然由他们开拓。但在张炜眼里，这些卑劣的人，不过是一些社会化动物，只要看一下他们的动物化命名就可以知道，什么"扬子鳄""河马""雄蜂""野猪""豪猪"腹藏巨蛇等，可谓个个凶猛，但就是缺少做人的良心。

在批判欲望者的作品中，《柏慧》是最富战斗精神的。在这部作品中张炜对欲望的批判冷峭犀利，不给自己和批判对象留一丝退路。〇三所和某杂志社，可以看作是中国知识界的现实缩影，就在这些知识分子成堆的地方，最肮脏、最污浊、最喧嚣的人生画面出现了。瓷眼把〇三所当成自己的蜂巢，一切由自己说了算，美丽的姑娘苏圆被他"收藏"，秉持科学真理的朱亚、宁伽被他暗地里打击、迫害，整个所里充溢着淫荡、鬼祟的氛围。杂志社女主编娄萌，善于利用自己的女性优势，赢得上级领导们的欢心，同时与社里的多毛青年马光不明不白，与小打字员争风吃醋；在这个商业化的时代，她努力增加杂志的卖点，把杂志办成了一个追捧欲望、宣传企业家的庸俗读物。总之，《柏慧》把欲望膨胀时代"知识分子"的堕落无耻表现得淋漓尽致，可以说捅破

了社会的假面，给我们描绘了一幅"欣欣向荣"的知识界图景。在《外省书》中，张炜则把批判的目光转向了企业家，时代的"骄子"——史东宾，他勾结官员、圈占土地、开发海滨，过着要风得风、要雨得雨的生活，还感到不满足，要享受所谓第一流的爱情，对师辉纠缠不休。由张炜的这些小说，我们可以看到，财富、金钱已成为这个时代无往而不胜的武器，整个时代被欲望的列车拉着飞驰。前面是什么？我们不得而知，我们只知道这种喧嚣、混乱、污浊的生活不是我们所需要的。张炜对这个时代发出了拒绝的呐喊。

二　批判欲望横流带来的人性异化

欲望是人性之一种，而人性不等同于欲望。但在社会现代化过程中，我们往往把欲望当成了全部人性，认为满足欲望是人性的唯一需求。我们知道，合理的欲望追求会让人的生活更美好，过度的欲望追求会扭曲人的本性。欲望像一柄双刃剑，对于膜拜它的人来说，它可能会伤害他，让他的生活失去幸福安宁，让其人性布满累累伤痕，这就是欲望给人带来的异化。

张炜的《能不忆蜀葵》《刺猬歌》，都写到了欲望对人性的异化。淳于阳立本是一个才华横溢、与社会流俗格格不入的画家，正是因为目睹昔日老同学、今日商业大亨老广建的生活而心生羡慕，从此搁置绘画投身商海。他四面出击，多种经营，短短时间内就赚得了数十万元；他不能割舍对妻子的爱，又不能放弃对雪聪的真爱，在矛盾中挣扎，最后商战失败、远走疗伤。淳于的悲剧源自他离开了自己的本真生活与人性，追逐一种时尚的社会生活——经商，虽然他有才能，但这样的生活对于他来说就是异化和扭曲，特别是他经商失败后批量作画的做法，更体现了债务、金钱、商业化对一个天才的最大逼迫和凌辱。他带着代表人生理想的蜀葵画远走疗伤，可以说是对这种扭曲人性的生活（包括爱情与婚姻的分离）的一种规避。《刺猬歌》中的美蒂，本是一个纯洁的刺猬之女，对爱情坚贞，对权势不慕，对苦难不惧，带着女儿独居海边荒滩，开辟了一个绿色农场，等着丈夫廖麦的归来。随着时代发展、生活越来越安逸，她的人性出现了变异，不但嗜吃淫鱼（淫欲），而且对丈夫的建议（与农场工人合作经营）不管

不顾。不但卖地唐童，而且卖身唐童，铸成大错。淳于阳立、美蒂的人性变迁，受"时风"的影响，而"时风"，就是金钱之风，就是欲望之风。

在经济快速发展的时代，人心普遍崇拜金钱，而经过金钱洗礼的心灵再也不是原来的心灵了。淳于阳立也好，美蒂也好，经过"时风"的洗礼，他们再也不能恢复过去的美好人性了。西美尔曾说，货币可以"洗心"，而"从货币的汪洋大海中流出的东西也不再带有流入的东西的特点"①。钱的力量确实很大，如果钱的力量不够，再加上其他。诸如美色，诸如扔砖头、打黑枪等。

金钱、欲望真的能让人满足，给人带来幸福吗？爱因斯坦说："金钱只能唤起自私自利之心，并且不可抗拒地会招致种种弊端。"② 汤因比也认为："在允许贪欲肆虐的社会里，前途是没有希望的。"③ 看吧，《刺猬歌》里身家百亿的唐童董事长："咱这一辈子啊，瞧瞧吧，该灭的人灭了，该发的财发了，该日的娘们儿也日了，什么都不缺了，可就是怪事儿啊——咱一闲下来还是冤得慌！委屈啊！委屈得一天到晚就想哭！"哭，并不是因为委屈，而是良心谴责，他的哪一分钱不沾有别人的血汗，安能幸福？在中国传统智慧中，"幸福主要不是财富的占有和物质的享受，而是心灵的安宁和愉快。"心安理得就是幸福，幸福与金钱、权势、美色、征服并无必然联系。征服者在春风得意之时，在情满意足之后，都承受着道德与灵魂的巨大煎熬。④ 正如美国的护林官利奥波德所言："征服者最终都将祸及自身。"⑤

阅读张炜的小说，我们会感到一种人生恐惧，这个"最伟大的时代"已经搅起了人类历史上积攒的所有沉渣，人人忙着"生存"，人人

---

① G. 西美尔：《金钱、性别、现代生活风格》，顾仁明译，学林出版社2000年版，第15页。

② 爱因斯坦：《爱因斯坦文集》第3卷，许良英、赵中立、张宣三译，商务印书馆1979年版，第37页。

③ 汤因比、池田大作：《展望21世纪》，荀春生、朱继征、陈国樑译，国际文化出版公司1984年版，第57页。

④ 任雪山：《张炜〈刺猬歌〉浓郁的生态思想》，《合肥学院学报》2007年第6期。

⑤ 奥尔多·利奥波德：《沙乡年鉴》，侯文蕙译，吉林人民出版社1979年版，第194页。

忙着赚钱，人人忙着吞食与排泄。没人去想明天，没人去想这个"最伟大时代"的将来。这个时代，是怎样一个时代呢？这个时代，最坏的人如鱼得水，欺凌弱小，却把自己打扮成社会的中坚力量；这个时代，老百姓追着潮流走，最后迷失在现代化的浪潮中；这个时代，底层的人四处流浪、打工挣钱，依然不能摆脱被侮辱被伤害的命运。张炜清楚地看到了经济发展背后的黑暗面，欲望不可能推动社会的良性发展，它只能让社会更快地向着黑暗的深渊滑去。

第二节 生态批判

广义的生态批判包括对现代工业文明造成的人与自然、人与社会、人与自我等一系列扭曲关系的批判。本节论述的生态批判，单指人与自然的关系而言。人与自然的关系，本是和谐共生的关系。马克思说过："人本身是自然界的产物，是在自己所处的环境中并且和这个环境一起发展起来的。"[①] 说的即是人与自然界生死与共、共生共荣。但在进入现代工业社会后，人类中心主义思想无往而不胜，人成了至高无上的"上帝"，自然成了任意剥夺和享用的"资源"，这意味着在现代工业社会里，人与自然的关系发生了根本性的扭曲。

面对工业化进程所导致的环境污染——大气污染、水体污染、土壤污染等，面对人类生存家园的丧失，面对人类生活质量的恶化，面对人性的扭曲异化……一些作家开始从生态角度对社会现代性进行批判。他们的作品被称为生态文学、环境文学、自然写作等。张炜虽然不认可人们将他的作品称为环境文学或生态文学，但他的小说具有鲜明的生态意识是毋庸置疑的。这不但表现在他内心深处对自然界生命的挚爱上，表现在对人与自然和谐关系的期盼上，同时也表现在他对人类破坏自然环境恶行的谴责上，表现在对人类无边贪欲所引发的灾难的警示上。可以说，张炜的小说既表达了一种动人的、充满诗意的生态理想，又表达了一种迫在眉睫的生态忧思。

---

① 恩格斯：《反杜林论》，《马克思恩格斯选集》第 3 卷，人民出版社 1995 年版。

一 生态理想

张炜的生态理想是人与自然的和谐，是所有生命"诗意地栖居在大地上"。"自然"在此是一个广义的概念，不是指外在于人的单一的自然环境，而是包含着所有生命——动物、植物、人类等在内的巨大的生命有机体。张炜本人也反对狭隘地理解"大自然"这个概念，他说"我觉得作家天生就是一些与自然保持紧密联系的人……我反对很狭窄地去理解'大自然'这个概念。当你的感觉与之接通的时刻，首先出现在心扉的总会是广阔的原野丛林、是未加雕饰的群山、是海洋及海岸上一望无际的灌木和野花。绿色永久地安慰着我们，我们也模模糊糊地知道：哪里树木葱茏，哪里就更有希望、就有幸福。连一些动物也汇集到那里，在其间藏身和繁衍。任何动物都不能脱离一种自然背景而独立存在，它们与大自然深深地交融铸合。"① 这种生命与自然的"交融铸合"，就是万物的统一，就是生命最美好的生存状态——绿色代表希望与慰藉，大自然与生命深深地融为一体。

在张炜笔下，写得最多、最有神采的是"自然"的美丽：大地的苍茫绿色——绿油油的庄稼、青生生的树木、疯长的葛草茂藤等；各种可爱的动物——庄稼人常养的狗、充满灵性的神秘动物阿雅、野地丛林里的刺猬等；还有与动植物亲密相处的人类朋友——孤独的少年、土地上的流浪者等社会边缘人，他们的心紧贴着身边的动物朋友，有的流浪者在流浪时抱着的是一只鸡，牵着的是一头小猪。可以说，他们（动物、植物、人）是一个大家庭，是一个生命共同体。

在张炜笔下，大自然不再是人类从中取得生活资料的"资源"，而成了人类安放自己灵魂的精神家园。张炜写作的意义似乎是为了呈现大地的朴实、朴素、充满生机。他对脚下的土地、河流、村庄充满挚爱，对那些朴实的生命形态——既包括动植物也包括劳动者，充满热爱和感激。他的笔触敏感而阔达，他能体会到一棵树、一朵花的心情，也能感受到生活的弱者、那些劳动者的心思。那些贫穷而无助的劳动者在张炜笔下，无一例外地呈现出泥土般的颜色，他们无一例外是羞涩、内向

---

① 张炜：《绿色遥思》，张炜：《绿色遥思》，文汇出版社2005年版，第102页。

的，无一例外是诚挚、乐于助人的，无一例外承受着自然的风雨、社会的风雨。张炜笔下的大自然包含着"人"，而不是只有"人"，人与自然和谐共存、相互珍爱。

张炜爱大千世界，爱自然界的所有生命，不管是枝叶繁茂的百年大树，还是一个埋藏在雪中的果子，甚至是一棵孤零零的花朵，他都把自己的爱呈现给它们。他衷心地认为，它们是神赐予的宝物，他端详它们，像端详人的生命一般认真。张炜在一篇散文中写到了小石桥边的一株曼陀罗花："壮硕繁茂，大朵的白花在黑夜里闪闪生辉……浓绿绿乌油油的叶片，粗而亮的茎秆，一切都大得旺得惊人……后来月亮出来了，我嗅到了一朵朵白花播散出的神秘的香味——我想月光如果有气味，也该是这样的。"每一次散步，"我"都像会见一个老朋友般，怀着期待的心情与曼陀罗花相见，直到深秋，树叶纷纷落下，它依然白花耀目。一天晚上，它不见了，异常空旷的土地上，可以看到它被刨过，枝叶花朵全散在地上，"我小路上的一个挚友，永久地消失了"①。看到这里，笔者禁不住像失去一位老友般伤怀感叹。如此动人的描述还出现在小说《远河远山》中，护林人家的四周"是林子，松林中间有槐林、柞木和小叶青灌木，有浓旺得令人惊叹的紫穗槐。蝈蝈叫得比鸟儿还要响亮，大麦草上总凝着一只蜻蜓———这地方好得让人心里发颤"。这些美丽而神奇的生命，被张炜捕捉到了它们动人的光彩。这不是神性写作是什么？在笔者看来，真正的神性写作并不是写宗教题材，而是写生命最初的光彩，让人心中一动的那个时刻的神秘芳香与气韵。

张炜爱护动物："我差不多喜欢所有动物……那些小动物可以引发我的柔情，使我感到另一种安慰。"他还说："我觉得对待小动物们的情感跟对待生活中的美好事物是一致的。我不相信无缘无故伤害动物的人会有一颗善良的心。"他的小说喜欢以狗、马、刺猬等为描写对象。《梦中苦辩》为狗争生存的权利，《我的田园》中的斑虎、《蘑菇七种》中的宝物，都是雄赳赳气昂昂、无比懂事忠诚的狗。《古船》《家族》中的马是家族生命力的象征，《九月寓言》中的赶鹦最后化成了红色马驹驰骋于原野。《刺猬歌》中的美蒂是刺猬精的女儿，身上遍布金色的

---

① 张炜：《失去的朋友》，《批评与灵性》，文汇出版社2005年版，第156页。

绒毛，小刺猬们在美蒂与廖麦成亲的时刻排成一排唱着喜歌。《忆阿雅》中的阿雅是传说中的灵性动物，不远千里为主人叼来金粒，那么忠诚、那么信守诺言；同样的动物还有花鹿，林中的花鹿有一双美丽的鹿眼，"我"爱它，生活中的小女孩菲菲也有一双美丽的鹿眼，"我"喜欢她，可她们最后都被黑暗的力量吞噬了……

张炜的生命、生活、思想与自然同在。他最喜欢的是化身为田野中的一棵树。他最喜欢拥有的是一座葡萄园，里面有老人、少女，还有一条懂事又威武的狗，园子紧邻大海、果园，可以时时听到大海的涛声，闻到果园的花香。张炜还喜欢拥有一个农场，种着长有大刀般叶片的玉米。这是张炜的生活理想。在这个生活理想里，人、动物、植物和谐相处、亲如一家。"生态世界中其他元素——动物、植物的生命和感情并不比人类低贱，它们的杂语一直以来与人类目空一切的独语抗衡。只不过在以人类为中心的世界里，它们的独语人类无从得知而已。"张炜的创作正是对这个平等而美好的生命世界的聆听与表达。

二 生态忧思

有爱才有忧。如同其挚爱，张炜的忧思同样深远悠长。他忧思着人类的生存处境，当人类以唯我独尊的姿态伤害、灭绝了同生共荣的动植物时，人类是不是成了天地间的独夫？他忧虑着人类对自然的暴力开发污染、破坏了生存环境，人类是不是已经陷入了自掘坟墓的怪圈？他耿耿不安着人类对自然的掠夺和占有，是不是离自然的惩罚也不远了？张炜的忧思绝不是空穴来风，而是一个严肃作家在事实和真相面前的忧虑和沉思。

《三想》是一篇对人与自然关系进行全面反省的小说。小说的潜在背景是四五十年代的滥砍滥伐以及对野生动物的大肆捕杀，对于自然界生命来说，这是一种暴力的伤害，但它在当时是无法发声的。过了几十年，当这里因成为军事管制区而回复原生状态时，一个奇怪的城里人，孤身一人来到山中沉思默想，静静体味大自然的瑰丽生机和神秘律动。就在同时，一匹叫嗨嗨的母狼，也对着倾盆大雨，回顾着自己家族的历史，对人类曾经的暴行发出了悲痛的呼喊；一棵白果树，历经沧桑，也忍不住摇头叹息。在此，张炜以三个平等生命——一个人、一只母狼、

一棵白果树为叙事主人公,全面反省了人与自然的关系,表达了重建人与自然正常关系的渴望。作家强烈呼唤着现代人的生态觉醒。

在张炜的《九月寓言》《柏慧》《外省书》《刺猬歌》以及《你在高原——荒原纪事》等作品中,我们可以看到,工业化如何一步步毁灭了一个如花似玉、"五谷为之着色"的原野,使之成了一个遍布地裂与水坑、污水横流、臭气弥漫的人间荒原。大家都知道东部大开发会破坏环境,可它还是在朱亚等人的反对声中上马了;在瓷眼以及若干瓷眼类人的带领下,海边化工厂出现了,清澈的河流成了臭气熏天的污水沟,树林大片被砍伐,自然生态系统遭到严重破坏,那些以土为生的人只好流落他乡谋取生路。在张炜眼里,经济发展了,社会进步了,可它是以大自然的受侵害、田园的被毁坏为代价的。当心爱的大自然遭到日益严重的侵犯和践踏时,张炜像当年的鲁迅一样,痛心疾首地喊出了"救救平原"的呼喊,"谁来救救我的平原我的河流?毁灭真的是唯一的选择吗?"[①]

张炜反复表达着一个思想,那就是人对自然界的占有和破坏,正在毁灭人类生存的根基。当土地、水、空气,还有人心,都被污染时,我们这些自命为天之灵长的动物,又将如何生存?请看人对自然界的步步紧逼:商场大鳄正在登陆海边的土地,天童集团正在用轰隆隆的挖掘机圈占土地,大鸟集团正在开发那些过去的不毛之地(一个个岛屿)……这不正是一场场野蛮侵略和占有吗?打着为人类造福的幌子,人对自然的开发与利用,已经响彻了每一片天空与土地,这是一场生命的围剿,这是一场以欲望作为推动剂的全面占领。人类被迫失去了生存的家园,末世的狂欢遮挡不住老百姓生存的悲愤忧戚。作为一个作家,张炜无法改变这一切,他只能用笔记录下这一场场围剿,他寄希望于遥远的未来,当善的力量恢复并重来之时,记忆的底本上会留下"旧时景物"的影子——那曾经如花似玉的大自然的身影。

张炜认为,在人与自然的关系上,人应该保持起码的敬畏之心。"人直接就是自然的稚童。无论他愿不愿意,也只是一个稚童而已。对自己与自然的关系稍有觉悟者,就会对大自然有些莫名的敬畏。人的所

[①] 张艳梅:《张炜的自然与家园忧患》,《渤海大学学报》2010年版第5期。

有社会活动，都是处于自然的背景之下、前提之下。这是我们不能忘记的。"① 当人失去对自然的敬畏后，人将听任欲望的掌控，成为世界上最可怜的"霸主"。人类的所有努力，无不是在为自己挖掘坟墓，最后遭到的必将是自然的惩戒。在《你在高原——荒原纪事》中，我们可以清楚地看到人类离毁灭的边缘已经越来越近。在这最后的钟声即将敲响的时刻，人类还在疯狂地剥夺和占有着自然资源。张炜写到"蚬子湾"：过去的蚬子湾美丽无比，如今的蚬子湾，人们正疯狂地用机械船、机械手刮着海底，把蚬子不分大小地捕捞上来，有时甚至是指甲大小的蚬子也不放过。结果呢？一个年轻渔人被超负荷劳动的牛抵死了，留下一个老人和他的女儿，反思着人的无边贪欲如何毁灭了人自身。年轻的人们没有觉悟，还在继续着同样的劳作。世界像一个疯狂的轮子，已经难以停转了。在"疯迷的海蜇"中，张炜写到，海蜇赴死般拥上岸来，好像是人类难得的幸事，人们疯狂地涌向沙堡岛，捕捞海蜇，他们根本无暇顾及这是福还是祸。他们不分昼夜地干着，工头挣钱挣红了眼，被雇的工人因为极度疲倦发生了胳膊被机器割掉的悲剧；另一帮人涌来抢海蜇了，双方发生了械斗，死伤无数。在物质利益面前，人已经失去了理性，等待他们的将是可怕的结局。

人类之所以为所欲为，是因为失去了对自然的敬畏。在《秋天里的思索》一文中，张炜说：当代文学除了没有对神、对大自然的敬畏，还缺少与大自然中其他生灵的联系。好像这个时期的人是真正的孤家寡人，是天地之间的独夫。张炜认为，享有自然的护佑、感受自然的美好是人幸福的源泉，幸福来自对自然的敬畏之心。人如果没有对自然的敬畏，不知餍足地追求物质生活的满足，就会隔断与自然的联系，将把自己置于一个封闭而颠顶的位置。当人被欲望迷住眼睛，对自然进行疯狂的掠夺和破坏时，他也必将遭到自然的惩罚，这是一条铁的法则。

第三节 技术批判

现代社会的一个重要标志是科学理性。中国社会对科学的信仰在五

---

① 张炜：《秋天里的思索》，《环境教育》2008年第8期。

四时代初步形成，20世纪80年代后逐渐形成了"科学技术"（并非科学）崇拜，"科学技术是第一生产力"深入人心。毋庸置疑，科学技术极大地提高了人们的物质生活水平，推动了社会发展，问题是，当整个社会以科学技术为中心价值观念时，是不是陷入了一个思想的误区？人类发展科学技术的最终目的是什么？它能不能带给人终极幸福？

正如原子弹的发现本来是为了造福人类，结果却带来了成千上万生命的毁灭。科学技术并不能给人带来终极幸福。许多科学家、人文知识分子都意识到了这一点。在《悼念玛丽·居里》中，爱因斯坦并没有评价居里夫人的科学功绩，而是由衷地赞美了她的品德："居里夫人的品德力量和热忱，哪怕只有一小部分存在于欧洲的知识分子中间，欧洲就会面临一个比较光明的未来。"科学家一定要具备相应的伦理高度，只有这样，才能保证人类伟大的科学发现用得恰到好处。否则，它对于人类就是一场灾难。

西方一些学者对科学技术的批判上升到了理论的高度。这就是以马尔库塞和哈贝马斯为代表的法兰克福学派。这两位思想家对发达工业社会，特别是现代科学技术展开了猛烈批判。马尔库塞认为，在当代工业社会里，科学技术成为决定一切的因素，它取代传统政治手段成为一种新的社会控制形式。哈贝马斯认为，科学技术不仅成为第一位生产力，而且已经成为社会意识形态。[①] 文学家和批评家未必会读这方面的理论书籍，但他一定能够从生活出发，从周围的社会现实出发，自然而然地洞悉这一秘密：技术已成为一种意识形态，在技术—意识形态的包围中，人类将失去对自我的认知，成为一个"单向度的人"；技术主义发展的偏至带给文明的，将是毁灭。

一　科学技术对人精神的危害

科学技术是人的创造物，不是自然之物。无限迷恋科学技术，将会让人与真实的生活相隔离，生活在一个虚幻的、人造的空间中。面对电视、电脑、网络等科学技术产品，张炜不乏忧虑，他担心人们远离了自

---

① 张春艳、郭岩峰、郑丽果：《马尔库塞和哈贝马斯科学技术批判思想比较》，《哈尔滨学院学报》2007年第5期。

然，远离了山河大地，陷入一个虚幻的世界不能自拔。正是出于科学技术危害人类精神世界的忧虑，张炜在生活中反对科学技术的过度应用。如他本人就近乎执拗地坚持写作的手写形式，他说：写作是一种耕作，是笔耕，而不是在电脑屏幕上拆卸和组合闪光的字块。当用纸与笔写作时，他说有一种力透纸背的感觉，有感情、有力度渗透到文字和纸张中。① 张炜在此用了一个比方，手写就像是手擀面，它的味道必然与机器面不同。

在小说《外省书》中，张炜借史珂之口，对史铭所谓"人类通过科学技术实现自我解放"的观念进行了反驳，在史珂看来，"天上的星空，心中的道德律"是人类永恒的准则，科学技术说到底不过是一种手段，一种并不高明的手段而已。而过于迷恋这种手段，甚至将它作为人类发展的终极价值，必然导致人的精神异化。为了远避科技对人精神的危害，史珂不看电视，不打电话，不吃洋餐，不做时髦之事，住在海边的小木屋里，进行着耕读和写作。在《刺猬歌》中，廖麦过的也是一种晴耕雨读的朴素生活。张炜认为，保持传统的生活方式，拒绝现代化的、洋化的生活方式，才能更好地拥有对事物的判断力和思考力。

在《你在高原——鹿眼》中，张炜借书中人物场医的电子"魔窟"，描绘了一个沉浸在电子世界里的"人"的迷失。场医迷信科学技术，他的家中摆满了各种电子产品，他号称拥有世界上海量的电子信息，宁伽靠近一看，发现"前边的一块银幕上出现了图像，它们变幻抖动，内容乱七八糟，而且切换得很快。我相信这是用图像堆砌的梦呓，是藏在无数角落里的幽灵集合起来的狂舞，它们在放肆叫嚣"。这个电子魔窟囚禁了场医的精神生命，最后他服务于商业化集团，真正成为商业时代的一个"电子产品"。他有个体的独特性、敏感性吗？我们看到的只是一个电子产品而已。这部小说中那些沉溺于电子游戏、录像厅、酒吧里的孩子，更是科学技术无序发展的"牺牲品"。天真的孩子们在接触这些乱七八糟的电子游戏、录像后，心灵的痛苦、迷乱无可救药，最后死的死、疯的疯。人类美丽的花朵没有在自然、真实的环境中

---

① 张炜：《世界和你的角落——在苏州大学"小说家讲坛"上的讲演》，《当代作家评论》2002年第3期。

绽放，却在科技洪流的冲击下迅速凋零萎谢了。张炜对此有一种锥心之痛。

二 科学技术对人类文明的威胁

科学技术既提高了人类的生产力，又隐藏着社会发展的隐患。早在《古船》中，张炜就写到地质勘查队遗失了放射性铅筒，洼狸镇一片恐慌，隋不召恐惧地向乡民喊道："从今天起时刻提防吧！从今天起，镇上人得了怪病、生出古怪小孩儿来，都不要惊慌！千万要明白，毛病出在那个米籽大的东西上，它藏在铅筒里，如今就不出声地趴在镇上的哪个边边角角。"放射性铅筒对人的威胁实际上隐喻现代科技对人类的威胁，它给人永远的震慑。在《你在高原——无边的游荡》中，张炜发展了这一观点：当科技的发展冲垮了人类道德的堤坝时，人类面临着的将是人性的堕落、精神的荒芜，甚至文明的消亡。"这个世界有一天醒来会突然发现，人们长达几代几十代的时间建立起来的堤坝已经完全崩溃，伦理准则将不复存在……对于具体生命而言，却是一种创造力的戕害，是个性的泯灭和丧失，是过分放纵和轻浮引起的空前危机，最后是——对人性进一步失去信任感，精神进入普遍的荒芜和颓废。"[①]

在当代，科技与权力的结合产生了技术霸权主义，技术霸权主义认为，科技无所不能，科技是决定社会发展的根本力量。法兰克福学派认为，在科学技术成为晚期资本主义社会意识形态，抑或新的控制力量的时代，人征服自然的力量加强了，人对人的统治也强化了。张炜近年的小说《刺猬歌》《你在高原》，描绘的正是这样的社会现实，技术霸权进一步强化了人对人的剥削和统治。科技的发展进步，与资本的积累同步，与底层民众生存现实的恶化同步。张炜认为，科学技术的积累如果不与道德的积累同步的话，人类的文明将面临毁灭的前景。

张炜指出："现代科技的发展有一个积累和突破的过程：这个过程终于有一天突破了一个度，伤及人性的朴素和自然的属性，而且难以换回。这将是当代人类诸多难题和困境、导致未来灾难的总根源。"[②] "从

[①] 张炜：《你在高原——无边的游荡》，作家出版社2010年版，第96页。
[②] 张炜：《葡萄园畅谈录》，作家出版社1996年版，第301页。

某种意义上来看，片面追求全球性的现代化只能是一场使这个世界加速毁灭的疯狂的欲望行动。""物质的贪欲从来没有止境，历史的经验一再告诉我们：这种欲望必会引发和呼唤出更大的毁灭的力量，把几代人辛苦积存的财富打扫一空，让人类一次又一次从贫穷如洗的零开始。更加危险的是，这种欲望会彻底伤及人类的存在。"[1]

第四节 城市批判

伴随中国城市化飞速发展的，是一系列社会问题和环境问题：雾霾笼罩，交通拥堵，安全感缺乏，政府公信力减弱，贫富两极分化……然而，当代文学对城市化带来的一系列问题，却一直缺乏有效的阐释和书写。我们虽不期望文学承担起解决现实问题的责任，但我们期望它能延续文学曾有的城市批判主题，对城市化进程中产生的人性、人伦、环境等问题予以有效阐释和言说。张炜虽然没有写出纯粹意义上的城市小说，但城市是他小说中重要的叙事空间这一点无可怀疑。张炜对城市的批判是其现代性批判的重要组成部分，他主要批判了城市文明对自然精神的背离，对人性的扭曲；对无法表现存在本真的后现代文化，张炜亦表达了自身的批判立场。

一 现代文学中的城市批判主题

中国现代城市化进程始于 20 世纪初期，到 20 世纪 30 年代初具规模，当时的上海已成为一个国际闻名的大都市。但由于政治纷争、战争等原因，城市化进展较慢。不过，我们依然可以感觉到它从东南沿海向内陆乡村的缓缓推动。与此同时，文学对中国现代城市生活、城市文化进行了表现：海派作家（刘呐鸥、穆时英、施蛰存）对光怪陆离的都市生活做出了不乏迷恋的书写；还有一些作家从城市文明批判的视角进行了探究，如老舍通过《骆驼祥子》批判了城市中被金钱腐蚀的道德人伦关系，沈从文通过《绅士的太太》《八骏图》等为城市上层人画像，批判人性的虚伪、堕落、压抑，张爱玲通过《金锁记》批判了金

---

[1] 王光东：《张炜王光东对话录》，苏州大学出版社 2003 年版，第 43 页。

钱对人伦与人性的双重腐蚀……他们似乎普遍关注城市文明病问题。

新中国成立后，城市化进展更加缓慢，"频繁的政治运动使得城市生活完全政治化，丰富复杂的城市生活被整齐划一的政治生活所取代，城市生活的丰富性、复杂性不复存在"①。有关城市生活的作品主要表现了拒绝资本主义城市生活腐蚀、诱惑的主题，如萧也牧的小说《我们夫妇之间》、沈西蒙等人的话剧《霓虹灯下的哨兵》。80年代的改革开放尤其是90年代市场经济的兴起，使中国的城市化进程加速发展，1990年，中国城市只有467个，1999年则达到668个，而全国城市人口则从1990年的11825万增加到1999年的2.3亿。②然而，"城市文学依然很不充分，作家的视野中并没有深刻和开放的城市精神，文学作品没有找到表现更具有活力的城市生活状况的方式。城市文学依然是一种无法解放和现身的'他者'，并且被无限期延搁于主体的历史之侧。"③在这一时期的文学中，我们可以看到改革文学（如《乔厂长上任记》《沉重的翅膀》）中的城市，但这主要是社会变革意义上的城市；可以看到市井小说（如《那五》《烟壶》《美食家》《小贩世家》）中的城市，但这主要是风俗文化层面的城市；还可以看到新生代作家（如韩东、朱文、邱华栋、何顿、海岩以及更为年轻的卫慧、棉棉等）作品中的城市，但这主要是欲望层面的城市……城市生活的多样性、城市精神的深刻性在这些作品中是缺乏的，更鲜有对城市文明进行深刻批判的作品。

张炜对城市文明的态度是复杂的。80年代初期他主要表达了对城市文明的赞赏、渴望，这在他早期的一些小说中表现得很明显，《声音》中的小罗锅代表的是知识文化，二兰子对他充满渴慕；《山楂林》中的莫凡代表的也是知识与文化，是从城市来到山林的现代文明传播者。当然也有小说（如《黄沙》）表达了对城市中机关格式化生活和城市庸俗生活方式的批评，但80年代张炜对现代化、对城市文明的整体态度，应该是肯定的。90年代张炜主要表达了对城市生活的拒绝，因

---

① 蒋述卓、王斌：《城市与文学关系初探》，《广东社会科学》2001年第1期。
② 薛小和：《城市化道路怎么走?》，《经济日报》2000年5月19日。
③ 陈晓明：《城市文学：无法现身的"他者"》，《文艺研究》2006年第1期。

为城市并不是一个喜欢自然的人久居的地方，它的拥挤的人群、污浊的空气、林立的高楼等，都给人压抑之感，所以张炜90年代小说中的主人公从城市一步步退却到了乡村，葡萄园成了他们的安身之地、休憩之所。新世纪张炜心态趋于平和，对城市与乡村的态度不再非此即彼，实际上他早就知道乡村并非净土，只不过因为恋着那片绿色，所以他不断写到"我的田园""我"的故乡的小茅屋和大李子花树。这一时期的张炜虽然仍恋着乡村大地，但小说中的主人公开始从乡村走向城市，如《远河远山》中的少年、《丑行或浪漫》中的刘蜜蜡，《你在高原》中的宁伽对城市的态度也不再义愤填膺，与城市各色人等打交道时竟然习得了柔的战术。总之，张炜对城市文明的态度并不是偏激的，更不是一成不变的。他对城市文明的批判，既有睿智的洞察，又有理解的宽容，总体而言是理性的。

二 违背自然、扭曲人性的城市环境

正如芒福德（Lewis Mumford）所说："先古城市最初只是在坚强、统一、自为的领导之下的一种人力集中，它是一种工具，主要用以统治人和控制自然。"① 也就是说，城市之所以出现，正是出于统治人群和控制自然的目的。或许正是由于这个原因，城市成了权力集中之地，成了远离自然威胁同时又远离自然美景的人造场所。西方的现代城市化进程开始较早，大约从19世纪就已开始，同时又及时汲取了环境保护和建设的思想，所以西方的城市是绿色的城市，是保留了古老传统的城市，是自然与人文环境都比较优雅的城市。但中国的城市化发展，与之相比，就有许多问题。张炜在《城市与现代疾患》一文中，特别写到了中国城市的设计出了问题。他说：在中国的城市里，到处是水泥铺地，到处是玻璃、瓷砖装饰的庞然大物，缺少绿色，缺少人文诗意，城市因此成为不适宜居住的地方。其根本原因在于城市的设计出了问题。也就是说，在中国，城市的设计者是一些粗鲁之人，他们用野蛮的命令指挥和建造城市，所以出现了粗陋的城市景观。张炜认为，城市如果交

---

① 刘易斯·芒福德：《城市发展史：起源、演变和前景》，宋俊岭、倪文彦译，中国建筑工业出版社2004年版，第101页。

给富有人文情思的知识分子——文弱书生来设计，他们就会用他们纤细的文心来营造一个具有自然美和历史美的美好环境。由此文，我们可以看出，张炜不是一般地反对城市化，他反对的是城市的无序发展，反对的是城市建设中人文情思的缺失。

张炜本人渴望离开这个充斥着噪音与污染的城市，到安静的地方（也就是远离人群的乡村山野）读书、写作。"城市是一片被肆意修饰过的野地，我最终将告别它。我想寻找一个原来，一个真实……市声如潮，淹没了一切，我想浮出来看一眼原野、山峦，看一眼丛林、青纱帐"，于是他走出了这片充斥着市声的所在，走向了生命力充溢的荒野大地。在散文《山水情结》中，张炜回忆了自己从拥挤的城市逃出后，追随山水、一路走来的经历：他先是在山中搭帐篷住，后来在山屋、三线老屋里生活写作，然后一路向东，小城里的小屋、水潭边的住所、海岛上的海草屋等都成为他心爱的暂住之地……张炜一步步远离了城市，走向海边，走向童年生活过的海滩平原松林，直到在万亩松林中建造了万松浦书院。这里面有张炜对城市的拒绝和对乡村自然的向往，蓝天白云、山清水秀，应是人类最美的居住环境吧，这是人类永远的山水情结。

张炜对城市的批判一是针对城市对自然环境的背离，二是针对城市对人性的扭曲。张炜说："城市真像是前线，是挣扎之地，苦斗之地，是随时都能遭遇什么的不测之地。人类的大多数恐惧都集中在城市里。"[1] 在张炜眼里，城市是权力的集中之地，是野蛮、粗暴等力量集中的地方，虽然它号称文明，但在知识、文明的背后，隐藏着的却是人性的堕落和扭曲。张炜在小说中不断写到城市的喧嚣和污浊，人性的堕落、欲望的放纵，似乎在城市中随处可见。城市，是瓷眼、柏老等伪权威的盘踞之地，是他们压迫摧残知识分子的地方，是一些趋炎附势之人苟且喘息的地方（见《柏慧》《家族》）。城市，是橡树路上的胜利者炫耀自己胜利和权力的地方，是他们的后代子孙为色鬼淫魔折磨并最后沉沦的地方，也是一些有良心的人不甘沉沦最后逃离的地方（见《你在高原——橡树路》）。

---

[1] 张炜：《你在高原——西郊》，春风文艺出版社2003年版，第570页。

张炜还写到了城市与现代疾患之间的关系，他认为城市生活中的人更容易患精神方面的疾病，因为城市生活阻塞了人与自然交流的通道。城市"把泥土的气息与人隔离开来，把各种植物从泥土中萌发、成长和成熟的过程遮掩起来，不让其看到溪水和河流在土地上流动，看不到风卷麦浪、小鸟等动物欢蹦乱跳……对他来讲，这是一种根本性的惩罚，是一次不可弥补的削弱，会抽掉人的筋脉一样抽掉了他的健康。那时候，一个现代人所需要的所有聪慧、灵活、无与伦比的想象能力，都将受到损害。"（《龙口手记》）张炜小说中的庄周，因为城市生活的压抑（包括80年代"严打"的残酷），精神上陷入焦虑，最后放弃优越的社会生活、放弃父母妻儿，远离城市，成了一个真正的流浪汉。还有酿酒工程师武早，也不能适应城市生活的混乱，特别是妻子对男性的放荡性格，精神陷入癫狂，最后逃到大山荒野中疗伤。

张炜小说中的主人公大都是城市生活的逃离者。他们不能适应城市生活，一次次返回乡村大地，汲取精神的力量。《柏慧》中的宁伽逃离了城市，逃到海边的葡萄园坚守着精神的阵地。《外省书》中的史珂从首都逃到省城，再从省城逃到海边木屋。《你在高原》里的宁伽、庄周、李擎等，一次次从城市走向平原、山地。《怀念与追记》中的主人公宁伽曾说："在一座被各种欲望煎磨得越来越烫、眼看就要熔化成一滩泥水的城市里，我的心却变得越来越凉。"逃离城市是张炜小说中主人公的主动选择，他们是大地之子，他们必然从大地中寻找精神归宿。

三 怪异扭曲的后现代艺术

张炜对城市文明结出的"恶之花"——后现代艺术充满怀疑。在张炜看来，一些后现代艺术是对西方艺术的拙劣模仿，它矫揉造作，远离中国文化传统，是一个怪异的舶来品。就是这样的舶来品，却受到一些人的追捧。在《能不忆蜀葵》中，鱼山大侠身背大刀的画画表演类似一场艺术的作秀，却受到欢迎；"粪加豆等于奋斗"的后现代绘画，直接表现了城市文明的颓废和了无生机，却被认为是时尚的高雅艺术。在《忆阿雅》中，林藜姨妈极力称赞的"一个突如其来的天才，一个真正的先锋人物，一种最现代的发音器官"，所写的诗就是"狗眼里伸出一根蓝色的火棍，把主人的裤子灼了一个洞""母亲一天夜里接连生

下了三只绿色的青蛙""握手时,我看见他每只手上都有五个吸盘",这样怪异的语言与艺术,却被评论家大加赞赏……这些后现代艺术恐怕只能诞生在极度扭曲、混乱、找不到真实的城市生活中。

与这些相反,张炜更心仪的是诞生了民间文学的乡村大地。在写到乡村生活时,张炜虽然使用了虚幻的手法,虽然加入了荒诞的风味,却显得格外真实。因为它是来自大地的艺术,它有着深厚的民间文化土壤。如张炜在《九月寓言》中写到的死后"恋村""龙眼妈"喝了农药后不死反去了病根等故事,都具有民间生活的真实。在《你在高原》中,张炜写到的魂魄收集者三先生,有关乌姆王、煞神老母、憨螈等传说,都具有逼人的真实性和生动性。这些带有前现代文化特点的民间传说与故事,与诞生于城市里的后现代艺术一比,愈发现出后者背离了存在的本真。当远离了存在的本真,后现代艺术便只能成为怪异、扭曲的城市生活的反映。

张炜说:"从某种意义上来看,片面追求全球性的现代化只能是一场使我们这个世界加速毁灭的疯狂的欲望行动。我们反对现存的'现代性'内容,是因为我们要追求人类生存的真正智慧,遏制追逐财富的无限欲望,引导人类的理性思维,以抵达物质与精神、人类与自然的和谐幸福。"[①] 张炜对现代性的批判是建立在希望基础上的批判,他希望人类能正确认识现代化历史进程,采取有效的措施遏制现代化进程中的弊端,最后达到人与自然、城市与乡村、物质与精神等方面的和谐发展。

---

① 张炜、王光东:《张炜王光东对话录》,苏州大学出版社2003年版,第43页。

第七章　张炜小说中的人物形象

张炜小说中的人物十分独特，带有鲜明的张氏印记，是张炜思想人格和审美情感的形象载体。有研究者以神话原型理论，对张炜笔下的人物谱系进行了归纳，认为存在三种人物原型——英雄族、穷人族、魔鬼族。[①] 这种分类不但抓住了张炜小说中人物的基本特征，而且洞察到了张炜小说背后的意图——价值观的重建，"张炜的神话谱系正是一种要在礼崩乐坏的混乱世界里重建价值体系的工作。他很可能意识到，这种重建如果不从绝对的、先天的原点出发，那就无法从根本上确立主体，最终必将再度堕入黑暗。"

从神话原型理论对张炜小说人物的分析，影响了众多研究者，研究一直未能脱离以上分类框架。有研究者认为张炜笔下的人物——家族成员、好人、坏人是扁形人物，进而把作家塑造人物的方法归纳为"圣洁化"与"妖魔化"[②]；也有研究者真正进入了文本，虽然依然是穷人族、魔鬼族、大地型人物的分类，但文章抓住了这些人物身上生机勃勃的生命力特点，对他们充满赞叹和理解，这样的研究是以文本为依据的，真正从审美的眼光对人物进行阐述和言说，所以很有感染力、说服力，是对张炜笔下原型人物研究的一个生动有力的补充。[③]

在对张炜笔下人物进行分析时，陈思和具有宏观的世界文学视野，能够做出横向的文学比较，如在阐述《家族》中的人物时，他借鉴罗

[①] 严锋：《张炜的诗、音乐和神话》，《当代作家评论》2002年第4期。
[②] 上官政洪：《张炜塑造人物的法宝：圣洁化与妖魔化》，《荆门职业技术学院学报》2006年第5期。
[③] 涂昕：《生机勃勃的穷人族、魔鬼族和大地型人物——分析张炜小说中的几种人物类型》，《南方文坛》2012年第1期。

曼·罗兰对向上与向下两个民族的区分,指出张炜笔下存在向上和向下两个精神家族①,这种对人物的精神区分,比简单地区分为好人和坏人深入。可贵的是,陈思和的研究没有止步于知识分子的价值立场,他很快发现张炜小说中还存在一类奇特的人物形象,一种不能用道德判断进行阐述的人物,这就是以老丁场长、鲈鱼(师麟)、淳于阳立为代表的欲望者形象,陈思和将之命名为世界文学中常见的"恶魔性因素"②,并结合中国的历史发展,对不同时代欲望的不同形态——"文化大革命"中的权力欲、80年代个性解放时代的性之生命欲、90年代的物欲等,进行了历时性研究,可以说对张炜笔下一类令人困惑的人物做了深度分析。

综合以上人物分类方法,并揣度作家的创作心理,笔者认为,在人物形象的塑造上,张炜内心深处存在两个标准:一个是道德判断的标准,在这种标准下,他笔下的人物形象善恶分明,他希望以自己的创作给"善的人物"(主要是精神界战士)以鼓舞,"使他不惮于前行";给"黑暗的东西"以揭露和打击,使世界重新走向澄明。为此,他不自觉地借用或融入了神话中英雄和恶魔的原型人物模式。二是民间的标准、审美的标准,在这种标准下,道德不具有优先性,民间生机勃勃的生命力、民间神秘混沌的文化成了人物立起来的支柱。这些民间人物贴近大地、贴近泥土,浑身散发出野生生的气息;这些民间人物是不倦地奔走在大地上的流浪者,是自然界幻化出的精灵人物,是民间传说中的异能人物。张炜笔下的这类民间人物亦实亦虚,亦神亦巫,充分体现了民间世界的混沌特征。这样一些民间人物的塑造表现出张炜对民间大地、民间文化的热爱与痴迷,他们是难以用道德观念约束的活生生的大地众生。

第一节 善恶分明的人物家族

张炜从来不惧怕别人对其作品的指责,一些人指责他的作品有二元

---

① 陈思和:《声音背后的故事——读〈家族〉》,《当代作家评论》1995年第5期。
② 陈思和:《欲望:时代与人性的另一面——试论张炜小说中的恶魔性因素》,《文学评论》2002年第6期。

对立思维，永远是善与恶的人物对立。张炜说，这个世界缺少的恰恰是二元对立之勇，一些人高呼"宽容"正是要抹煞善与恶的分别，为自己的道德滑坡做开脱。张炜特别不能容忍一些人对道德良知的背叛，而且是打着思想多元化的幌子，他认为，这是在为时代的堕落张目。张炜的作品就是要在善与恶之间划出一道鲜明的界线，就是要高扬善的力量，抨击恶的力量。这并非以道德自诩，或以道德大棒打人，而是因为他对这个世界爱得太深。他渴望人们实现道德的觉醒，他期望英雄出世并救世。他因此塑造了善恶分明的人物形象。

一　善的人物家族

在张炜笔下，善的力量一般由知识分子承担。他相信：真正的知识分子是这个黑夜已经降临的世界的"灯盏"。这是怎样一些知识分子呢？他们是虽然身处农村，但思考着人类历史上的大苦难，谋划着"大家一起过日子"的隋抱朴；是承受着家族伤痛，继续在现实生活中奔突作战的倔强的宁伽；是独居海边小屋沉思默想，在全球化商业化时代守住的"不慌"的史珂；是立志写一部《丛林秘史》，反映自然界与社会巨变的廖麦；是追求正义，抗击着社会邪恶力量，守护着大地苦难女儿的吕擎、纪及等人……这些知识分子有一个共同的特点：亲身经历过苦难。他们是苦难的中国历史的见证人，在他们内心深处，家庭的苦难和那一段历史紧紧纠缠在一起，他们终生背负着父辈的冤屈，不断探索，不断奔走。他们因此"心事浩茫连广宇"，对历史上人民的苦难、个体生命的不幸（知识分子的罹难）产生了持续不断的探究冲动。他们不但具有强烈的历史反思精神，而且具有介入现实、对现实发言的勇气。他们对现实生活中的黑暗力量（历史上粗暴野蛮力量的一再重演）特别敏感，他们个性耿直，性格偏于沉默、倔强，紧紧咬住现实中的问题不放。虽然被人视作偏激、固执，但他们无疑是这个时代的勇者，是继承了鲁迅批判立场的精神界战士，是韧性的战斗者，也是执拗的思想者。这些知识分子明显带有作家本人的性格特征，偏于内省，是"天空型人物"，也是笔者在论述《外省书》《能不忆蜀葵》时阐述的道德坚守者形象。这类知识分子在生机勃勃的"大地型人物"（如隋见素、师麟、淳于阳立等）面前，可能会产生道德上的沉重感，甚至会有审

美上的单一感,但正是这些沉默的坚守者,守护着人类精神文明的灯盏,守护着人类的道德良知,撑起了这个摇摇欲坠的时代大厦。

张炜对这些知识分子正义、良知、道德、信仰的书写,宛如一部心灵交响曲,其中,有贝多芬《命运交响曲》的铿锵悲愤,也有《月光曲》的舒缓深情。《家族》中的宁珂、宁伽、朱亚等人,在漆黑的人世间摸索前行,他们以一脸赤诚面向光明之源,尽管这"光明"最终落在他们身上的是刺心的痛苦(宁珂因"心口疼"而死),是呕血的伤痛(朱亚因癌症吐血而死),他们九死未悔。他们以对信仰的不懈追求,以不屈的意志,以强大的生命爱意,对着命运的不公、对着历史的坚冷岩壁发出了有力的质问和叩击。《家族》中的这一知识分子群体令人敬仰。在他们身上,除了有刚直的精神质地外,还有多情柔美的情感世界。这既表现在我们将论及的知识分子与柔情女性的人物关系上,也表现在小说叙述者情不自禁的"倾诉"上。《家族》中的"倾诉",抒发的正是作者对爱与美的深情礼赞,它"一唱三叹,回环复沓,俯仰顾盼,捶胸顿足,令人想到《离骚》,'倾诉'的抒情主人公往往会幻化成峨冠博带、披发仗剑的诗人形象,他在茫茫荒原上四顾怆然,独自吟哦,不忍久驻,又不忍离去,子规啼血,潇潇雨下。"[1] 这个柔情缱绻的主人公,喃喃诉说的正是内心深处最柔软的话语,他"倾诉的对象,有时是追求真理九死不悔的父亲,有时是宽厚仁爱呵护嘘抚的母亲,有时就是平原——曾经如花似玉、又曾经血汪草洼、又正在被劫掠被破坏被污染被糟蹋的母亲——平原母亲大地。"[2] 这是叙述者(作者)对最亲近的人的诉说。这个内心的诉说如此唯美、多情,在它与历史坚冷岩壁的猛烈碰撞中,我们强烈感受到了作者的痛苦,这痛苦似乎化作了荆棘鸟的泣血歌唱。它的歌声是那么动人,那么缱绻,但又有多少人能听到它身体的痛苦呢?那是来自坚冷历史、冷酷现实的痛苦。作家忍不住与他笔下的人物一道拔剑四顾、吟哦叹息。低沉、徘徊,没有挡住作家的脚步,最后,作家和笔下钟爱的人物一道再次上路,走向西部高洁清

---

[1] 陈占敏:《从芦青河走向高原》,张炜:《游走:从少年到青年》,广西师范大学出版社2012年版,第158页

[2] 同上。

爽的高原。

围绕着这些可爱可敬的知识分子形象的，是一个善良者的群落，包括精神导师、柔情女性、穷人家族。精神导师是知识分子的启蒙者，引导着知识分子向真善美的境界攀登，他经常化身为生活中的老师形象，但又绝不等同于教给我们知识的老师，他们具有超常的热情，喜欢写一些歌子，喜欢吟咏，把自己对生命的热情、对写作的热爱传递给接近他的少年或青年。他们是理想、信仰的传播者，是作者少年时代念念不忘的心中偶像。张炜小说中一再写到的精神导师有《柏慧》《家族》中的朱亚、口吃老教授、陶明教授、山地老师，《远河远山》中"我"和"小雪"的老师，《丑行或浪漫》中刘蜜蜡的老师雷丁，《你在高原》中的曲涴、许艮等人……《古船》这部作品，虽然没直接写到隋抱朴的精神导师，但写到了两部书——《天问》《共产党宣言》，实际上指出了主人公的潜在导师是屈原与马克思，特别是屈原，张炜是引以为师的，不但在《你在高原——曙光与暮色》中写到了他（曲涴应是"屈原"的谐音），而且在一部研究解读《楚辞》的著作《楚辞笔记》中，全面展开了与屈原的精神对话。

就精神生活而言，精神导师具有启发人觉醒的力量。看一看《丑行或浪漫》中的刘蜜蜡在老师雷丁引导下发生的变化，我们就会明白这一点。刘蜜蜡不过是一个童蒙未开的乡村少女，虽然长得水灵灵的、白胖喜人，但她的心智、才能是在沉睡状态的。幸运的是，她遇到了一位好老师，这就是其貌不扬、长有鸡胸的老师雷丁。雷丁真心地喜欢学生，在山村简陋的学校里，他竟然举办了村民视作奇迹的运动会与歌咏会。刘蜜蜡开始绽放自己的身体活力和动人歌喉，开始不倦的书写，开始步入精神觉醒者的行列。刘蜜蜡爱上了雷丁，但这纯洁的爱意在那一个年代，被肮脏的人诬陷为"肮脏"，雷丁不得不出逃。刘蜜蜡追寻着老师的步伐，开始了第一次奔跑。老师已经逝去，刘蜜蜡在田野中流浪徘徊，她放纵了自己的本能，与一个个孬人的子孙好上，成了河边有名的"光棍干粮"。就是这样一个"性解放"的女性，却绝不屈服于土皇帝伍爷的淫欲，她捅死了伍爷，开始了第二次奔跑。这第二次奔跑不仅是为了逃罪避祸，而且是为了追求纯洁的爱情——寻找铜娃。雷丁的灵魂教给她净化，她再也没有沉沦于欲望化的城市，并最终找到了真爱。

雷丁给了她精神的生命,让这个丰腴的大地女性真正获得了解放,可以说,这个作品包含着精神导师拯救大地女性的故事。

在《柏慧》《家族》《远河远山》等小说中,张炜都写到了一位山地老师的形象,他热爱写作,喜欢吟哦,"我"走向这位兄长,接受他的指引和庇护,但这位山地老师最后却因为急病永远离开了"我"。山地老师这一形象,有其生活原型。少年时代的张炜,迫切希望找到一位文学的师父。因为他相信文学如同其他技艺,需要师父手把手来教。在张炜的自传《游走:从少年到青年》中,他专门写了两节"访师散记",里面确实有这样一位山地老师:在水气缭绕的粉丝房里工作着,个子高大,双眼明亮,而且有着纯正的道德观念,教导少年张炜要孝顺,娶一个媳妇也要孝顺等。[①] 不知为什么,这些话深深影响了张炜,使他在40多年后仍念念不忘。这里,我想是因为这个老师说出了最朴实的道理。总之,张炜笔下的精神导师身上有作家心灵的印记,他们引导着叙事主人公向善良、理性、求知不倦地迈进着,他们守住和传承的是知识分子的智慧和良知。

柔情女性担当着知识分子情感安慰者的角色。张炜认为,在这个不乏残酷和严寒的世界里,"女性温柔着我们的历史,可是在形成历史的现实生活中,我们却较少使用女性的多情体贴的视觉去注目生活。讲爱,讲爱心,讲援助,讲一种心灵的抚慰,应该化为普遍的渴求。女性的总体性格激励着人类前进、创造、促使人们更加完美,更加懂得廉耻,知道做人的尊严和正义,理解什么叫做责任心和勇敢。"[②] 张炜对女性的赞美,与歌德所说的"永恒之女性,引导我们上升"异曲同工,与沈从文、孙犁等现代作家对女性形象的赞美殊途同归。

张炜怀着对女性的赞美之心,开始了文学创作。在早期的《芦青河告诉我》中,他塑造了一些充满青春气息的乡村少女形象,有森林中一边割草一边唱歌般喊出"大刀咿——,小刀咿——"的二兰子,有穿着天蓝色呱达板儿的小能……她们对那些身体畸形、性格自卑或身世不好的男青年充满温暖的情感和爱意,说她们是当时严寒社会的天使

---

① 张炜:《游走:从少年到青年》,广西师范大学出版社2012年版,第41页。
② 张炜:《张炜文集》(6),上海文艺出版社1997年版,第282页。

并不为过。到了《秋天的愤怒》里，这个纯真的少女化为了一个温顺体贴的小媳妇——小织，她坚贞多情，坚决站在丈夫李芒一边，以自己的柔情抚慰着深受历史伤害的丈夫，不惜与父亲决裂。到了《家族》中，这个温顺贤良的媳妇，变成了风雨飘摇中家庭的支柱，这就是阿萍奶奶、淑嫂、闵葵等母性形象。她们是母亲，有母亲的宽容和爱心，这不但表现在她们对孩子的爱上，而且表现在对丈夫的依顺上。如阿萍奶奶，不但对叔伯孙子宁珂视若己出，照顾他的生活，亲近他的感情，而且对丈夫宁周义充满尊敬和依顺。而闵葵，对丈夫曲予的爱也是那么柔美动人，在丈夫因为那狠狠的头部一槌而怪罪自己的父母、至死不见他们时，她早就从内心深处原谅了老人；在丈夫出国学医期间，她无怨无悔地等着丈夫归来；在丈夫归来后，她对这个小家倾注了全部精力，"她把他们那个小家收拾得有条不紊。她找到了自己最好的归宿，她什么奢望也没有。她不停地忽闪的大眼睛里只有男人、他的事业。每天她都设法做一点让他高兴的事：更动一下屋里的陈设、买回一件小东西、做一顿可口的饭菜，之后就专心等他，等一个称赞和欢欣"；她对丈夫的感情甚至超越了男女之间的爱情，得知丈夫与淑嫂的感情后，她克制住了自己的怨和恨，真心留下淑嫂，说"疼他就是疼我"。张炜90年代的小说似乎塑造了更多传统女性的形象，因为他觉得"女性温柔娴淑的特性越是充分，越具有女性的代表意义"。或许，他正是要以"传统女性无私的爱来对抗商业时代人情的冷漠"[①]。这些具有传统美德的女性，与作品中的主人公（男性知识分子）形成了精神上的互补。这些女性身上的美好品质，对于生活在历史坚冷和荒寒中的知识分子来说，是避风的港湾，是精神的阳光，给他们以无限的亲情暖意。

作家笔下的柔情女性形象，似乎有其生活原型。在具有传统美德的女性身上，我们可以感受到作家对外祖母、母亲、妻子的感情。在另外一些现代知识女性身上，我们感受到了张炜对少年时代音乐女老师、大学时代恋人的难忘回忆。《柏慧》《我的田园》中的柏慧、肖潇，《外省书》中的师辉，《你在高原》中的音乐女教师、淳于黎丽等，都是知识分子的心灵挚友，面对她们，"我"就像那个手捧鲜花的孩子一样，永

---

① 韩晓岚：《论张炜长篇小说中的女性形象》，华东师范大学2008年硕士学位论文。

远倾慕地看着,而她们身上散发的,永远是纯真的气息。特别是师辉,已经成了这个污浊的商业时代最后一朵圣洁的玫瑰,当然她不是艳丽的,她的内心世界容不得一丝丝污浊,她坚定地守护着自己的尊严,对抗着权势、金钱、性的侵袭。而在一些具有大地生命活力的女性身上,我们感到了张炜对大地母亲的永恒爱意,这就是《九月寓言》中的赶鹦,《丑行或浪漫》里的刘蜜蜡,《刺猬歌》里的美蒂,她们是大地的化身,是田野里活泼灵动的精灵,适宜她们生存的环境只能是那片莽野。张炜一遍遍走向莽野大地,正是要投入她们的怀抱,获得那个永恒的安慰。总之,张炜笔下的女性形象(甚至包括邪恶的女性,如大脚肥肩、珊婆等)都是情感丰富的,她们对心爱的人一腔痴情;她们忍受着人世的种种磨难,安慰着孤军奋战的知识分子的心灵,她们是好女性、好妈妈、好女儿。

穷人族指善良质朴的下层百姓。张炜90年代毫不犹豫地提出:善就是站在穷人一边。这是他的基本立场,是知识分子自觉去除了高高在上的启蒙立场,融入民间的价值选择。躲在书斋里研究学问固然可敬,但不能感受下层百姓的苦难,不能与之同呼吸、共命运,是张炜不能忍受的。他一次次奔赴平原、大山,在葡萄园里劳动,磨砺自己的筋骨,抛洒自己的汗水,正是要把自己身上不自觉包上的那层知识分子外衣磨掉。《柏慧》里的拐子四哥夫妇、鼓额等,是葡萄园之家的家庭成员,张炜欣赏他们、赞叹他们,赞叹他们有一颗颗质朴、勇敢、多情的心灵。自然,他们是不幸的,厄运总是与他们如影随形。葡萄园在虎视眈眈的势力的逼迫下,最终败落凋零。作家和他的朋友们却不能停下脚步,他们继续奔走在那片土地上,终生难舍。

在《你在高原》中,我们感受到作者笔下穷人族的进一步扩大,这是一个包括城市和乡村底层百姓的庞大家族,包括王小雯、小怀、帆帆、荷荷、庆连、加友、冉冉、红脸老健等。他们中的一些人,从乡村挪到了城市生活,但她们的命运并没有多少改变,她们依然身处下层,受到权力者的压迫,毫无人性尊严。如王小雯,直接就是霍闻海("兼高官、学者、战士于一身")的性奴隶;帆帆也是如此,被住在橡树路上的"令人尊敬"的老领导岳贞黎霸占;还有小怀,城市棚户区出身,不得不仰黄科长的鼻息生活。这种暴力的肆虐在城市里,是一种隐藏着的污浊。在乡村，则变成了赤裸裸的占有和摧残。打工的加友，被周子明目张胆地霸占，而她担心的不是这个，而是被他厌弃后，将被周边更多的"恶狼"糟蹋；荷荷等美丽的乡村少女，被生硬地拉入她们不熟悉也不属于的商业社会，被"大鸟"们戏耍、折磨，以至精神分裂；那些乡村的青壮年，则在土地被污染后，或者被迫到城市打工，或者扛起锄头铁锹，到那个散发出难闻气味的"大垒"里讨点说法，而等在他们面前的却是被通缉的命运。张炜感到，这是一个不适合穷人生存的世界，是一个穷人无法维护自己尊严的世界，他对这个穷人家族的书写，是知识分子的正义感使然。或许，在张炜善恶分明的世界观里，知识分子英雄族的使命就是去救助这些兄弟姊妹，这些最亲近又最无助的人，理应得到知识分子的支持和帮助。

二 恶的人物家族

在张炜笔下，恶的力量一般由当权者担当。他们或是一个村庄的村头，或是一个单位的领导，或是一个城市的主要领导，或是一个企业集团的老总，总之掌握着权力与金钱。权力金钱使得他们人性异化，也可能是人性异化使他们登上权力的宝座，获得更多的金钱。张炜对这些当权者进行描述时，更多地揭示了他们身上恶的品质，人性的残暴、阴毒、不仁不义，或者还包括性情的虚伪板滞。或许张炜一直不明白登上历史天空的人，何以是这样一批人？他们端坐在那里，接受着后来人的崇拜，而他们的功勋不过来自一场战争。而同样是那场战争，那些有着纯正道德和文雅性情的人却沦落到了地狱深渊。张炜对这些当权者的叙述，不仅着力于他们身上的人性品质，还包含着对历史深入腠理的反思意识。

在张炜笔下，这些当权者形象都具有异才异能。在一个混乱的年代里，他们脱颖而出。比如《刺猬歌》《丑行或浪漫》写到唐老驼、伍定根的发迹时，非常含蓄地指出他们的响马出身，他们靠着打打杀杀、吃人咬人的本领成了一方的土皇帝，也就是说，他们的勇猛和残忍为他们打开了历史的方便之门。就是革命队伍中的领导者殷弓（后来成为政界要人），他的出场也显示出他的勇猛过人，他身受重伤，被宁珂领进曲府救治，他忍住伤痛、谈笑风生，这样的本领确实够得上英雄的称

号,但就是这样一位英雄,却长了一双让人惊讶的小脚,这也暗示出他的内心不是那么光明磊落。对宁珂一家的历史不幸,他负有诬陷之责;对许予明、李胡子,他也丝毫不讲道义。可以说,殷弓既勇敢又阴险。当叙述者写到"岳父"一族时,如柏老、梅子的父亲,也没有否认他们革命年代的勇敢,他们最初的真诚。但革命的第二天,一切都变了。他们似乎顺应着某种历史规律,成了后辈眼中无法亲近的一座大山。大山是峻厉的,他们板滞的性格对后辈产生了新的压抑;而其中一些人并没有改变他们的欲望本能,他们对欲望的追逐足以坍塌掉他们的威望。

张炜在写到这些人物的异才异能时,往往突出他们身体的奇异之处,或直接指出他们是某种动物的化身。如四爷爷赵炳有着庞大的臀部,腹中盘踞着一条大蛇,言必称养生,言必称"规矩",可以说是一大毒人,一大智人,一大邪人。《柏慧》中的"瓷眼",他的眼睛让人过目不忘:一只眼冷冰冰的,闪着瓷片般的光,另一只眼是活动的,透出一点暖意;一只眼对知识分子进行精神虐杀,另一只眼对女性进行疯狂追逐。《丑行或浪漫》里的伍定根,形如河马,喝酒时喜欢裸露其硕大的腹部,以及上面大如酒盅的肚脐;他不但把村里稍有姿色的妇女纳作"妃子",而且喜欢跟人辩论,用色情之语连连制胜;用害困法折磨刘蜜蜡,意欲满足自己的兽欲。真是村里的一大兽类,而刘蜜蜡刺死他时,他身上流出了蓝紫色的血,散发出一股奇异的恶臭。《刺猬歌》里的老饕之子金堂,身形瘦小,却是一个"见官大一级"的人物,面对金钱美女,都"洒达"到了自己囊中,在女领班眼中,他就是那个半夜发出"咻咻"的声音、缠住人不放的长虫。其他还有《你在高原》中的七十二代孙霍闻海、岳贞黎、百足虫等,都是一些形体特别、拥有高度邪恶智慧的人。总之,张炜笔下的这类人物形象独特,作者抓住了他们身上动物化的特征进行了穷形尽相的描绘,其形虽丑,其神却真。这些人迫害知识分子、追逐女性,人性无比丑陋,邪恶的智慧高度发达,是人类丑恶势力的集大成者。

以这些当权者为中心,形成了一个恶势力组合:武有大将,文有军师,巫有巫师。正如善良者凭他们特有的气息走到一起,这些恶势力也有他们特有的气味,那就是他们身上散发出的动物气息。所谓物以类聚、人以群分,在这里体现得格外明显。正如研究者在《古船》这部书中所看到的——土皇帝四爷爷、"武将赵多多""文官歪脖吴""巫师张王氏"构成了"洼狸镇盘根错节坚不可摧的治人集团"①，张炜的其他小说也有着这样的原型人物组合。《丑行或浪漫》中，土皇帝是伍定根，武将是小油矬，文官是二先生，巫师是貐嫚。《刺猬歌》中，土皇帝变成了唐老驼、唐童父子，帮凶是土狼家丁，文官是黄毛，巫师是珊婆。张炜洞察到了中国封建专制政权的超稳定的结构方式，把它在中国当代的变形清晰地描绘了出来。

在张炜笔下，担当"武将"之职的往往是民兵连长、司机、打手等。他们是当权者的帮凶，秉承当权者意图绑人、打人，直接伤害那些敢于反抗的知识分子。他们是小说中的赵多多、小油矬、土狼家丁、蓝毛、狸子等人。他们的典型特点是狠、忠，狠是面对所谓的"敌人"时，忠是面对土皇帝时。比如赵多多，之所以在洼狸镇为所欲为，把流氓无产者的凶狠、邪淫展露无遗，就是因为他后面有四爷爷撑腰；而他同时又是四爷爷的得力干将，四爷爷指到哪里，他就打到哪里，四爷爷不便干的事，只需一个眼色，他就替他干了，可以说是一个凶狠的家丁、拿着刀枪的管家。除了这些粗野的武夫，土皇帝还需要一些粗通文墨之人，他们就是所谓的"军师"了。"军师"通文墨当然不是为了给人民办事，而是为了阿谀奉承当权者，如《古船》里的歪脖吴，与四爷爷一起研读色情书籍，陪着他附庸风雅地谈一谈花草、论一论人生的规矩。《丑行或浪漫》里的二先生，全心全意写伍定根的传记，把他捧成了一代豪杰；在小油矬当权后，他又准备为新主子写一部传记了。《你在高原——海客谈瀛洲》里的王如一，不但放任妻子桑子为霍老"服务"，自己也不知羞耻地写下乱七八糟的词条，为霍闻海唱颂歌，称他为"七十二代孙"。这些军师可以说是堕落文人的代表，是当权者的弄臣。在当权者周围，不可忽视的另一个角色就是"巫师"了。他（她）们粗通医道，利用自己给人看病或下神的便利，为当权者打探消息。他（她）们还利用自己的所谓本领、神通，召集人等、控制舆论，为当权者营造声势。唐童身边的珊婆，即利用自己为野物接生的本领，

---

① 蔡世连：《古老土地上的痛苦选择——论张炜〈古船〉的文化意蕴》，《当代文艺思潮》1987年第4期。

勾连下土狼的子孙,让他们为唐童服务。霍闻海身边的桑子,一方面为霍老做理疗,与他一起"采阴补阳"、糟蹋穷人的孩子李小雯;另一方面借霍闻海的书法,为之敛财(小说没有明写这一点,进行了暗示处理),为之建造新屋。可以说,这些武将、军师、巫师都是助纣为虐式的人物。

张炜笔下善与恶的人物阵线分明,正如创世之初神与魔的斗争,人心深处神与魔的斗争一样,善与恶的斗争是永恒存在的。善的力量拥有的是道德的优势,恶的力量拥有的是地位的优势,他们在品质上绝不相同,他们不能相容、你死我活,最后的结局往往是善良者暂时失败,丑恶者暂时胜利。但善者败而不馁,继续坚持战斗,恶者暂时处于胜利位置,但等在他们面前的将是衰老、疾病、死亡。殷弓的结局也好,岳贞黎的结局也好,霍闻海的结局也好,都说明了一点。或许,张炜表达了这一观点:在这个正义已经失去的世界上,"时间"是唯一公正的,让我们耐心等待"时间"的裁决。

第二节 混沌神秘的民间人物

张炜以塑造善恶分明的道德人物著称,但在张炜的作品中,还有另外一类人物,他们是无法用道德观念阐释的。他们来自大地,来自民间,土生土长,充满野性的生命力,道德律令、社会规范无法对他们产生影响,他们是人类现实生活、理性生活的"另类"。读者凭直觉可能会很喜欢这类人物,觉得他们有趣、不俗,充满幻想和神秘性。但要真的给他们命名,却是一件困难的事。我们在此借用了"民间人物"的说法,用造物之初那个充满伟力、面目模糊的"混沌"来指代这类人物的特征。

他们秉承大地的血脉而生,而这大地又是齐文化(特别是莱夷族文化)浸润下的大地。齐文化浪漫、夸张,充满生命的迷狂,在它的浸染下,人不再是理性、充满克制、含蓄内敛的人,而是热情似火、尽情展示自己生命欲望的人;人不再是大地上的一个仅仅乞求着衣食满足的生灵,而是与万千生灵一道融入生命大化、一起奔走一起游戏的人;人不再是一个唯物主义的信徒,而是一个在自然的神秘面前静心敛气、缓缓注目的人。张炜笔下的民间人物接通了大地的血脉根基，流贯着齐文化的芬芳气韵，是一批有血有肉、亦正亦邪、虚幻相生的人。

关于张炜笔下善恶分明的人物形象，研究者的评价分歧较大，肯定者有之，否定者亦有之。而关于张炜笔下民间人物形象，肯定者居多，即使是认为张炜道德人物塑造不成功的人，也承认张炜的民间叙事作品，"是形成张炜创作特质、建构张炜精神乐园必不可少的基石。在某种程度上我们甚至可以说，没有民间形态的叙事作品，张炜就不能称其为今天的张炜"①。笔者认为，张炜的民间叙事作品（包括民间人物）是充满生命张力和审美张力的。它带有民间生活的驳杂色彩，散发出大地的气息，野性未驯。如果说张炜笔下的道德人物因为道德之纯正，具有某种类型化特点的话，那么，这些在野地里活蹦乱跳的民间人物，则真正放飞了张炜想象的翅膀。这一类民间人物以其浪漫、神秘、传奇，体现了作家对本真生活（大地生活）和未知世界的向往。

一 大地上的奔走者、流浪者

人"在大地上奔走"的意象，是张炜小说充满诗意与哲理的源泉。"奔走"源自生命中的热血奔涌，我们每个人都是血性之躯，血的奔涌，驱使着人不断奔走。正如《九月寓言》中的小村人，当地瓜的热力化成了他们的血肉时，他们便有了奔走的冲动。小村里的青年人，他们需要以奔走来绽放自己的生命热力。因为年轻，他们的"走"变成了"跑"。跑累了，他们就在草垛中歇一歇，然后继续奔跑。生命在跑一停一跑中，得以延续。年轻人不断奔跑着，周身似乎迸射出点点火花，这是源自生命热力的火爆的奔跑。

此外，还有背负苦难的奔跑。生存的苦难艰辛，迫使人寻找活下来的机会，这就是《九月寓言》中小村祖先们的奔跑。他们从茫茫山野中跑来，只为了寻找活下来的机会。历尽艰辛，他们找到了这片平原，在此定居下来；但矿区的挖掘，挖塌了他们的土地家园，他们不得不开始新的迁徙与奔跑。小村人的奔跑，似乎象征着人类永恒的命运，那就

---

① 上官政洪：《炼狱狂欢：张炜的民间叙事透视》，《荆门职业技术学院学报》2008年第5期。

是被生存苦难逼迫着不断奔跑，没有永恒的家园。

还有暴力压迫下的奔跑，这就是《丑行或浪漫》中刘蜜蜡、《刺猬歌》中廖麦的奔跑。他们生活于一个暴虐的时代，丑恶的权势压迫着他们的生命，压迫着他们的家族，为了甩掉恶势力的迫害，为了心中"地动山摇"的爱情，他们开始了奔跑。这也是背负苦难的奔跑，他们背负着家族的苦难，背负着个人生命的重负。通过奔跑，刘蜜蜡甩掉了乡村的梦魇，廖麦甩掉了唐氏父子的枪声火网，他们最终实现了爱情和写作的梦想。

值得注意的是，张炜还写到了源自文化血脉的奔走，这就是莱夷族"游走"的血脉。他在《芳心似火》和《你在高原》中写道，莱夷族是生活于半岛地区的一支游牧民族，先后建立了"东莱""西莱"古国。"考古学家认为，在更为久远的时代，莱夷族的一部或大部，曾经奔走于贝加尔湖以南直到胶东半岛这一个极广大的地区，属于强悍的游牧民族。""他们游牧的野性潜伏在血管里，一经呼唤触动就要蹿跳起来，恢复起游走的老习惯。"① 在秦国的逼压下，莱夷族的后人——徐福等人，或乘船游走到了海外，或散失游走到了民间，这些隐藏到民间的人有一部分改姓"曲"。莱夷族的一些后人（包括徐姓和淳于家族），后来定居在离思琳城不远的藏徐镇。《人的杂志》《曙光与暮色》中的淳于黎丽和美学家淳于云嘉，即是藏徐镇人，她们是淳于髡、淳于越的后人。张炜的文化寻根冲动非常强烈，"藏徐镇成为我命中的一个滞留地，有关它的谜语也许足够我花上一生才能破解。""我渴望的就是这种家族神采。但愿我的不安和寻找，那种难以遏制的奔走的渴望，这是由这个遥远的、与我有着血缘关系的部族所赐予的。我将在这场追赶中确立自己的修行。"②

这种源自文化血脉的奔走，突出体现在《家族》中的宁伽及其家人身上。宁伽被人揣过脚骨，据说长了"一双流离失所的脚"，可能因为这个，他才无法安稳地待在一个地方，先是研究所，然后去了杂志社，再接着去了葡萄园，葡萄园被毁后，继续游走在大地上。他身上似

---

① 张炜：《芳心似火》，作家出版社2009年版，第39—40页。
② 张炜：《你在高原——人的杂志》，作家出版社2010年版，第108—113页。

乎有游牧民族不断游走的特性：不断游走，不断寻找，绝不屈服，反抗一切强权与暴力。宁伽的祖父宁吉，同样喜欢游走，他骑着一匹骏马，过着骑士般的游走生活。有一次竟然把土匪领进家门，再骑马端枪把他们轰走。宁吉过的绝不是地主的刻板生活，他把众多的"大师"请进家中，让他们给自己讲述不曾体验过的别样生活。最后，为了这别样的生活（寻找南方的醉虾），他毫不犹豫骑马离开了这个地主之家，不知游走到了何方。宁伽的父亲宁珂，一生颠沛流离，前半生为革命不断游走，后半生被拘禁在大地上，受尽屈辱与折磨。张炜通过对莱夷族"游走"血脉的反复体认，诉说着自己不倦的文化寻根冲动。在《你在高原——海客谈瀛洲》中，张炜用历史小说《东巡》，侧面表现徐福（莱夷族的英雄）的英勇机智，他竟然瞒过了千古一帝秦始皇，携三千童男童女和百工等乘船到了瀛洲，把"思想的种子"运到了海外，这真是一场令人难以置信的"大游走"。

　　张炜还写到了流浪汉在大地上的奔走。流浪汉指失去了土地和其他生活来源，被迫奔走在乡村和城市中的底层百姓。流浪汉与有思想、有文化的"游走者"不同，后者可以凭借他们的文化和技能谋生，如吕擎、阳子80年代辞职游走山区的经历。笔者认为，吕擎等人只能被称为游走者，不管多么艰苦，他们毕竟可以凭他们的文化技能生存下去，如教山村的孩子读书、为村人画像等。在游走中，他们磨砺了自身，找到了连接民间的通道，体验了乡村的极度贫穷和恶势力的残暴。他们最后回到了城市，虽然会再度出发，但他们不可能变成一个地地道道的流浪汉，他们身上更多的是知识分子游走者的心情。

　　在张炜笔下，真正的流浪汉是野性而自由的，他们就像流水一般，随着季节的更替在乡村与城市之间"流"动不息。秋天到来时，田野上庄稼成熟了，"流浪人三三两两从南山上下来，背着黑乌乌的小布卷儿，男的牵狗，女的抱鸡。女的在收获过的田野上捡一些根屑、遗落的瓜果，像鼹鼠一样翻开土。她们的鸡一般比她们自己吃得更饱。鸡的蛋就下在她们怀里。她们用鸡蛋换平原人的玉米饼和瓜干馍，换旧衣裳。夜间，大家都宿在沟里，享受着秋夜。天上的星星剧烈燃烧，没准就滚烫烫落下来，他们围上取暖、烤地瓜吃。小村的光棍汉们在渠底胡窜，彻夜不眠，他们是流浪人天然的朋友。光棍汉甚至带来了酒和咸菜，大

家一边喝,一边讲着一个个村子的轶闻和秘史。各种奇事让人激动,觉得生活充满希望。"① 这就是流浪汉的幸福生活,简直让人羡慕。而到了冬天,凛冽的寒风则把这些流浪汉驱赶到了城里,"密集弯曲的巷子、立交桥下、暖气管道沟、垃圾场旁,这一切地方都是流浪汉度过严冬的好去处。经过一个秋天的积蓄,流浪汉们大部分脸色红润,体态丰盈。他们在田野上吃饱了,提着破破烂烂的口袋,用草绳勒紧上衣,笑嘻嘻地出现在这个城市的街道上,夹在汹涌的人流中。他们不愠不怒,不亢不卑。你注视他,他也注视你;你笑他也笑,露出雪白的牙齿……他们在山区和平原、在野地里过着自然流畅的生活。他们走过很多地方,穿行了很多城市,再拥挤繁华的地方也唬不住他们,一个个的神气何等坦然。"②

　　流浪汉自由自在地奔走在这片土地上,是土地真正的主人。比起他们,农民被固定在土地上,辛辛苦苦从土里扒食,这样的人生不能不是一种束缚。看一看露筋的流浪生活,我们会觉得人生最美的日子就是在田野里奔走撒欢,"露筋躺在炕上,回想着田野里奔腾流畅的夫妻生活,觉得那是他一生里最幸福的时光。有谁将一辈子最甜蜜的日月交给无边无际的田野?那时早晨在铺着白沙的沟壑里醒来,说不定夜晚在黑苍苍的柳树林子过。日月星辰见过他们幸福交欢,树木生灵目睹他们亲亲热热。泥土的腥气给了两个肉体勃勃生机,他们在山坡上搂抱滚动,一直滚到河岸,又落进堤下茅草里。雷声隆隆,他们并不躲闪,在瓢泼大雨中东跑西颠,哈哈大笑"③。露筋和闪婆的流浪生活何等畅快啊,可是当他们回到祖传小屋定居下来时,露筋的生命力慢慢枯萎了,在生下儿子后不久就离开了人世。欢业继承了父亲流浪奔走的血脉,继续流浪奔走在大地上。这种流浪生涯是生命的呼唤,对于一个喜欢自由的人来说,是无法抵抗的生命的召唤。

　　一个人成为流浪汉,除了生命的召唤,还有一种可能,就是环境(包括精神环境)的压迫。《你在高原——橡树路》中的庄周,这个橡

---

① 张炜:《九月寓言》,上海文艺出版社2001年版,第230页。
② 张炜:《你在高原——橡树路》,作家出版社2010年版,第213页。
③ 张炜:《九月寓言》,上海文艺出版社2001年版,第83页。

树路上的王子,之所以选择流浪,就是要躲开城市里的压抑,这压抑化身为"城堡老妖",一夜一夜地追着他,让他不得安眠。庄周选择了逃离。他彻底放下了,放下了娇妻美子,放下了权力厚位,回到了自己的本真生活。他心甘情愿做一个一无所有的流浪汉。这时的他,身体和精神都无比健康,身体像熊一样健壮,而且,再也没有了梦魇。当然,作为流浪汉的他,经历的并非全是自由畅快的生活,他面对的仍然是这个世界的艰难,特别是作为一个一无所有的人特别容易遭受的那种剥夺和伤害,他都要一一经历。所以,我们说庄周的流浪奔走,是生命的奔走,是沉重的、一步一个脚印的奔走。

人类在大地上的奔走、流浪与栖居,是一个永恒的命题。张炜以小说中各种各样的奔走,诠释着民间大地不息的生命冲动。

二 精灵人物与异能人物

受浪漫神秘的齐文化影响,张炜笔下出现了一些精灵人物。精灵人物是民间老百姓耳熟能详的、从自然界幻化出的精灵,比如刺猬精、猴精、狐狸精、黄鼬精、蛇精、鱼精、龟精、鸟精等。张炜笔下写到了形形色色的精灵人物,他们或幻化出人形,直接参与人的现实生活,如《刺猬歌》中刺猬精的女儿美蒂、海猪的儿子毛哈等;或者偶尔在人的生活中露一下身影,因为时间太短,就有了民间传说的那层灵光,让人真假难辨,如《海边的风》中的鱼人,《九月寓言》中的猴精,《你在高原》中的"大鸟"……这些精灵人物大量出现在张炜小说中。可以说,作家一写到民间生活,就会自觉地使用一种有别于社会话语的民间话语,这就是万物有灵论话语。

一个人之所以形成"万物有灵"的思维方式,一般与其经历和见闻有关。张炜说自己小时候就遇到过一次"蛇慒",有个同学打死了几条蛇,回来的路上,几个小伙伴就被蛇包围了,他们恐惧得想哭,后来总算逃出了"蛇阵";还有一次,有个同学迟到了,老师问原因,他说自己的婶母被狐狸附了体,全家忙着驱赶狐狸精而耽误了时间。此外,还有周围人不断告知的奇闻轶事:一个人醉卧林子,一夜过后,竟然赤身裸体、精力全失,人们说那是被林中的精灵"戏"了;还有人一觉醒后,变成了什么也不记得的大痴士。这些奇奇怪怪的事情,不能不让

人深思，在这个现实世界的背后是不是有另一个神秘的世界存在着。

对于张炜等山东作家来说，万物有灵思维方式和世界观的形成，追根溯源，应在齐文化那里。我们知道，齐文化充满浪漫幻想、怪力乱神的内容。这与它的地理环境是分不开的。齐地濒临大海，海边的人特别容易产生想象：大海上是不是有仙山？仙山上是不是住着神仙？沿海一带经常出现的海市蜃楼似乎证实了人们的这种想象。所以，齐地多"方士"，他们修炼、服丹，并于东部沿海一带山上留下了众多道观和成仙的传说。"道教，在这里找到了最好的生存土壤，道教大师丘处机就出生在栖霞市宾都里，这里至今仍有他生活和传道的踪迹，著名的道教圣地太虚宫仍然残存。莱州的铁槎山、青岛的崂山、荣成的昆嵛山，无一不是道教圣地。"① 这就是齐地特有的神仙信仰。齐地滨海一带还有密不透风的林野，林野中活动着各种野物精灵，它们不甘寂寞，纷纷参与到人的生活中，所以，张炜说这一带有人看到过午夜后狐狸在模仿着人"炼丹"，手捧一个火球，这时走夜路的人千万不要靠近；还有狐狸（黄鼬等）幻化为人戏弄猎人的故事，一会是猎人的舅父模样，一会是狐狸的模样，猎人一怒之下开枪射击，结果打死的却是自己的舅父。还有一些狐狸等灵异动物附体到病弱妇女身上的故事。关于这点，我们在莫言的《红高粱家族》中二奶奶身上已经看到过，在张炜的小说《你在高原——荒原纪事》中也有这样的情节。总之，齐地民间有形形色色的动物幻化为人，或者报复人或者与人交好的故事。关于这些故事的真实性，张炜曾以《聊斋志异》为例，说蒲松龄真的相信这些故事的真实性，自己也是相信它们的。

早在80年代，张炜就写到了精灵人物，但这些精灵人物多带有传说、转述的特点，似缺少现实气息，他们一般在某人讲的故事中呈现。如《九月寓言》中，金祥在诉苦时，讲了一个会搬运法的"猴精"的故事。《海边的风》中的老筋头，对"细长物""千年龟"等，讲了一个"鱼人"的故事（不管是老筋头、细长物、千年龟，似乎从名字中就可以看出他们身上也有精灵的某些特点）。这些有关精灵的故事娓娓动人，蕴含着老百姓朴实的做人道理，"猴精"的故事围绕着"爱情"

---

① 张炜：《芳心似火》，作家出版社2009年版，第21页。

和"财富","鱼人"的故事围绕着"友情"。在金祥的故事中,那个"女娃的身子像绳儿一样软,小手儿像葱白一样,小脸凹凹着,小鼻子打了个漫洼儿,鼻尖往上一挑,巧死俊死!她的小牙像白大米粒,小嘴唇薄薄一道儿,不笑腮上也有俩酒窝",她不但美貌可爱,而且性情乖巧,对爱情忠贞不贰。为了两个人过好日子,她用"大搬运小搬运"的法子,一趟趟搬运东西。她是那么善良,"不能太心狠,要一点一点积攒,咱搬来一件,有人那儿就少一件。俺都是找富人家搬,他们东西又多又来得容易"。等到积攒得差不多了,她就恳求黑娃,不要太贪心,应该小两口起早贪黑种庄稼。但这时黑娃的心已变成了财主的心,仍然不满足,而且开始嫌弃女娃。最后在老太太怂恿下,黑娃设计把善良多情的女娃压死在了磨盘下。《海边的风》中的黑衣鱼人,是一个有人情味的海里精灵,他陪伴着海边铺老孤寂的生活,最后丧生于人类的渔网。在《芳心似火》中张炜用"龟又来"重新讲述了这个故事,一个铺老救了一只受伤的老龟,治好后把他放生,从此每年冬天,总有一个黑衣老人走进荒凉的铺子,陪着老人下棋。孤寂的老人,多么希望有人陪伴啊,特别是一个见多识广的海里生灵幻作的老人的陪伴。这些动物幻化的精灵,据张炜说,很少有伤害人的,它们同样渴望着人的爱与陪伴。

从《海边的风》《九月寓言》到《刺猬歌》,张炜感觉到在小说中设置这样的讲故事框架,多少是个束缚,故事毕竟是故事,很容易让人的思维局限于"虚构"与"真实"的问题上不放,不能尽情发挥大自然给予人的奇思妙想。所以,在《刺猬歌》中,张炜来了一个大转变,彻底解放了自己的思维,在"天地神人"的境界里自由游走,把齐文化的浪漫神秘充分展现了出来。在这篇小说中,张炜已经不是在写"人"的世界了,准确地说,他写的是"精灵"的世界,是自然界里的精灵幻化为人,在人间演绎出爱恨情仇的故事,当然,它也是一些贪婪的"动物"(旱魃以及与旱魃同道的唐童等)剿灭丛林、毁灭人类生存根基的故事。

《刺猬歌》中的人与动物不分彼此,相互通婚,形成了一个驳杂的民间群落。这个地方叫"棘窝""结交野物是棘窝村的传统。传说村里最大的财主霍公,他二舅是一头野驴……霍公喜欢女人,以及一些雌性

野物。他在山地平原不知怎么就过完了自己天真烂漫的一生：四处游荡，结交各等美色，走哪儿睡哪儿，生下一些怪模怪样的人"，在他的丧宴上，"少不了掺杂一些林中精怪。酒宴间不止一个人发现醉酒者当中拖出了一条粗大的尾巴，或生出一张毛脸""一个又高又细白净女人"坦言自己是河边的一棵小白杨，与老爷的肝结了亲，而一个身穿蓑衣的女人哀容动人，据老管家说她其实是刺猬精，是老爷最钟爱的一房野物。在这样的群落中，刺猬精的孩子、海猪的儿子、土狼的子孙、草驴的儿子、狐仙跛子、狐狸精等自然而然地进入了人类的生活。而在他们的人世生活中，他们无一例外保持着他们的动物化特点。比如刺猬精的孩子——美蒂，小时候身披一件金光闪烁的蓑衣，从不离身。一旦脱下，可见"她浑身上下都被一层又密又小的金色绒毛所遮裹，在光线下弥散出荧粉一样的色泽，在后脊沟那儿交织成一道人字纹，然后又从尾骨处绕到前面，在腹部浓浓汇拢"①。长大后，美蒂成了一个羞答答的大闺女，肤色如同野蜜，黑发粗密如同苘麻，浑身上下弥散着茫野之气和绿草的青生气。廖麦和唐童同时爱上了美蒂，但美蒂只爱廖麦一人，廖麦遭到唐氏父子的残酷迫害，被迫逃亡，美蒂孤身一人苦守等待。最后有情人终成眷属，他们幸福地结合了。廖麦回到了美蒂身边，一起经营海边的农场。但是，商业化时代来临了，美蒂一步步变成了精明的美老板，身体内的欲望被这个时代唤醒了，她嗜吃淫鱼，贪恋金钱，执拗的廖麦痛打她、辱骂她——"刺猬和豪猪结亲的日子就要到了"。最后，绝望的美蒂带着那件小时候的蓑衣，回归荒野。

在《刺猬歌》中，张炜彻底实现了人与动物的互化。在张炜看来，世界本来就是一个通灵的世界，人的生命质地在某种程度上就是精灵的生命质地，那些精灵的灵魂也就是人的灵魂。张炜塑造了当代文学中非常独特的精灵人物，在这些人物中，最美好的是女性人物。她们身上总带有田野的气息，或者她们本身就是某种动植物的化身。闪婆浑身散发着草籽气，赶鹦则周身裹着千层菊花味儿（《九月寓言》）；肖紫薇身上有杨树嫩叶气味，狒狒飘散着无处不在的一种南方酸橙的香气（《外省书》）；刘蜜蜡有着一瞬间能覆盖整个河套的南瓜花的清香气（《丑行或

---

① 张炜：《刺猬歌》，人民文学出版社2007年版，第64页。

浪漫》）；美蒂有着从胸窝一直弥散到浓发间的茫野之气、绿草的青生气（《刺猬歌》）……植物一般的体息是女性纯真的象征。① 张炜在此表达了对心目中挚爱的女性的最高形式的赞美。

张炜笔下还诞生了一类诡异的"鬼怪"形象。这在《你在高原》中最为明显，他们是城堡里的老妖，是橡树路凶宅里的淫魔色鬼，是平原的破坏者煞神老母，是让大地连旱不止的旱魃……张炜笔下的这类"鬼怪"人物，象征了现实世界中恶的力量，或者说象征了人内心深处的黑暗。如橡树路上的凶宅，作为一代代统治者居住的地方，是荣耀的所在，也是堕落的所在，任何居住在这里的人，都不能避免被"淫魔色鬼"缠住的生活，他们和他们的子孙也往往因此堕落。我想，这些"淫魔色鬼"象征的正是统治者的荒淫生活，这种生活是有腐蚀性的。小说中写到白条也不想堕落，他甚至以自残方式摆脱这种生活，想与凹眼姑娘离开这里过平静生活，但淫魔色鬼就是不放过他，所以他最后从表面上看是被"严打"丧了命，而实际上葬送他的正是那种腐蚀性的生活。总之，这些具有浓厚象征色彩的"鬼怪"形象，楔入小说的文本，一点都不突兀，相反，却显得格外真实。我们为那一个个可怕的鬼怪形象所震惊，同时，也明白了张炜想告诉我们的道理：这个世界并不是太平的，有一种可怕的力量存在着，它的存在提醒着我们，一定要瞪大警惕的眼睛，防备这种恶的力量的侵袭与腐蚀。

张炜还写到了一些民间异能人物。异能人物亦神亦巫，在人的世界与鬼神的世界之间起着通神的作用，如《古船》中的老中医郭运，《你在高原——荒原纪事》中的三先生，《你在高原——橡树路》中的嫪儿……他们是一些有智慧的人，他们的智慧在于知道"人"没有自认为的那么高明，在人的无所不能背后，隐藏着一个鬼神的世界，鬼神世界的存在就是要平衡现实中人的过于聪明。三先生作为一个魂魄收集者，洞悉了这个世界的人们处于"失魂落魄"的状态，有血性的人因为失去了魂魄无法行动，当三先生把收集来的魂魄注入他的身体时，他又变得虎虎有生气了，带着大伙去打旱魃、去砸毁那个害人的大垒了。

---

① 热带植物：《与绿蓬蓬的原野接通呼吸》，http：//www.wansongpu.cn/authorwork.asp?cid=611。

更重要的是，三先生知道这个世界即将毁灭的原因，那是一个出卖平原的古老契约：煞神老母与乌姆王联合起来了，他们立意要毁坏这个如花似玉的原野，立意要把这里变成大小憨螈的天下，所以他们不停地捣鼓着，美丽的女孩被憨螈占有了，蚂蚱神被他们收买了，沙婆子被他们控制了……三先生知道这一切，但他无法阻止，他只能通过弟子告诉"我"，希望"我"写出来告诉更多的人，当大家都知道的时候，反抗的日子、重建的日子也就不远了。《你在高原——橡树路》中的嫪儿，也是一个沟通人界与神鬼界的神秘人物，他会用法术安抚那些恋家不忍离去的"淫魔色鬼"、劝其离去，他会用法术惩罚那些作恶的恶鬼、保护这个世界的安宁……可是他老了，面对这个恶鬼当道的世界，他管不过来了。年老的他形如孩童，作为环球集团的元老被供养了起来，他再也管不了那些是是非非了，管不了环球集团使用童工、逼人卖淫、污染环境等坏事了。这些异人本领高强，但他们无法改变这个世界的堕落，他们所做的就是一种提醒，告诉我们鬼神世界之存在是真实不虚的，鬼神的存在能平衡我们人类的自以为是和为所欲为。

张炜的道德人物系列和民间人物系列，一个偏于实，一个偏于虚，不管是实还是虚，都体现了作家强烈的现实关注精神。因为关心脚下的这片土地，因为痛心于人类生存环境的恶化，张炜才义愤填膺地谴责罪恶，永不疲倦地倡扬美好善良的品德，这在他的善恶分明的人物身上有体现，在他的混沌神秘的民间人物身上也贯穿着同样的价值理念。

第八章 张炜小说的艺术特质

从20世纪80年代开始，张炜小说逐渐形成自身的创作特色。80年代初期，张炜从土地、劳动、青春、爱情中撷取了创作的甘蜜，形成了小说的抒情特质；80年代中后期，张炜小说从抒情走向叙事（个别作品走向心灵思辨），他通过历史档案编纂、实地调查等方法辅助，对中国现代史进行了颇具思想深度的追溯，创作方法是批判现实主义的，同时融合了魔幻、象征等笔法。90年代，张炜小说表现出两个特点：一是大地诗学的建构，他以贴近大地、捕捉大地脉搏的语言，实现了语言本体的回归；二是知识分子价值理念的凸显，他以诗情倾诉、思想宣示等对小说文体进行了颇具新意的探索。新世纪，张炜的叙事心态沉静有力，对社会现实不再义愤填膺，更多地借用传统文学笔法（如民间故事传说）进行叙述，小说幽默、含蓄，有时又特别放得开，浸透着齐文化的芳香气韵，似乎经过长时间的发酵后，张炜小说包容了更醇厚的民间风味、更阔达的社会认知、更痛苦的土地挚爱，他的小说因此达到了成熟老到、游刃有余的叙事境界。

综合张炜的小说发展史，笔者明显感到张炜小说艺术上的精湛如同其思想上的深刻一样，有待进一步研究概括。本章主要从语言、文体与结构等方面对张炜小说做一简要阐述。

第一节 回归本体的语言

在40余年的创作史上，张炜写过短篇小说、中篇小说、长篇小说，还有"长河"小说。可以说，张炜的小说篇幅逐步增大，思想容量逐渐加重加沉。这种重与沉，与90年代市场经济兴起后文学的轻松消遣形成了鲜明对照,由此可以看出张炜小说与众不同的思想深度和精神密度。张炜是一个思想型的作家,但同时又是一个出色的小说艺术的追求者。张炜的笔下有故事、有人物,更有对语言的本体性追求。他说,"语言差不多就是一切""在文学写作中,一时一刻都离不开语言,什么时候都绕不开语言;夸张一点说,语言在许多时候简直可以看作目的,而不仅仅是手段——语言差不多就是一切,一切都包含在语言中"①。张炜并未遵循语言与思想的定规——"语言是思想的工具",在他心中,不,应该是在所有小说大家(如鲁迅、老舍、沈从文等)心中,语言都是本体性的,它不是一种形式,一种载体,一种工具,而是一种存在的本体——包孕着思想、情感、人物、情节等在内的母体。"语言是存在的家",语言是文本产生的深厚土壤。

张炜说过:"文学的全部奥秘都是在语言貌似沉默中完成和呈现的,语言中隐藏了无尽的魔法。"②那么,张炜语言的魔法在哪里?在此我们主要以《九月寓言》为例,阐述张炜小说语言的奥秘。

一 通行大地的语言

张炜的语言回到了语言的本体,这个本体就是大地、劳动以及各种生命的发声。张炜的语言不是在书斋中仅仅通过阅读(虽然他喜欢阅读、手不释卷)习得的,而是在与自然界各种生命的对话中形成的诗意的语言,是在与大地上的劳动者一起劳动、抛洒汗水的过程中形成的质朴的、掷地有声的语言。张炜的语言是通行大地的语言,它消弭了人与自然万物的界限,接通了人与大地的联系——"同声相应,同气相求"。可以说,张炜用沟通天地万物的独特语言,把"厚德载物"的大地精魂展现在我们面前。他说:"我所追求的语言是能够通行四方、源发于山脉和土壤的某种东西,它活泼如生命,坚硬如顽石,有形无形,有声无声。它就撒落在野地上,潜隐在万物间。"③

这种通行大地的语言如何寻找得到呢?张炜说,走出喧闹不休的城

---

① 张炜:《小说坊八讲》,三联书店2011年版,第4页。
② 同上。
③ 张炜:《融入野地》,《九月寓言》,上海文艺出版社2001年版,第344页。

市，走向野地，在野地间化身为一棵树。当这棵树紧紧抓住泥土，向土里伸展它的根系时，当这棵树仔细谛听田野的风声、鸟鸣、野物的喘息时，他（它）就获得了一种大地上的通行语言。这种感受很神秘，但张炜似乎确信不疑。为了验证这一点，他专门举了一个例子，小鸟"啾啾"的"啾"，不正是对小鸟叫声的模拟吗，而且，与秋天、秋野，还有口、嘴巴歌喉连在一起。说到底，大地、大地上的万物才是语言的源头，语言绝不是在房子里闭门造出的，它连着那么多自然界中生命的声音和形态。作家确实有必要到广阔的大自然中寻找遗失在田野上的声音。特别是在城市中生活的人，城市的喧嚣已经淹没了自然之音，人们从中学习了太多吵闹的、虚饰不实的话语，这对纯粹的、源自大地的语言来说，意味着一场场陨石雨，砸来砸去，最后，人们掌握的只有人与人交往中最流行的语言了，而这样的社会化语言不能不说背离了自然、大地，背离了人存在的本真。语言是存在的家，存在是大地上的存在，是接通了人与万物联系的存在。张炜似乎深谙这个语言的奥秘。

在《九月寓言》中，张炜给我们描绘了一幅动人的景观：万物都有自己的语言，在秋夜里，它们一齐发声，一齐跳腾。连人——这个过去自称为天之骄子的生灵，也毫不犹豫地加入了这个行列，可以说，万物欢腾，生命之火熠熠闪耀，生命之音切切有声。"疯长的茅草葛藤绞扭在灌木棵上，风一吹，落地日头一烤，像燃起腾腾地火。满洎野物吱吱叫唤，青生生的浆果气味刺鼻。兔子、草獾、刺猬、鼹鼠……刷刷刷奔来奔去。"在这里，茅草葛藤是疯长的，是活生生的存在，它们被落地日头一烤，似乎燃起了腾腾地火，这是何等壮观、逼人眼目的视觉存在（语言）。野物们更不用说了，它们吱吱叫唤、奔来奔去，好不活跃。这里的语言，已不是人类世界孤独的自言自语，而是活泼泼的大地声音，它们如此鲜活，被张炜一下子捕捉到了。由物及人，张炜看人的视角，也不再那么矜持、那么受限，在他眼里，最美的女孩赶鹦，如同一匹漂亮的小马，"赶鹦第一个奔跑起来，小腿跳腾。一匹热汗腾腾的棕红色小马，皮毛像油亮亮的缎子，光溜溜的长脖儿小血管咚咚跳。亲一下你乌亮亮的大眼，骑手不忍心使用鞭子哩"。一个活泼、美丽的乡村女孩，如同一匹小马般奔跑在原野上，这是何等动人的想象，而这样的想象和语言，只能诞生于广阔丰饶的大地之上。在此，张炜似乎按住

了大地的突突脉搏，找到了大地发声的声口。在某种程度上，他不是在写小说，而是那万千生灵借助他的充满魅力的语言，在发声歌唱。张炜把这跳荡不羁的、涌动在大地上的声音，如实地记录了下来。

二 通行心灵的语言

张炜回忆过自己为谁写作这一问题，他说："我努力回忆自己的写作状态：凡是写得好的时候，倾注其中沉浸其中的时候，总是觉得有一双眼睛在注视……就为了让它满足和高兴，获得一个呼应和理解，我才努力而兴奋地工作着。那个高处的人既是我，又不是我，因为他比我高，比我远。他是放得更遥远、更全面、更完整的一个生命……那是一个'遥远的我'……"① 在某种程度上，这个"遥远的我"是更深层次的本性智慧，在他眼里，人与万物贯通一体，而那些为了"遥远的我"而写的话，便成了打开封闭的心灵之门的钥匙。由此，我们说张炜的语言回到了本体——心灵。他的语言是通行于心灵世界的语言。

在《融入野地》里，张炜说"心灵可以分解，它的不同部分能够对话"，写作说到底就是一种心灵的发声。这种发声是心灵的低语，是不能用来朗读的。在《小说坊八讲》中，张炜专门谈过这一问题，他说："小说语言原来是用来阅读而不是朗读的，并且是独有的一种默读方式——不仅是叙述语言，即便是其中的人物对话，也要区别于朗读语言。这种语言深深地打上了沉默的烙印、作家个人的生命烙印，而且摩擦不去。不错，这是一种'心语方式'，这种方式的形成，要经过很长的训练与探索。"②

"心语"，是心灵的发声。用普通人的日常生活逻辑来检验，会觉得它违背常识。比如《九月寓言》中写到年轻人的奔跑，"咚咚奔跑的脚步把滴水成冰的天气磨得滚烫，黑漆漆的夜色里掺了蜜糖。跑啊跑啊，庄稼娃儿舍得下金银财宝，舍不下这一个个长夜哩。"脚步能把天气磨得滚烫？黑漆漆的夜色里掺有蜜糖？庄稼娃为了奔跑能舍下金银财宝？……这一切似乎都要打上一个问号。但是，我们知道这是文学的语

---

① 张炜、朱又可：《行者的迷宫》，东方出版社2013年版，第75页。
② 张炜：《小说坊八讲》，三联书店2011年版，第7页。

言,用生活常识来检验文学语言,会南辕北辙。因为文学语言本质上是心灵的语言,应当放到心灵上加以考量。如果用心灵来感知以上语言,我们会说这些话再真实不过了,这种真实就是心灵的真实、艺术的真实。我们想一想,年轻人在秋夜里奔上街头,跑啊跑啊,跑得浑身热腾腾的,不就很自然地感觉到冰凉的秋夜被脚步磨得滚烫了;至于为什么说黑漆漆的夜色里掺上蜜糖,是因为年轻人心中有爱情,生活便变得如蜜糖一般甜蜜了;年轻人能舍得下金银财宝,却舍不下长夜,似乎更能表达他们对生活的一腔热爱。这些只能用心灵来感知、体会、想象。

张炜说"心语"的获得,需要"训练与探索"。什么训练与探索?张炜没有说明。笔者认为,这种训练与探索就是"开放感官"。作者写时,需要开放他的多种感官,读者读时,也要开放多种感官。我们知道,面对一个事物,人会产生多种感官认识,视觉的、听觉的、触觉的、味觉的、嗅觉的等。但是,这众多的感受中只有一两种感受会进入人的意识,比如面对"月光",一般会产生视觉上的认识——白、亮,有人同时会产生接近触觉的感受——清凉。这是因为我们习惯于开放自己身体内的有限感官。但是,作家在写到"月光"时,就不能这样按部就班地来感受和书写了。他要在心灵的感受场域中,开放更多的感官,并打通各种感官之间的通道。所以,作家笔下经常会出现我们所说的"通感"现象。

> 月光今夜格外浓烈,噗啦噗啦像大雪朵一样落下。大平原上盖了多厚的一层,一脚都踏不透。月光石荧粉做成的,老天爷磨制得很细很细,让它一沾上人的脚就化掉……赶鹦凝望着脚下的月光。月光一丝丝融化,发出嗞嗞的声音……啊,冰凉的月光铺了一地,周身的热血一滴滴渗入茸茸荧粉,我变成了一具徒有其形的冰雕……①

在以上描写月光的文字中,我们无法将叙述者的各种感官感受——视觉的、听觉的、触觉的等,分得清清楚楚,它们交融在一起,形成了

---

① 张炜:《九月寓言》,上海文艺出版社2001年版,第330页。

"一种混沌一体的感知方式，打破了所有感知的界限"①。"月光"竟然像大雪朵一样噗啦噗啦降落，带着颜色、声音、形态，这是多美的一种感受啊，视觉、听觉融合在一起。月光不断地落着，在地上铺了厚厚一层，竟然有了踏不透的感觉，这就使前面的视觉、听觉转为了触觉。或许，将月光形容为雪还不能表达那种纤细的粉粒的感觉，所以作家又说月光是石莹粉磨成的，是老天爷一点点磨成的，因此很细很细，人的脚一沾上就化掉了。读者读这段文字时，需要进入一种混沌的境界，才能体悟月光如雪朵飘落、如莹粉般纤细踏在脚上融化的感觉。另外，为什么用"雪"来形容月光，跟人物的心境也是密切相关的，雪是冰凉的，正如赶鹦被秃脑工程师欺骗后的心境，寒冷冰凉，她周身的热血一点点变凉，渗入茸茸荧粉的月光中，最后变成了"冰雕"。这种感受、这种语言是这么妥帖，似乎不这样感觉就无法表达这神秘的月光境界。如张炜所说，语言文字是有魔力的，它能变出一个在我们的生活中站不住脚，但在我们的心灵中却栩栩如生、细腻、充满张力的境界来。这就是作家的心语。

三 自由跨界的语言

张炜的语言是自由跨界的语言，这种跨界不但表现在人与大地不同生命之间的跨界上，人与人之间心灵疆域的跨界上，而且表现在文本叙述中不同语言的跨界上。在张炜的《九月寓言》中，我们发现，叙述者尽量弱化了自己的立场和声音，他让人物自由地发声，自由地出入于文本的叙述层面与人物的表现层面之间，这就是语言的跨界。这就改变了传统小说所设定的叙述语言与人物语言之间明显的界限。笔者感觉，这是一种现代的语言表达形式，它使张炜的小说语言更加灵活自如，更加有利于表达主体的情思。

第一，语言的跨界发生于叙述语言和人物语言之间。在小说文本中，这个界限是分明的，何处是叙述，何处是人物说话，读者一目了然。尤其在现实主义小说中，这个界限更是分明。但在浪漫主义、现代主义等小说中，这个界限却不是那么清晰。《九月寓言》是一部兼

---

① 梅兰：《论张炜长篇小说的诗意与反讽》，《小说评论》2013 年第 5 期。

具浪漫主义抒情气质和现代主义象征色彩的小说，在文本内部，我们可以看到叙述语言与人物语言的交融现象，也就是说，人物语言经常"变位"到叙述语言中，直接发声，这样就形成了一种效果：人物和叙述者难分彼此，好像人物的声音挤占了叙述者的声音，又好像叙述者自觉地代替人物说话。这种自由跨界的语言，是作者写作时进入某种境界后，不自觉的一种语言选择，很自然，没有人为的成分，显示出语言的灵活和随机应变的特性。

笔者感觉到，在《九月寓言》中，主要是人物语言跨界到叙述语言中。正如有研究者指出的："张炜小说的人物话语经常越过边界，侵入到叙述话语中，甚至淹没了叙述话语，在这种混合渗透中，小说创造出充满张力的语言形象，并在此基础上把握了人物形象及作品的节奏转换。"① 人物语言的越位、跨界现象，显示出作家（叙述者）情不自禁地代替人物发声的迫切心理，他似乎不能按部就班地进行旁观叙述了，所以把人物的语言直接放到了文本中，让它直接发声。

<u>好冷啊好冷啊</u>，她一刻也不歇地蹦跳。呼叫男人，呼叫女人的依靠，<u>老天爷可怜可怜俺这些［鱼+廷］鲅、这些身上长鱼纹的人吧</u>！没有应声，只有大雨的浇泼声。不知过了多会儿，三两个光棍汉在十米之外的雨丝中出现了。他们认不出光身子的女人是谁，只是跳着："天上掉下来的物件呀！快捉住她呀！"三兰子像长了翅膀似的，只觉得身子离了地皮，在风雨中唰唰往前飞去。风在耳边啸叫，她飞得好快！……她在苍耳间寻找什么，什么也没有。"俺男人！俺男人！俺冷死了，想让你把俺搂在怀里……你在哪啊？"

在以上文字中，画线部分本来是人物的语言，但它直接"变位"为叙述语言，这就形成了一种效果：三兰子的感受——"好冷啊"已经成了叙述者的感受，三兰子的呼喊——"老天爷可怜可怜俺……吧"已经成了叙述者的呼喊。再加上人物三兰子自己的感觉、动作、语

---

① 梅兰：《论张炜长篇小说的诗意与反讽》，《小说评论》2013年第5期。

言——"像长了翅膀似的,只觉得身子离了地皮,在风雨中刷刷往前飞去""俺男人!俺男人!俺冷死了,想让你把俺搂在怀里……你在哪啊?"以及叙述者的旁观话语——"风在耳边啸叫,她飞得好快!"把一个赤裸着身子、在风雨中呼喊奔跑的乡村女子呈现在我们面前。她呼叫着自己的男人,呼叫着自己的母亲,呼叫着曾经爱的矮个子男人,甚至呼叫着苍耳,把自己埋进沙土,最后又因为眷念自己的男人,夹带着风雨冲进了那个村头之家,而等在她面前的是更加酷烈的虐待毒打,三兰子最后服毒自尽。

在张炜的作品中,不但存在人物语言侵入叙述语言的现象,而且存在叙述语言脱离情节发展与人物语言,从而自顾自抒情发声的现象。这在《家族》中表现明显,这部叙事作品插入了整整15节的抒情,这些抒情可以说与小说的情节无关,与人物个性化的语言无关,完全是叙述者心灵的发声。我们可以说是作者(或叙述者)强烈的抒情涨破了叙事的文体。叙述语言不再是客观的描绘和陈述,而是充满了叙述者主观的情绪与情感,是一种诗体抒情。叙述者(宁伽)在此成了一个特别的人物,他独立发声,表达自己对亲人(包括阿萍奶奶、父亲、母亲、未来妻子等)的深情挚爱,她(他)们美好的情感和内心,是叙述者心中最难以割舍也最美好的一种浓浓的思绪。

第二,语言的跨界发生于叙述人称之间。一般而言,一部小说都有固定的叙述人称,或者是第三人称,或者是第一人称,或者是第二人称。但真正有创意的小说,往往不会这么死板,它会在行文过程中,根据表达的需要,自由转换叙述人称。这就带来了语言的变化。在《九月寓言》中,笔者注意到,小说基本上是用第三人称叙述的,但在叙述过程中,存在第二人称、第一人称的暂时转换。如《九月寓言》中叙述庆余的故事时,本来用第三人称写:"天凉下来时,谁都看出杨树下的女人肚子大起来了。她的头发脏得五步之外闻得见臭味儿……有人亲眼见她俯下身子,在车辙沟里喝积存的雨水……"但写着写着,就变成了第二人称:"可怜的外乡人哪,你来路不明,口音怪异,这个村庄没人敢收留你……你一言不发地站在杨树下,是这个外乡人集聚的小村庄在考验你的耐性,还是你在检验小村庄的耐性……你的手隔着棉絮抚摸那个不知姓氏的生命,十指颤抖。怨恨和希望都装在眼里,你的目光投向炊烟升起的村子。"之所以转为第二人称,是因为第三人称有一种旁观的、无法进入人物心里的局限,而转为第二人称"你",会比较亲切,表现出对庆余这个"痴女人"的同情。

《九月寓言》中,叙述欢业与棘儿的爱情时,突然把第三人称转换为第一人称,用两个人的对话来表现他们之间的爱情。"好欢业啦我是你怀里的人,你好生哭上一场吧……那事儿悔就悔在我没有同你一起做哩……好棘儿我下辈子也是你的男人你的长腿汉子。咱俩从今儿个起都揣上了秘密过日月,在野地里觅食了。欢业欢业,你的胡茬真硬啊……好棘儿只有你会逮到我……"这种爱情的话语不嫌其多,似乎用第一人称更能表达爱情的炽热和真诚。所以叙述自然而然转换为第一人称,而且采用了直接对话的形式。

四 并置狂欢的语言

小说家写作时,一般遵循一个规范:叙述语言尽量客观,人物语言尽量贴着人物的个性与身份。似乎只有这样,才能使小说更真实。虽然有人说文学的本质是虚构,如阿·托尔斯泰在《论文学》中说过:"没有虚构,就不能进行写作。整个文学都是虚构出来的。"[1] 但这种虚构却是以造成"真实"效果为追求的。因此,小说的叙述语言要客观,人物语言要真实。然而,真正有创意的小说家必然要突破这种不成文的规范。特别在小说发展到21世纪的今天,各种小说实验纷至沓来,那种要求小说语言客观、真实的规范,已经不再受到重视。看一下中国当前小说的叙述语言,我们会说它已经变得非常犹疑了。这一点在格非等先锋作家那里,在他们营造的"叙述"迷宫中,我们已经体验到了这一点;在"70后"作家(如河北作家李浩的长篇小说《镜子中的父亲》[2])那里,表现得也很明显。在某种程度上,当前作家的创作,都在尽量弱化叙述者的声音,让它变得模糊。而与此同时,作家都在尽量让人物的语言自由生长,让它们一起发声,让它们成为一道众生喧哗的话语景观。这就是语言的并置、语言的狂欢。这在莫言的小说《檀香

---

[1] 《写作大辞典》,汉语大辞典出版社1992年版,第69页。
[2] 李浩:《镜子中的父亲》,北京十月文艺出版社2013年版。

刑》中表现明显，在张炜的小说《九月寓言》《海客谈瀛洲》中也很突出。张炜的语言是话语并置的语言，其中有正统的官方色彩语言，有一本正经的知识分子语言，更有自由挥洒、幽默无敌的老百姓语言。各种身份话语的并置，形成了相互辩驳、相互比试的状态。叙述者在此是不动声色的，而读者通过阅读，一方面享受到颠覆既定语言秩序的狂欢快感，另一方面最终又会形成自己的话语倾向性。

在《九月寓言》中，我们可以看到作者有意将知识分子语言与老百姓的民间语言并置在一起，将老百姓的民间语言与官方的语言并置在一起，形成了幽默、反讽的语言风格。幽默、反讽，就是一种潜在的消解，它会消解掉知识分子话语的庄严、一本正经，会消解掉意识形态话语的虚假、虚张声势。如文本中，跳荡不羁的乡村女孩三兰子，在靠近矿区的林子里遇到了一个语言学家，语言学家首先以学问——能识别几十种方言震住了三兰子，三兰子佩服他，给他拿了个大顶，裤子缝挣开了，这时语言学家扶了扶眼镜，艰涩地说了一句"要注意安全"，这句话以及他的表情和声调，非常明显地把他的内心欲望表现了出来，他说了一句多么道貌岸然的话呀。情节的发展，也证明了这一点，三兰子到底被这个语言学家欺骗了，失去了贞洁，当她的母亲扯着她去要个说法时，语言学家已经溜之大吉了。同样呈现出知识分子话语与民间话语的场景还有红小兵与秃脑工程师的智斗，"工人捡鸡""偷换锅盖"，轻而易举地打败了"工人阶级"，"偷换概念"就是民间的智慧，在它的智慧面前，代表知识分子的秃脑工程师只能窘迫得满头大汗，无法招架。老百姓是善于用形象说话的，在红小兵眼里，黄毛蜂就是矮壮憨人，偷酒喝的癞皮狗则与这个心怀鬼胎、觊觎赶鹦的秃脑工程师无异，民间的话语可以说充满智慧、所向无敌。但不幸的是，民间永远是弱势的一方，他们最终还是敌不过知识分子（包括意识形态）的强力。

官方语言与民间语言的并置主要表现在"诉苦"场景中。诉苦，本是官方的一种语言表演，主要展示农民所受的地主剥削和压迫。但是，在这个贫穷的小村里，似乎不存在这样的情形，所以富有创造力和想象力的农民，把这个政治上的诉苦会，变成了漫漫冬夜的民间故事会。在金祥的诉苦中，竟然有形如妖怪、红如婴孩、与野物同住的地主婆，有会搬运法的猴精（地主因此发家），等等。老百姓被这个神奇的民间故事所吸引,在讲故事的间隙,又适时插入了一些"苦啊苦啊"的咏叹。更为有趣的是,金祥讲故事时,情不自禁地讲了护秋人面对漂亮的地主小姐,那种人性的眩晕。这时,代表官方话语的金友冷不丁地说:"好个金祥胡诌!你长谁的威风哩!你怎么好糟蹋长工——刚才他的话大家都听见哩!"村头赖牙好像突然醒过神来,让金祥好生说,而一些老头老婆子默默相视,一拍膝盖站起:"老天!反了你金友!装什么假正经哩?世上人谁没打年轻时候过来?谁没个乱蹦乱跳的时候?"老百姓的话是朴实的,直接把金友的官方话语推得远远的。这种话语的并置、杂糅,可以说是一种语言的狂欢。而语言的狂欢,正是要推翻正统社会(不管是意识形态还是知识分子)的语言秩序,在一种想象中消解掉所有的假崇高、假正经。

官方、知识分子、民间话语的并置是90年代以来小说的突出现象。我们在王朔的小说中也能看到这一点。但是王朔的小说与张炜的小说在突出民间话语时,采取的立场不同,王朔以民间社会中痞子的调侃语言,来消解官方话语与知识分子话语。张炜则是以民间的机智、幽默、富有想象力与创造力的话语,来消解官方话语与知识分子话语。所以,虽然表面上这两个作家都倾向于民间话语,但他们民间的内涵是截然不同的,他们的民间话语是两种不同的形态。

第二节 创新的文体和结构

张炜的小说文体可以分为三种类型:抒情文体、叙事文体、思辨文体。其中,早期的短篇小说(《芦青河告诉我》中的作品)是比较典型的抒情文体,里面包含着许多抒情要素:清新的自然环境、美好的乡村女性、青年男女的爱情,等等。80年代中后期到现在,一些情节、人物相对单纯的小说(如《远河远山》),一些意蕴深长、具有寓言色彩的小说(如《九月寓言》),也可以称之为抒情文体,这主要考虑到文本的整体意蕴。至于典型的思辨文体,我们可以找到的作品是《梦中苦辩》《远行之嘱》《柏慧》等。像《古船》《你在高原》这样的长篇小说,则是典型的叙事文体,表现了张炜对历史和社会事件的关注。需要指出的是,即使是典型的叙事文本,同样包含着浓郁的抒情和思辨因

素。因此，我们对张炜小说三种文体的划分是一个大概的划分。浏览张炜小说发展史，我们可以窥见张炜小说文体的某种变化，大体说来，是从抒情走向叙事，但走向叙事，并不意味着张炜放弃了曾有的探索，他的叙事中依然有抒情、思辨的因子。所以，我们说，张炜的小说文体是一种复合式文体，融合了叙事、抒情、议论诸种表达方式。

一 复合式文体

张炜对小说的文体进行了创新，把抒情、议论、说明等融入叙事，最后形成了一种复合式小说文体。这种复合式文体类似文坛倡导的"跨文体"写作。1999年《大家》等杂志提出了"跨文体"写作的理念，并推出了海男《女人传》、蒋志《情人专制》等文本。跨文体写作倡导一种"高度边缘性和包容性的文体""以诗性的、富有色彩的语言，广泛、自由地运用小说的描写与叙述、散文的铺陈、诗的直觉理性与穿透力、批评的分析……一切文学创作、批评的技巧与法则，乃至种种非文学话语的因素"[①]，它打破了僵化的文体成规，虽然有技术主义、炫奇的嫌疑，但无疑推动了当代文学的发展。我们可以在莫言的《檀香刑》中看到小说文体向戏曲文体的一次撤退；可以在《蛙》中看到小说对书信体的借用，看到小说文体与戏剧文体的并置。在张炜的《柏慧》中，我们同样看到了小说的书信体形式，看到了大段的思想对白（这正是思辨文体的表达形式）。在《海客谈瀛洲》中，我们在小说文本中看到了另一个小说文本、看到了一个高官的自传、还看到了一个伪学者所写的词典词条。这一切都在说明，小说的表达方式已经超越了叙事，融入了抒情、议论、说明等多种表达方式。从文学史看，这种文体的革命是90年代以来小说的普遍追求。

在小说中融入抒情，在20世纪30年代的京派小说中就已存在，在四五十年代的荷花淀派中也不陌生。小说的诗化（或抒情体小说）是小说文体革命的一次早期实践。在新时期文学中，这种小说的诗化倾向经汪曾祺等人得以延续。后来在新潮小说作家（如余华、孙甘露等人）的作品中，得到变异的复活。90年代，当小说文体革命成为燎原之火

---

① 吴义勤：《长篇小说与艺术问题》，人民文学出版社2005年版，第45页。

时，对小说的文体出现了各种命名，如王一川先生概括出了拟骚体小说、双体小说、跨体小说、索源体小说、反思对话体小说、拟说唱体小说等七个新品种。① 在这众多文体中，王一川以张炜的《家族》为例，阐述了何为双体小说。他说，《家族》中，"通常的统一文体分裂为两半：抒情体与叙事体交错、历史叙述与现实叙述分离、抒情人与叙述人竞现，也就是说形成诗体与小说体双体并立格局。全篇共13章108节，叙事体虽属主要部分，但其中镶嵌的抒情（诗体）部分竟达15节。每当叙述流正顺利延伸时，彼此并无直接关联的散文诗节总会突然切入。这就切断或瓦解了统一的叙事流，而让抒情流暂居上风。抒情流也不能久领风骚，又急切地让位于叙事流。这种双体并立局面是张炜目前生存体验的置换形式，他的内心激情和焦虑集中凝聚为诗（抒情）体与小说（叙事）体的冲突，即直接的或纯粹的倾诉与借历史叙事而间接实现的倾诉之间的冲突。这冲突是如此强烈和不可遏止，以致要求冲破现成文体规范而创制新体。整体而言，诗体往往高度浓缩了说话人的激情，因而比叙事体更接近激情本身，故更显重要。在小说叙事无能为力的关头，总是诗体抒情出来拯救"。"这种写法其实是古典小说文体的一种现代转换形式。是抒情性而不是叙事性是中国古典文学的一个独特特征。这种抒情（诗）性当其在明清之际衰微时，又在小说中获得移位和拯救。在《三国演义》、《水浒传》和《西游记》等经典小说中，由'有诗为证'、'诗曰'、'但见'或'正是'等套语引导的诗的介入，并非一般闲笔，而是叙事之"眼"或"魂"，具有叙事的最后完成者这一特殊功能，从而令叙事性最终接受抒情性的统摄。这种抒情主导传统尽管在现代小说中一度衰弱，但必然会寻求复活，而张炜则可能是无意识地满足了这一必然要求。"② 这种抒情与叙事并重的小说，或者说抒情涵盖叙事的小说，并不是张炜的随意选择，它体现了作家对小说文体革新的冲动，也可以说，作家内心深处的激情使他自然而然选择了涨破叙事外壳的抒情诗文，以此作为强化小说主题的手段。

张炜不但把抒情融入小说，而且把议论也融入了小说。在《人的

---

① 王一川：《我看九十年代长篇小说文体新趋势》，《当代作家评论》2001年第5期。
② 王一川：《王蒙张炜们的文体革命》，《文学自由谈》1996年第3期。

杂志》中，我们可以看到，共有13节《驳蠢夜书》。《驳蠢夜书》最初是一个思想的夜猫子在午夜之时，写下的对当今社会现象的议论文章，观点老辣，如关于中国人勤劳发家致富的议论、中国人崇洋媚外的议论、对某市长经济发展论的批驳、体育竞技走向畸形的议论……为了让这些精彩文章出版，书商李大睿进行了运作，让一些人在这个最初的文本后附上形形色色的批驳文章，这样《驳蠢夜书》本身就是一个充满矛盾的文本了。张炜把这一个个充满矛盾的文本直接放入小说《人的杂志》中，就使得议论文体与叙事文体形成了对照，共同烛照出当前中国社会和思想界的畸形现实。这些议论文章虽然游离于作品情节，但在整体上却起到了画龙点睛的作用。可以说，这里面有作家忍不住对社会发言的思想意绪。张炜本人对《驳蠢夜书》非常满意，在写作过程中，他一边写一边向朋友朗读这些议论文章，由此，我们知道这些"游离于"小说线索的文章并不是可有可无的。

　　张炜的复合式小说文体以《海客谈瀛洲》最为典型。这部小说的主线是"我"和年轻的学者纪及参与了一个研究徐福的项目，在这个过程中，"我"和纪及遭到霍闻海一伙人的迫害。由此可知，这是一个现实生活的叙事文本。但就在这个文本内部，同时生长着另外三个文本：一是"我"写的历史小说《东巡》；二是无耻文人王如一写的词典词条；三是高官霍闻海写的自传片段。后面三个文本，以若干片段的形式，交错插入现实生活的叙事文本。这就形成了小说多文体的交错融合。这种看似支离破碎的结构安排，却烘托出一个共同的主题——不管是古代、现代、当代，我们如何处理知识分子与政治强权的关系这一议题。对这个议题，"我"和"我"的历史小说《东巡》以及纪及的回答是：在暴政面前，像徐福东渡一样，输送和保存下思想独立的种子。霍闻海及其自传的回答是：推翻曾有的暴政，自己走进暴政中，过起了荒淫和剥夺弱者的生活。王如一这样的无耻文人的回答是：追随权力，获得利益，为此可以不顾事实、胡言乱语。总之，在张炜的这部小说中，套着一个叙事的小说文本——《东巡》，还套着一个说明的文本——词典词条，还套着一个叙事的传记文本——自传（传记文本进入张炜小说，在《丑行或浪漫》中有过，那是二先生为伍爷修的传；而说明文本进入小说，在《蘑菇七种》中有过，那是老丁场长写下的一篇关于蘑菇的文字……)。张炜的小说已经不是普通意义上的小说文体，它是一种复合文体，这种文体适合表达复杂的思想意蕴，读者读之往往会经历从不熟悉、不流畅到越读越有味、越琢磨越有道理的思维过程。

二 套盒式结构

张炜小说的结构多种多样，有单线、多线式结构，还有套盒式结构（或者说镶嵌式结构）。套盒式结构的出现，代表了张炜小说结构艺术的成熟。通俗地说，套盒式结构是在小说的情节发展过程中，作者有意套上一个盒子。读者进入这个盒子一看，原来是一个风味十足的民间故事或历史故事，总之，这个故事的韵味与整个小说的韵味，既有强烈反差，又有某种精神勾连，这就是套盒式结构。

套盒式结构的出现，是张炜不断探索小说叙事艺术的结果。在多年的小说创作中，他尝试了各种各样的结构方式：有单线式结构，如《远河远山》《丑行或浪漫》，分别以一个少年或乡村女性的奔跑史为线索；有多线式结构，如《古船》，以洼狸镇三大家族的命运为主线；还有表面是单线式结构，叙事展开后却变成了多线式结构的小说，如《九月寓言》，以肥的回忆展开叙述，是单线式结构，但在肥的回忆中，却展开了多种线索——痴女人庆余的故事、少白头龙眼一家的故事、赖牙一家的故事……更为特别的是故事中还套着故事，如金祥的诉苦故事中套上了一个猴精"大搬运小搬运"的故事，这可以说是张炜套盒式结构的雏形。大约从《家族》开始，张炜小说的结构发生了巨变，他不再以人物的命运为主线，而是让处于不同历史时空的人物及其故事，共同呈现于本文中。《家族》分为三大板块：现实板块、历史板块、抒情板块，它们之间差别很大，作者精心安排，把它们穿插在一起。读者阅读时必然会中断阅读节奏，但这种结构方式不能说是随意的，在某种程度上，这样的结构安排比单个的现实故事或历史故事或主体抒情，更能烘托作品的主题意蕴。在《你在高原》中，出现了比较成熟的套盒式结构。如《橡树路》，在表现橡树路权力者的生活中，套上了城堡老妖的故事、"穷人的诗"的故事、乡村橡树路的故事；在《鹿眼》《荒原纪事》中，套上了旱魃的故事、煞神老母的故事；在《我的田园》

中，套上了毛玉与筋经门传人铁力沌的故事……这众多故事，不但延伸了小说的内涵，而且强化了阅读的效果，让读者深深为之沉迷。

张炜套盒式结构中所套的民间故事，是小说的"诗眼"，它们熠熠生辉，照亮了张炜的小说世界。它们类似我们童年时代听过的绘声绘色的口头文学，是中国民间文学的宝藏。这些故事里面既有回味悠长的道德意味，又有令人神往的想象力，作家把它们置于"情节发展"这棵大树之上，宛如树上结出了一个个鲜红的果子，看之耀人眼目，尝之芳香怡人。如《忆阿雅》，套上了一个神秘动物阿雅的故事。阿雅对主人忠心耿耿，每天都为主人衔回一粒金粒，后来因为找不到金粒，它跑到远山中，为主人辛辛苦苦衔回白金粒，但无知的主人认为阿雅背叛了他，最后竟对它进行捕杀。在伤心绝望中，阿雅逃离了主人。少年的"我"沉迷于这个传说故事里，朦胧中一直相信阿雅就是自己的守护神，它将终生护佑着自己和家族。《橡树路》中套上了城堡老妖的故事，这是一个暴虐和荒淫终于被消灭的故事。《荒原纪事》中套上了煞神老母的故事，这是一个神变魔、祸害人间的故事。总之，这些民间故事不但充满想象力，而且有道德教育的风味，对读者而言，这些故事的影响将不仅是阅读上的，同时还包含着思想人格上的熏陶。

准确地说，张炜的套盒式结构，受到了西方"结构现实主义"小说的影响。在《小说坊八讲》中，张炜重点讲过"结构现实主义"，如略萨，"通常用镶嵌的方式，将几个不同的故事在书中同时呈现出来……读者刚开始顺着它的情节往前走的时候，另一个故事板块就硬生生地插了进来……诸多故事一起呈现，读者被吸引的同时又要张望环顾，阅读效果变得奇妙：寻找它们之间的内在联系，并依据自己的生活经验和艺术经验加以组合，从而获得非同寻常的快感"[①]。张炜的小说从世界文学大家略萨、库切、卡尔维诺等吸收了有益营养，他追求的不再是流畅、急促的情节线索，而是有意间断叙述线索，把不同时空、不同格调的故事（古代的、现代的，正面语调的、谐谑语调的）组合在一起，最终形成了小说多意蕴、多内涵的套盒式结构。

张炜的套盒式结构革新了中国传统小说的线性结构。线性结构是一

---

① 张炜：《小说坊八讲》，三联书店2011年版，第43页。

种平面结构，它也会用"花开两朵各表一枝"插入新的故事，但新插入故事仍然要由叙述者用一根线牵住，不太可能走远或放飞，也就是说仍然要服从线性原则。诚如吴义勤教授所说："传统的长篇小说一般都有一个'加速度'的过程，故事、情节、人物等等常常会以一种'加速度'的方式奔向小说的结尾，与此相对应，小说的结构也基本上是封闭的。"① 但在"套盒式"作品中，就是要让不同的故事荡开一点，尽可能获得自身的独立性。② 张炜的小说是一种开放式结构，完整统一的情节不是他所追求的，在有意间断故事情节、插入不同风格故事的做法中，张炜彻底打破了传统长篇小说的封闭式结构。③

如洪治纲评述《你在高原》时所说："遥远的传说，古老的寓言，魔幻的情节，迷离的想象，渗透在一个又一个现代故事之中，熔铸在一个又一个鲜活的人物性格中，使生命与自然、历史与现实、理想与欲望……形成了各种复杂而又微妙的纠缠。在那里，套盒式的故事结构，变动不居的意识流，玄秘的魔幻主义，以及各种跨文体式的组合，争相呈现出各种独特的叙事智慧。"④ 这就是张炜小说叙事的魅力，它创新多变，它永无止境。

在中国当代文学史上，张炜留下了他不可磨灭的痕迹。洪子诚的《中国当代文学史》认为，张炜"表达了一种强烈的对社会文化现实的批判立场，和以理想主义的人文精神为基尺的呼唤'大地'的情怀"⑤。陈思和的《中国当代文学史教程》认为，张炜的创作是民间立场的典型文本，《九月寓言》"是20世纪中国文学的殿军之作"⑥。朱栋霖主编的《中国现代文学史》认为，张炜的《九月寓言》"不仅代表了张炜个人创作道路的最高成就，事实上也是90年代整个中国长篇小说领域中重要的作品之一"⑦。评论家摩罗说："对张炜来说，他最大的光荣就在于，他所达到的个人成就的峰巅，也就是目前文坛多元格局中某一元的

---

① 吴义勤：《难度·长度·速度·限度》，《当代作家评论》2002年第4期。
② 张炜：《小说坊八讲》，三联书店2011年版，第58页。
③ 上官政洪：《张炜小说的叙事模式》，《荆门职业技术学院学报》2007年第5期。
④ 洪治纲：《评〈你在高原〉》，《文学报》2010年第5期。
⑤ 洪子诚：《中国当代文学史》，北京大学出版社2007年版，第276页。
⑥ 陈思和：《中国当代文学史教程》，复旦大学出版社1999年版，374页。
⑦ 朱栋霖等：《中国现代文学史1917—1997》，高等教育出版社1999年版，第190页。

峰巅。也就是说,他与另几位在各自的'元'上堪称龙头老大的杰出作家一起,代表了文坛的最高水平,是最值得读者和批评家关注的重要作家。"① 总之,张炜的小说创作代表了新时期文学的一座高峰,在某种程度上,它甚至成为中国当代文坛的一面旗帜,引领着文学发展的方向。走近和研究张炜,对于走近和了解中国当代文学具有独特的意义。

张炜从知识分子的良知和社会责任感出发进行现代性批判。他继承了传统知识分子特别是儒家知识分子的社会责任感和道德意识,继承了鲁迅等启蒙知识分子的批判精神,同时继承了俄罗斯作家托尔斯泰的悲悯情怀,张炜的小说创作对于我们今天重拾知识分子的社会责任感、道德良知和独立反思精神,发挥知识分子的现实文化价值具有重要意义。张炜小说还借鉴了西方社会现代性批判思潮(包括生态文化思潮)的思想内容,"物质主义、环境问题、民主内容、人类技能的提高与精神萎缩的后果"是冷战结束后中西方所面对的思想主题(张炜语)。本书正是试图从现代性批判视角,对张炜小说的文化根源,知识分子立场,小说的发展历史,小说的主题、人物、艺术特质等一系列问题进行分析和阐述。

---

① 摩罗:《张炜:需要第四次腾跳》,《当代作家评论》1998 年第 1 期。

附录一　守住文学的"根"
——张炜访谈

非常感谢张炜先生接受作者的访谈。

一　作家的经历、性格、阅读

感觉您是一个非常热爱自然，喜欢在大地上奔走的作家。我觉得亲近自然、热爱自然对于每个人、对于文学创作都非常重要。请您谈谈这一倾向是怎么形成的好吗？

从地图上看，它只是半岛西北部一个小小的"犄角"，那里当时还是一片野地丛林，没有多少人居住。一个人如果在这样的地方出生，就会习惯于人迹罕至之地。大自然使人的思绪变得遥远，视野里有地平线，这个很重要。

从您的作品中可以看出，您是一个严肃、严谨的作家。而您的创作又经常显现出激情、诗意的风格。您怎么看待您的性格与您的创作之间的关系？（我觉得您是通过小说中的主人公如抱朴、史珂、宁伽等表达自身关于历史、现实、人生的严肃思考，而在写到自然、大地等场景时，您又使用了一种诗意抒情的笔法。似乎您性格中的丰富性，正对应着不同的书写领域？）

一个人在创作时总要沉入自己的感性世界。理性的力量会撤到暗处，把握所有的一切。二者的交织可能就是诗意的写作。诗性的表达主要还不是一种方法，而是自然而然的，是生命的想象和沉浸。人的性格是天生的，后天将有所补充和改变。后天的部分与先天拥有的一些因素衔接到一起，然后一块儿发挥出来。

读您的作品，感觉您有一个知识分子的受难情结。您对知识分子在当代的苦难境遇特别关注，有一种叩问和还原历史真相的激情。不知这与您的家庭和亲身经历有没有关系？

作者笔下的内容与他的感知有关，所以说不能不受经历的制约。但这不一定完全属于个人经历。中国的知识人从历史到现实，经受的苦难已经是足够多的了，当然体力劳动者也是一样。二者都需要关注。体会和了解知识人的苦难，在我们这里总是十分容易。至于能否深入地叩问，那又是另一回事了。

请谈一谈您对中外文学作品的阅读情况，特别是鲁迅和托尔斯泰对您思想和创作的影响？

鲁迅和托尔斯泰曾经是中国人一再阅读的作家。一部分人随着年龄的增长，将开始一点点读懂他们。他们的读者多，但是被概念化的程度却很高，所以变得更不容易读懂。人生阅历对阅读很重要，不到一定的年龄，有些作家是读不懂的。

作为50年代生人，80年代正值您的思想活跃期。您在《你在高原——橡树路》等作品中，对80年代青年人的思想状况有很详细的描述。您的写作相对于当时伤痕文学、反思文学而言，具有自身的特点，丰富了当代文学史关于这一时段的描写。当时青年人对社会问题的积极参与、认真思考、激烈辩驳，以及他们以后的分化，具体情形如何？您觉得当时青年人的追寻和思想活跃状态，对于今天的青年人有何启发？

非物质主义和商业主义的时代，正是一个积极寻找精神意义的时期。在那种潮流下，人可以获得向上的动力。但是强大的个人一定是独立行动和思考的，最后形成所谓的"一个人的多数"，就是说一个人也可能占有极大的真理性。最好的写作一般不至于混入群声和潮流，不让人归类也难以归类，这才有可能是最好的。

您90年代的小说经常写到"葡萄园"，您曾将之表述为精神绿洲、精神的休憩地，我们是不是可以理解为其中寄予了当代知识分子对精神家园的寻找？您理想的精神家园是什么？葡萄园是不是一个真实的地方，您在那里劳动过？它还能继续给予您创作的某种灵感吗？或者您已经找到了更好的精神寄托之地？比如万松浦？

"葡萄园"一开始是实指，写得多了，无形中也就"象征"起来了。半岛地区有无数的葡萄园，写作者在那里活动的时间长了，在其笔下也就很难再成为一个虚指。不过《圣经》里多次出现过"葡萄园"，这就让读者换一副眼光去看，于是他们将认为这不是一种巧合，并因此而辐射出更多更复杂的意味。

二　作家的创作历程、创作思想、创作形式

梳理您的创作历程，感觉您对社会现代化的态度随着时代发展发生了明显的变化。80年代，您基本赞同社会现代化（虽然也包含着隐忧）；90年代，您对社会现代化暴露出的一些问题非常愤怒，您对社会现代化的态度是否定和质疑的，而且特别激愤；进入新世纪，感觉您否定的态度一如既往，但心态趋于沉静有力，在《精神的背景》发表后，我们可以看出您对当前社会的病态性质有了根本的"诊断"，提出了在腐殖质中培育生长新精神的期望。近十年来您的一些作品，也不断写到知识分子与底层民众一起来抗争这样的事件。

请您从当前心态出发，谈一谈对社会现代化的观点。面对当前权力、资本、技术三位一体的社会存在，知识分子应该怎么做？知识分子可能实现与底层民众的结合吗？前途如何？

这个世界已经踏上了"现代化"的不归路。物质主义、商业主义

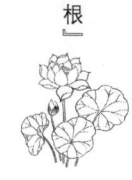

205

与"现代化"是最好的一对伙伴，由此看，人类也许没有诗意的明天、没有那样的希望。谁也不能将炽烈的物欲从现代科技中过滤出来，所以谁也不能无忧无虑地歌颂"现代化"。人生太短促了，人疯狂地追求速度，这又使其生命变得更为短促，所以人是非常可怜的一种生物。

《外省书》中史珂反复说，要从"根"上守住什么，"根"是不是指传统文化，请谈一谈传统文化对您创作的影响？我们如何在继承传统文化的同时，剥离、丢弃封建社会遗留下的专制主义的阴影（您曾大力批判的"土野蛮"）？

根是觉悟力，是人类原来就有的良知良能，而不仅仅是后来才有的什么思想体系。人接触自然大地，劳动，简朴地生活，就会让自己变得诚实。守住这种诚实，人类才有希望。

我觉得传统文化并不仅仅是儒家、道家等精英文化，更包括生长在民间的文化精神，这在您的小说中也有体现。您如何看待民间文化的内涵、精神及其与文学创作的关系？

现在的这个时代已经难再说有什么"民间"了。因为城市化和现代科技化、数字化，已经比较彻底地消灭了"民间"。二十年前还有一点。真正的民间在民国以前，那时有一些独立生存的空间，于是才有各种不同的传统的持守。从当年那些单独的空间中，人们可以吸收许多创造和发现的能量。现在则不行，现在的思想和方法都相互感染，变得单一了，似是而非的东西越来越多。

从您的一些作品里，感觉您与沈从文先生有一些共同点，包括引以为豪的"乡下人"身份、认真执拗的性格、对乡土的眷恋不舍等。当然你们之间也存在着不同。请谈谈您对沈从文先生作品的理解？

一个乡土作家老实地作文，只写一个地方，这也很可贵。这样的作者或许不是一个才华飞扬的大天才，但他对自己的乡间有悟想有记忆。

这正是他最主要的价值所在。我们与他不同，我们关心得太多，也许这正是我们的弱点。

面对您的创作，我感觉非常可贵的是您的批判精神，您对民间立场的坚守（包括您对"大地"的阐释）。特别是后者，在当代文学史上是独特的，可以说您创造了一个浑厚质朴又充满诗意的"大地"形象。评论家郜元宝和张新颖先生对此有过非常精彩的论述。我想问的是，您眼中的"大地"形象是什么样子？（我的感觉是它有承受、化解历史苦难的功能，又有激发、挥洒人的生命力的作用。）

我并不是一个民间立场的持守者，我只是一种坚持发出个人声音的人。"民间"已经是一个十分可疑的概念，而今它变得混杂极了。"民间"许多时候恰恰被当成了庸俗和粗俗的代名词、无良知无立场的代名词、下流无耻的代名词、痞子的代名词。"民间"还常常是一种暴力，一种变形和遮掩了的专制力量。大地和星空的力量绝不会作用于这样可怕的"民间"。我们应该服从、寻找和感受大地和星空的力量。

当前生态环境问题已成为中国现代化发展的达摩克利斯之剑，您虽然不很赞成把您的创作归入狭隘的环境文学（生态文学）中，但您的作品确实展现了利奥波德式的生命共同体理念和蕾切尔·卡逊式的生态灾难忧思。请问您如何看待当前的生态文学创作潮流，包括当前生态文学的局限和发展的空间？

没有什么"生态文学"，而只有文学。所有好的文学杰作，都有大自然所孕育的充沛之气。一般来说，所谓的"生态文学"，也包括其他各种"文学"，都是对文学很隔膜的。文学是什么？它与生命及大自然有什么关系？这些都是很本质的问题，需要一再去追问。

伟大的作家作品不仅追求思想内涵的深刻，还追求艺术形式的创新。可以看出，您在小说创作形式上也是精益求精的：您创作了一种复合式文体小说，把议论、抒情等笔法引入小说叙事文体里，如《家族》

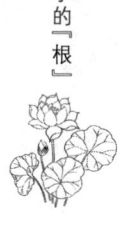

中抒情体的切入，《你在高原——人的杂志》中议论文体的插入等，这种文体融合的小说写法会不会挑战读者的阅读习惯？这种做法有什么特别的考虑吗？

另外，您在小说中使用了套盒式结构，在一个现实故事中再埋藏进一个民间传说、民间故事，对此您有什么特别的考虑吗？是不是考虑到传统民间故事形式更能深入人心？影响更为久远？

您的后期作品对齐地民间文化、民间思维方式更为关注，请您谈谈齐地文化与文学创作的关系。

作者考虑一部作品时，"方法"想得不会太多。有些作品的"形式"不是设计出来的，而是出于需要。与一种语境适配的形式将会产生出来。作者的身心始终让浑然的整体感受笼罩着，笔下流淌出的文字才会有神气生命。

"齐文化"要感受它才好，它不仅是作为一种知识贮存于作者身上。一个东部出生的人，对齐国的生命气质，要在年纪稍大时才能感知到一点。我们现在知道，在半岛的东部有一个物质主义的古老国家，这个国家与内陆不同。齐文化的基因就在我们的文字中、在举手投足间，但是这需要慢慢发现和体味。

《你在高原》为一代人立传的意识非常强烈。它虽然写到了远古的传说和历史故事，但我更感兴趣的是与叙述者有着血肉联系的现当代历史生活的描写。请问您为什么对这一段历史这么感兴趣？您想通过作品告诉读者的是一种什么样的历史？

这部大河小说是用心血浇灌的，是很漫长的劳动的结果，里面的感动很多，记录很多，隐秘也很多。作者不太相信它是一般意义上的书写，它是血流奔涌的一个生命体。

它写了许多50年代生人，只是取一些标本而已。其实人的奥秘都是差不多的，都说不尽。

记得您在完成《九月寓言》后，曾说好像心里挖掉了一块东西、

很难弥补上一样，那么，在完成《你在高原》后，您有什么感受？有没有新的创作安排？

  这部大河小说不影响其他的创作。它的产生更能使人安静下来，空余出更多的时间来经营其他文字，表达更丰富的感受。当然会有更好的作品写出来，这是写作者不曾怀疑的。

2014. 10. 3

本书作者与张炜在万松浦书院

附录二 张炜创作年表（1973—2015）

1973 年
创作第一篇短篇小说《木头车》，后收入小说集《他的琴》。

1974 年
创作短篇小说《槐花饼》。

1975 年
创作短篇小说《小河日夜唱》《花生》《战争童年》《夜歌》《他的琴》等。

1976 年
创作短篇小说《钻玉米地》《锈刀》《铺老》《开滩》《叶春》《槐岗》《石榴》《造琴学琴》等。

1977 年
创作短篇小说《玉米》《蝉唱》《公羊大角弯弯》《在路上》《下雨下雪》等。

1978 年
创作短篇小说《人的价值》《田根本》，后收入小说集《他的琴》。

1979 年
创作短篇小说《悲歌》《告别》《初春的海》《自语》《春生妈妈》《老斑鸠》等。

1980 年
短篇小说《达达媳妇》，《山东文学》第 3 期。
短篇小说《操心的父亲》，《上海文学》第 9 期。

1981 年
短篇小说《芦青河边》，《柳泉》第 2 期。

短篇小说《黄烟地》,《上海文学》第 10 期。

短篇小说《看野枣》,《泉城》第 10 期。

1982 年

短篇小说《声音》,《山东文学》第 5 期。

短篇小说《天蓝色的木屐》,《青年文学》第 4 期。

短篇小说《生长蘑菇的地方》,《青年文学》第 6 期。

短篇小说《三大名旦》,《柳泉》第 3 期。

短篇小说《山楂林》,《萌芽》第 9 期。

短篇小说《紫色眉豆花》,《泉城》第 11 期。

1983 年

短篇小说《拉拉谷》,《青年文学》第 2 期。

短篇小说《秋雨洗葡萄》,《山东文学》第 8 期。

短篇小说集《芦青河告诉我》,山东人民出版社。

1984 年

中篇小说《护秋之夜》,《小说家》第 2 期。

中篇小说《秋天的思索》,《青年文学》第 10 期。

短篇小说《一潭清水》,《人民文学》第 7 期,获"1984 年度全国优秀短篇小说奖"。

短篇小说《黑鲨洋》,《文汇月刊》第 8 期。

短篇小说《海边的雪》,《人民文学》第 12 期。

1985 年

中篇小说《你好,本林同志》,《收获》第 3 期。

中篇小说《童眸》,《中国作家》第 5 期。

中篇小说《秋天的愤怒》,《当代》第 4 期。

中篇小说《黄沙》,《柳泉》第 6 期。

短篇小说《烟斗》,《人民文学》第 5 期。

短篇小说《剥麻》,《山东文学》第 1 期。

短篇小说《夏天的原野》,《上海文学》第 7 期。

1986 年

长篇小说《古船》,《当代》第 5 期。

中篇小说《葡萄园》,《明天》第 2 期。

中篇小说集《秋天的愤怒》，人民文学出版社。

中篇小说集《浪漫的秋夜》，中国青年出版社。

1987 年

中篇小说《海边的风》，《钟山》第 4 期。

短篇小说《采树鳔》，《文汇月刊》第 10 期。

短篇小说《激动》，《文汇月刊》第 10 期。

短篇小说《梦中苦辩》，《文汇月刊》第 10 期。

中篇小说集《秋夜》，中原农民出版社。

《古船》，人民文学出版社。

《张炜中篇小说集》，中国文联出版公司。

1988 年

中篇小说《蘑菇七种》，《十月》第 6 期。

中篇小说《请挽救艺术家》，《上海文学》第 10 期。

短篇小说《冬景》，《人民文学》第 10 期。

短篇小说《三想》，《小说家》第 4 期。

短篇小说《满地落叶》，《山东文学》第 10 期。

中短篇小说集《童眸》，北京十月文艺出版社。

1989 年

中篇小说《远行之嘱》，《人民文学》第 7 期。

《古船》繁体字本，香港天地图书公司。

《古船》繁体字本，台湾风云时代出版公司。

1990 年

短篇小说集《他的琴》，明天出版社。

散文《你的树》，《山东文学》第 9 期。

1991 年

中短篇小说集《美妙雨夜》，上海文艺出版社。

《张炜中短篇小说集》，人民文学出版社。

长篇小说《我的田园》上卷，江苏文艺出版社。

文论集《周末对话》，江苏文艺出版社。

1992 年

长篇小说《九月寓言》，《收获》第 3 期。

散文《羞涩与温柔》,《作家》第1期。

中短篇小说集《秋天的思索》,香港天地图书公司。

1993年

长篇小说《我的田园》,《峨眉》第1、2期。

中篇小说《金米》,《小说界》第1期。

小说四题(《四哥的腿》《消失在民间的人》《武痴》《密友夜谈》),《天津文学》第2期。

散文《融入野地》,《上海文学》第1期。

散文《人生麦茬地》,《当代散文》创刊号。

散文选集《散文与随笔》,山东文艺出版社。

《九月寓言》,上海文艺出版社。

《九月寓言》繁体字本,香港天地图书有限公司。

五卷本《张炜名篇精选》,山东友谊出版社。

1994年

散文《夜思》,《收获》第4期。

散文《独语》,《羊城晚报》。

文论《域外作家小记》,《比较文学》第2期。

文论《时代:阅读与仿制》,《读书》第7期。

《秋天的思索》繁体字本,香港风云时代出版公司。

《古船》,韩国草光出版社。

《时代:阅读与仿制》,法国《现代》杂志。

《一潭清水》,法国伽里马出版社。

《柏慧》,北京十月文艺出版社。

1995年

长篇小说《柏慧》,《收获》第2期。

长篇小说《家族》,《当代》第5期。

文论《守望的意义》,法国《现代》杂志。

"张炜文学周"专集《期待回答的声音》,明天出版社。

文论集《忧愤的归途》,华艺出版社。

《家族》,上海文艺出版社。

小说集《如花似玉的原野》,人民文学出版社。

短篇小说集《激动》，中国青年出版社、中国少年儿童出版社。

散文集《生命的呼吸》，珠海出版社。

《域外作家小记》，法国伽里马出版社。

1996 年

中篇小说《瀛洲思絮录》，《钟山》第 5 期。

小说集《东巡》，山东友谊书社。

《张炜小说精选》，太白文艺出版社。

《张炜自选集》六卷本，作家出版社。

随笔集《精神的丝绦》，上海人民出版社。

散文集《纯美的注视》，远东出版社。

小说文论集《张炜自选集》，漓江出版社。

随笔集《心仪》，山东画报出版社。

《家族》繁体字本，香港天地图书公司。

1997 年

长篇小说《远河远山》（下），《花城》第 4 期。

中篇小说《孤竹与纪》，《山花》第 9 期。

文论《我的创作——兼论中国大陆新时期文学》，《美国文摘》第 6、7 期。

文论集《时代：阅读与仿制》，中央编译出版社。

散文、诗歌四卷本选集（《羞涩与温柔》《冬天的阅读》《大地的呓语》《皈依之路》），东方出版中心。

小说集《致不孝之子》，山东友谊出版社。

短篇小说集《芦青河纪事》（《芦青河告诉我》修订版），山东文艺出版社。

中短篇小说集《瀛洲思絮录》，华夏出版社。

《张炜文集》（六卷本），上海文艺出版社。

主编《徐福文化集成》（六卷本）。

1998 年

散文《凝望：43 幅照片的故事》，《大家》第 2 期。

散文《午夜采访》，《百花洲》第 6 期。

散文集《最美的笑容》，陕西人民出版社。

随笔集《凝望》，山东画报出版社。

散文集《流浪的荒原之草》，浙江文艺出版社。

《张炜小说选》，美国 Blue Diamond Publishing Corp.。

1999 年

短篇小说《鱼的故事》，《中国作家》第 1 期。

文论《当代文学的精神走向》，《天涯》第 1 期。

长诗《松林》，《作家》第 3 期。

短篇小说《一潭清水》，日本文学季刊《中国现代小说》第 11 卷第 13 号。

《张炜散文》，华夏出版社。

小说集《逝去的人和岁月》，法国 Bleu de Chine。

《九月寓言》，台湾时报出版公司。

《远河远山》，香港明报月刊、明报出版社。

短篇小说《一潭清水》，日本苍苍社。

2000 年

长篇小说《外省书》，《收获》第 5 期。

短篇小说《怀念黑潭中的黑鱼》，日本《螺旋》杂志第 5 期。

散文集《流动的短章》，作家出版社。

随笔集《楚辞笔记》，江西教育出版社。

随笔集《心灵的飞翔》，西苑出版社。

长篇小说《外省书》单行本，作家出版社。

2001 年

长篇小说《能不忆蜀葵》，《当代》第 6 期。

短篇小说《美妙夜雨》，日本杂志《螺旋》第 6 期。

散文《远逝的风景——读域外现代画家小记》，《天涯》第 5—6 期。

文论《自由：选择的权利，优雅的姿态》，法国 Editions Do La Maison。

《东岳文库·张炜卷》（十卷本），山东文艺出版社。

短篇小说集《怀念黑潭中的黑鱼》，北岳文艺出版社。

《蘑菇七种》，南海出版公司。

长篇小说《外省书》繁体字本，香港天地图书公司。
长篇小说《能不忆蜀葵》单行本，华夏出版社。
短篇小说集《鱼的故事》，时代文艺出版社。
随笔集《远逝的风景：记域外画家》，学林出版社。
长篇小说《外省书》，台湾联合文学出版公司。
《张炜诗选》，法国 Poetiques Chinoises。

2002 年
《张炜读本》，花山出版社。
《楚辞笔记》，台湾时报出版公司。
演讲集《纸与笔的温情》，春风文艺出版社。
散文集《人的魅力》，上海文汇出版社。

2003 年
长篇小说《丑行或浪漫》，《大家》第 2 期。
散文《筑万松浦记》，《新华文摘》第 3 期。
长篇小说《古船》，日本《螺旋》杂志第 7、8、9 期。
长篇小说《远河远山》、中篇小说《蘑菇七种》，台湾印刻公司。
《丑行或浪漫》，云南人民出版社。
文论集《世界与你的角落》，昆仑出版社。
散文集《守望于风中》，上海三联书店。
《丑行或浪漫》，台湾印刻公司。
长篇小说《能不忆蜀葵》，台湾麦田出版公司。

2004 年
《旅行笔记》，山东画报社。
散文集《艾略特之杯》，华东师范大学出版社。
文论集《书院的思与在》，广西师范大学出版社。

2005 年
文论《精神的背景》，《上海文学》第 1 期。
散文《它们：万松浦的动物们》，《天涯》第 1 期。
《精神背景之争》，《南方周末》3 月 17 日。
小说集《风姿绰约的年代》，昆仑出版社。
长篇小说《家族》（完整版），文化艺术出版社。

散文集《遥远的我》，新华出版社。

散文集《我选择，我向往》，山东画报社。

散文集六卷本（《绿色的遥思》《批评与灵性》《永恒的自语》《存在与品质》《诗性的源流》《生命的刻记》），文汇出版社。

《张炜小说》，德国 European University Press。

小说集《头发蓬乱的秘书》，中国社会出版社。

诗集《家住万松浦》、长篇小说《远河远山》，时代文艺出版社。

《远逝的风景：读域外现代画家》，北京大学出版社。

小说集《张炜作品精选》，长江文艺出版社。

2006 年

小说集《黑鲨洋》，春风文艺出版社。

《张炜作品精选》，北京燕山出版社。

《张炜小说》，吉林文史出版社。

长篇小说《九月寓言》，美国 Homa Sekey Books。

散文集《回眸三叶》，中国社会出版社。

2007 年

长篇小说《刺猬歌》，《当代》第 1 期。

长篇小说单行本《刺猬歌》，人民文学出版社。

小说《童年》，法国 Desclee de Brouwer。

长篇小说《九月寓言》，日本彩流社。

散文集《秋天的大地》，中国青年出版社。

2008 年

长篇散文《芳心似火》，《小说界》第 6 期。

《古船》（北美版），美国 Haper Collins Publishers。

《张炜散文集》，人民文学出版社。

《古船》，日本《火锅子》第 5 期开始连载。

《张炜的诗》，水云社。

2009 年

长篇散文《芳心似火》，作家出版社。

《古船》（欧洲版），美国 Haper Collins Publishers。

《蘑菇七种》，作家出版社。

文论集《在半岛上游走》，作家出版社。

《蘑菇七种》，美国 Homa Sekey Books。

小说集《张炜精选集：海边的风》，北京燕山出版社。

文集《野地与酒窝》，明报月刊出版社、新加坡青年书局。

《远河远山》（下），日本《三田文学》夏季号。

诗集《夜宿湾园》，上海文艺出版社。

2010 年

长篇小说《荒原纪事》，《中国作家》第 5 期。

十卷本《你在高原》，作家出版社。

文集《绿色遥思》，三联书店。

十卷本选集《张炜系列》，人民文学出版社。

散文集《我又将逃亡何方》，香港商务出版公司。

散文集《葡萄与靴》，广东教育出版社。

2011 年

《小说坊八讲》，《青年文学》连载。

《小说坊八讲》繁体字本，商务印书馆（香港）。

演讲集《午夜来獾》，作家出版社。

《小说坊八讲》，三联书店。

《南方周末》推出"张炜专题"：《怎样创造出无愧于伟大作品的时代——作家张炜谈"大物"和"大言"》《一个人绝望过后的曲折故事——张炜和十卷本小说〈你在高原〉》《人人都相信蒲松龄的故事是真的——张炜 22 年东部半岛行走见闻》《造机器·建书院·盖影院·编词典——一个作家的非写作生活》。

《芳心似火》，韩国 Book Pot 出版社。

2012 年

《写作和行走的心情——文学随谈录》，《书城》第 4 期。

《饥饿散记》（诗），《西部》第 9 期。

《不同的志向》，《上海文学》第 7 期。

《安静的故事——在华中师范大学的讲演》，《新闻学评论》第 3 期。

儿童长篇小说《半岛哈里哈气》，河北少年儿童出版社。

张炜"中短篇小说年编"7种（珍藏版），包括《秋天的愤怒》《海边的风》《秋雨洗葡萄》《狐狸和酒》《采树鳔》《钻玉米地》《请挽救艺术家》，安徽文艺出版社（2015年又加了第8卷《鸽子的结局》）。

《你在高原》（珍藏版），作家出版社。

瑞典语版《九月寓言》。

韩文版《芳心似火》。

2013年

《行者的迷宫》，《天涯》第3、4期连载。

《小爱物》，《北京文学（精彩阅读）》第9期。

《镶牙馆美谈》，《边疆文学》第11期。

《精神的背景》，华中科技大学出版社。

《谈简朴生活——张炜散文》，作家出版社。

《疏离的神情》，作家出版社。

《行者的迷宫》，东方出版社。

《万松浦记：张炜散文随笔年编（1982—2012）》（20卷本），湖南文艺出版社。

《张炜长篇小说年编》（19部），作家出版社。

英文版《张炜小说选》。

英文版《张炜》。

2014年

《万松浦七章》，《中国作家》第5期

《也说杜甫与李白》，《小说界》第5期。

《古镇随想》，东方出版社。

《少年与海》，安徽少年儿童出版社。

《张炜文集》（48卷精装本），作家出版社。

法国门槛出版社《古船》。

瑞典语版《丑行或浪漫》。

2015年

《蜕化与坚守——文学笔记二十则》，《湖北大学学报》（哲学社会科学版）第5期。

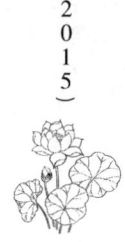

《兔子作家（节选）》，《上海文学》第 7 期。
《寻找鱼王》，明天出版社。
西班牙语版《古船》。

后 记

历时三年，对张炜小说的研读可以告一段落了。几年前，我们的学科带头人张艳梅教授提出了一个对山东作家进行系统研究的计划，我们几位老师分别选择自己喜欢的作家，开始了研究。因为同时担负着教学任务，再加上生活的琐碎干扰，我对张炜小说的研究在很长时间里是停留在文本阅读后的感受层面的，对张炜小说整体性的把握并不是很自信。时间过得飞快，三年中与自己研究的文本朝夕相处，与自己喜欢的作家不断地进行心灵对话，我感觉自己的研究能力在生长。更让我惊喜的是，作家以他的精神品格感染和鼓舞了我，对我精神上的熏陶和灵魂上的冶炼是那样"润物细无声"。另外，张炜的作品还帮我进一步巩固了对真正的文学的鉴别力。好像是面对一位老朋友一样，我已经不能离开他精神上的滋养了。

在这本书的收尾阶段，我鼓起勇气，给张炜写了一封信，一是表达对他的敬慕，二是希望他能回答几个问题。当时，为了方便他的回答，我问的都是一些比较常见的、概念性的问题。没想到，张炜很快来了信，而且认真做了回答。这就是一位大作家的风格，他信守诺言，他认真执着，他平等待人……短短的几次邮件往来，令我和我们全家如沐春风。我爱人是研究传统文化的，对张炜的作品极为喜爱；孩子虽然十岁，但给他讲起张炜小说中的民间故事，他极为神往，竟然捧起了《刺猬歌》。因为张炜和他的作品，我们都很愉快。

在我的学术成长道路上，永远不能忘记的一个人是我的导师张清华教授。15年前，我考入了山东师范大学现当代文学专业，有幸成为张老师的研究生。导师对学术研究的热情和才气深深感染了我。我的研究起点比较低，可是导师依然那么信任我、鼓励我。为了这信任，我才在这条路上坚持了下来。多年来，虽然与导师疏于联系，可是在我的心中，导师永远占据着那个中心位置。感谢导师把我引上这条道路，让我体味到了文学研究的喜悦、孤独、感动。

这部书稿的部分内容在《当代文坛》《山东社会科学》《深圳大学学报》等期刊上发表过。感谢张艳梅教授在我写作过程中的督促和引导！感谢盖光教授对本书提出的合理建议！感谢文学与新闻传播学院诸位领导和同事的关怀和帮助！感谢山东理工大学社科处对本书的出版资助！当这本书稿将要付梓出版时，心中竟有了一丝不舍的情感。它也许是稚嫩的，但它的存在无形中将是一种提醒，提醒我继续在这交织着痛苦与梦想的批评路上"奔走"。

2015 年 12 月 5 日，山东理工大学